◎山东省高校人文社会科学研究计划

转型期小说作品中的
"小人物"形象研究

赵纪娜 张晓燕 潘 峰 著

山东大学出版社

图书在版编目(CIP)数据

转型期小说作品中的"小人物"形象研究/赵纪娜,
张晓燕,潘峰著.—济南:山东大学出版社,2016.6
ISBN 978-7-5607-5562-5

Ⅰ. ①转… Ⅱ. ①赵… ②张… ③潘… Ⅲ. ①人物形
象-小说研究-中国-当代 Ⅳ. ①Ⅰ207.42

中国版本图书馆 CIP 数据核字(2016)第 151058 号

责任编辑:刘森文
封面设计:张 荔

出版发行:山东大学出版社
　　　　社　　址　山东省济南市山大南路 20 号
　　　　邮　　编　250100
　　　　电　　话　市场部(0531)88364466
经　　销:山东省新华书店
印　　刷:济南华林彩印有限公司
规　　格:880 毫米×1230 毫米　1/32
　　　　　8 印张　204 千字
版　　次:2016 年 6 月第 1 版
印　　次:2016 年 6 月第 1 次印刷
定　　价:26.00 元

前　言

　　在文学创作中，每一个历史阶段都有其典型的代表性人物形象，小说中的每一个人物形象背后包含着丰富的时代内蕴，尤其是处于社会转型期，人物形象的塑造更是与社会变迁息息相关。在人物形象的塑造中，有这样一个庞大的群体：他们虽默默无闻，虽朴实无华，但其身上所承担的文学价值和社会意义却不小，并不普通，这就是"小人物"群体。

　　"小人物"一词来自俄罗斯著名短篇小说家契诃夫笔下一类没有社会地位、受欺凌、受侮辱、不能主宰自己命运的小公务员形象，作家通过这些地位卑微的公务员的人生悲喜剧表明他对沙皇专制制度的批判立场以及对小人物生存境遇的同情。中国的小说家们受此影响，发现了这一类人物形象在文学中的意义，于是"小人物"在中国文坛也登台亮相，并成为各种文体创作的对象。

　　著名作家高尔基曾经作过这样的建议：把文学叫作"人学"。文学是人学。离开人就无所谓文学，对于小说而言，更是如此。为此，本书拟根据当今文学发展走向的迫切要求，针对我国转型期小说中

"小人物"形象研究相对薄弱的现状,运用多元综合创新的观点和方法,在分析、比较、鉴别的基础上,科学地借鉴和吸收中外相关研究成果,对其进行系统深入的研究,全面探讨转型时期的各类小人物形象,进而关注其当代影响和价值等诸多问题,全面呈现和展示转型时期人物形象的魅力和内涵,丰富当代文学人物形象研究。

本书主要立足于社会转型期小说中"小人物"形象塑造,分别从人物形象的理论言说、一系列人物形象的展示及审美意识形态的评析展开,共分三部分内容:第一篇是关于人物形象的理论部分,主要是从理论高度阐释文学创作中人物形象的地位、分类与创作,梳理人物形象理论发展的三种基本社会形态及对其进行制约的因素,尤其是对社会转型期的"小人物"形象,详细介绍了中外文学史中的小人物形象及"小人物"形象在特殊时期的重要意义。第二篇是形象系列论,主要选取了中国社会转型期典型的"小人物"形象——农民、知识分子、工人以及女性群体,并对其进行一一分析。针对农民群体,主要从宏观视野下的农民群体、农民群体的众生百相及农民群体的心路历程来解析;针对知识分子群体,主要从社会变革与知识分子群体、多维立体的知识分子群像及知识分子的人格心理变迁分析;针对工人群体,主要从行业背景下的工人群像、悲喜沉浮的工人命运及转型中工人群体的差异化心理来阐释;女性群体则主要按照类别,选取了命途同悲的农村女性形象、物欲挤压下的城市女性形象及自我毁灭的风尘女子群像三种典型形象进行分析。第三篇是形象系列的审美意识论,主要是对第二篇人物形象分析的升华,选取了两个视角:一是形象成因论,深入分析了农民群体对现实图景的诉求、知识分子群体对精神困境的突围、工人群体对多元历史的触摸、女性群体对多舛命途的表达;二是审美意识论,对这四种人物形象进行深入挖掘,并对这一时期小说中人物形象的塑造进行客观的评析,提出相应的意见与建议。

　　为了更好地分析人物形象,笔者除了对人物形象进行整体阐释外,还通过比较、分析研究,对转型时期各类人物形象形成的原因进行积极探索,继而从纵向角度分析了新世纪以来小说中各类人物形象在文学史中的意义和缺失。

　　本书在写作过程中,吸收了国内外诸多专家学者的研究成果,在此,一并表示衷心的感谢。尽管我们的工作尽心尽力,但由于水平和能力有限,错误之处在所难免,恳请各位同仁和专家多提宝贵意见。

作　者

2016 年 5 月

|目　录|

第一篇 理论言说

　　人物形象是对时代精神、民族精神的解读与提炼，是一个时代富有文化内涵的精神雕塑。新世纪以来，中国社会进入了最激荡的转型期。随着社会的变迁，人物形象更加丰富多样起来。在这些人物形象中，"小人物"是极具代表性的。对文学作品中的"小人物"形象进行解读，通过了解普通人的情感世界、精神家园、思想性格等，能够更好地展现出人的社会属性以及人所受到的社会价值体系的影响，有利于进一步理清文学作品与社会体系的密切关系。

　　本篇主要从人物形象理论出发，具体阐述"小人物"形象的基本观点，整体梳理其发展历史，为本书第二、三篇中的具体人物形象分析提供理论依据与保障。

人物形象概述

　　人物在小说创作中占有中心地位,这是由小说艺术的特性决定的。高尔基有"文学是人学"的名言,这对小说同样适用。小说写作实质上是以语言手段创作人物形象的学问,应该是以语言为工具的人物形象创造学和人物性格刻画学。只有这样,才能把小说与文学中的其他门类区别开来。小说这种质的规定性,也就决定了人物形象创造、人物性格刻画在小说创作中的中心地位。

第一节　人物形象的地位

　　描写人物,是小说的显著特点。"小说作家的主要任务就是要创造出性格复杂的人物。"[①]诗和散文可以写人物,也可以不写人物,而小说则必须写人物,着重刻画人物形象是小说走向成熟的标志。

一、从小说发展的历史来看

　　我国最早的小说应该是志怪、志人的笔记小说。当时的作者并

　　① 〔美〕利昂·塞米得安:《现代小说美学》,宋协立译,陕西人民出版社1987年版,第138页。

没有明确的创造人物形象、刻画人物性格的理念主张。但优秀的篇章,也都注重了对人物性格的"传神写照",写出人物某一方面的性格特征来。如《世说新语》中记刘伶的"放浪形骸"、王羲之的"坦腹东床"等等,都以只言片语刻画出人物独特的个性特点和内心世界。至于唐宋传奇、明清小说更是注意在长篇完整的故事情节中,表现出人的性格,塑造人物形象。尤其是四大名著及《儒林外史》等名著,更是在广泛的社会人情世态的背景下,创造出一系列光彩照人的艺术形象。人物的创造在小说中占有极其重要地位。在这里面,对人物形象的创造,已进入了一个崭新的阶段,即对从情节的注重转到对人物形象的刻画,从对单一性格的表现进入多层次多侧面的立体展示。而在"五四"以来的中国现代小说创作中,凡重视并真正创造出成功的人物形象的作品,都成了文学名著;反之,则被随之而来的文学大潮淹没、淘汰。中国小说如此,外国小说的发展也大致相同。英国近代小说家菲尔丁认为小说最理想的题目是现实生活里面的"人性"。而小说历史的事实,就这样明白地把结论提到了我们的面前,小说创作的中心是人物,是人物形象的创造、人物性格的刻画。

二、从小说创作的具体实践来看

成功的人物形象的创造,首先是很多作家潜心追求的目标。在小说创作的过程中,人物或者说作家头脑中人物形象的雏形,常常成为作家创作的媒触。鲜明生动的人物常常启发作家的创作灵感,成为作家开始创造性工作的第一推动力。

人物占有小说的中心地位,还体现在整个小说创作的全过程。无论在一般的创作理论书中如何去谈论小说的时、人、地、事和开头、发展、高潮、结局的程式,都不能改变人物是首要的核心的地位。因为小说创作中的时间、地点等因素,只不过是为人物的活动提供了一个较为确定的时空背景;成败是事件,或者是情节,正是人物活动的历史,人物性格发展的副产品和人物性格的附着物。至于事件的发展,则是在小说人物的行动或小说人物关系的不断展开而表现出来的事件的序列。从小说的结构方面看,人物在小说创作中,具有极强的凝聚性和向心性,任何翻新出奇的结构,也都必须以人物的存在与人物关系的发展为前提。

不仅如此,在整个创作过程中,作者对于作品系统的总体控制指标,也是人物形象、人物性格的创造。在这里,凡有利于人物形象创造、性格刻画的信息和材料,都被吸收、采取而投入到创造的熔炉中去;一切与形象创造要求不符的信息、材料,都被排斥掉,或者暂时搁置起来;误用的材料也会因其与形象的不和谐而被过滤掉,如炼钢炉排除钢渣一样。这就是我们在不少作家谈创作经验时所谈到的修改、补充、删削的原因。

三、从小说创作者的角度来看

了解小人物形象,首先要了解人物形象在小说中的地位和作用。

关于人物形象在小说中的地位和作用,几十年前,茅盾在他的《创作的准备》一文中说过,在小说创作中,"人物是本位,而故事不过是具体地描写人物的思想意识"[①]。老舍也多次谈到过他的"人第一"、"创作主要是创造人"[②]等主张。近年来的一些评论家也说:"在小说这样的叙事文学作品中,人物性格塑造是个核心问题,人物的成败是小说成败的一个关键。"[③]不少外国的作家、理论家们也持此论。就连一些极力反对在小说中塑造人物形象的现代派作家,也不得不承认人物创造在小说创作中的重要地位。由此看来,小说创作中人物的中心地位,得到了中外大多数作家的普遍承认,是动摇不了的。

---

① 茅盾:《创作的准备》,《作家谈创作》编辑组编:《作家谈创作》,花城出版社1981年版,第9页。

② 老舍:《本固枝荣》,《老舍论剧》,中国戏剧出版社1981年版,第58页。

③ 何西来:《评论家十日谈》,陕西人民出版社1987年版,第118页。

四、从小说接受对象的角度来看

如果我们换一个角度,在接受者那里,小说中的人物,人物的命运、人物的性格也正是最受关注的热点。巴金在首届茅盾文学奖授奖大会的书面发言中强调说:"一部优秀作品的标志,往往总是能够给读者留下一两个叫人掩卷不忘的人物形象。古今中外的名作,所以能流传久远,就在于它的人物形象,以及对当时生活的深刻描写,具有引人入胜的魅力。"①读者就希望从作品中的人物及其生活中发现自己,加深认识自己,从而得到教益与启迪。在这时,如果读者发现你作品中的人物不真实,就有一种受骗的感觉,更不会说留下什么鲜明深刻的印象,作品也随之失败了。

总之,如果用一句话来概括人物形象的重要地位,那就是:人物是小说创作的中心。

第二节 人物形象的分类

在小说创作中,人物、人物形象的创造占有核心地位。但是,在具体的作品中,不同的形象在不同作品中占据的地位以及给读者的感受不会是完全相等的。作家根据作品表达的主题或是情节发展的需要,可以决定在作品中强化某个或某些人物,弱化某个或某部分人物。

一、典型人物与一般人物

依据人物形象的概括力和形象的深度,小说中的人物可以分为典型人物和一般人物。在一部具体的作品中,典型人物和一般人物的关系是怎样的呢? 总的来说,是相辅相成的"红花"与"绿叶"之间的关系。典型人物是一部作品的重点所在,是人物体系中占有主导

---

① 巴金:《祝贺与希望》,《文艺报》1983 年第 1 期。

地位、作家着力最多的人物。在作品中,典型人物起着规定人物体系运行方向的作用。同时,也对一般人物有着或强或弱的制约作用。而一般人物却又不是可有可无的。它对典型人物的创造,或者起着衬托作用,或者起着强化作用。但不可误解的是,一般人物也有着自身性格、行动的独特运行轨道,不能取消了它自身的独立性。

在创作实践中,一方面,应该集中力量创造典型人物,在人物的典型化方面狠下工夫,不能让作品中所有人物平分秋色;另一方面,又万万不可对一般人物的塑造与刻画掉以轻心,或者只是把一般人物作为典型人物的垫脚石,而不注意或忽视一般人物形象自身性格发展的特殊逻辑,把所有一般人物都纳入典型人物性格运行的轨道。

二、主要人物和次要人物

在小说创作中,并非所有的作家都能创造出典型人物来,对一个具体的作家而言,也并非每一部作品都有典型人物出现。但是就一般的情况来说,一部小说中,总有一个占据着结构中心地位的人物,这就是作品的主人公或者说主角,是作品的主要人物,主要人物也就是作者所要着力创造的人物。在人物达到典型层次的作品中,主要人物一般就是典型人物。这时主要人物与典型人物就交叉重合了。次要人物,则是指小说中的其他一些作者着力较少的或者是串线的人物。在不少情况中,与一般人物又有重合之处。在小说创作中,次要人物还可细分为映衬人物、串线人物和道具人物。映衬人物,指的是人物性格之间具有一种相互映衬以使各自性格更为鲜明突出的人物。

一般来说,主要人物在小说创作中占有特别重要的地位,作家在着笔时,总是首先考虑如何成功地塑造出主要人物来。在有些时候,作家也以自己所要暴露、批判和讽刺的人物为自己作品的主人公,这类人物在作品中成为主要人物。主要人物和次要人物之间的关系,常常在作品中表现出一种复杂的状态。

三、正面人物、中间人物与反面人物

以人物本身的伦理学性质或作者对人物的情感态度来确定,我们可以把小说中的人物区分为正面人物、反面人物以及处于中间状态的人物。

正面人物,指在作品中作者持肯定、赞扬态度的人物。

与之相反,反面人物,则指的是在作品中作者持反对、批评态度的人物。

中间人物,指的是在小说创作的人物大系统中那种不先进亦不落后,处于中间状态的人物。在现实生活中,这类人物是大量存在的。在小说创作中,也是随处可以见到的。

应该说,正面、反面、中间人物的划分本身有其不明确性和不科学性。有时是从作者所持的立场和态度来判定的。有时,也得从具体作品出发,同时还受到作者创作的时代环境的影响。

四、定型人物与发展中的人物

根据人物性格在小说中所表现出来的状态,在小说中,那些从出场到结束性格始终如一或者变化较小的人物,可称为"定型人物"。这里的"定型"指的是性格的稳定与凝固,指的是相对静止。

定型人物较多地见于短篇小说。因为这种小说的篇幅限制,人物的性格常常不可能有太大的发展变化,所以人物一出场,性格就已基本确定,殊少变化。当然,在篇幅较大、反映生活面较广的长篇小说中,也有着定型人物的一席之地。

发展中的人物,指的是小说中思想性格有发展、变化的人物。或者说,人物的心理、性格层次是逐步显示出来的人物。这类人物的特点是,性格处于不断的发展变化之中。这里的情况是人物基本性格确立之后,随着环境事件的改变或发展,人物的性格也就开始发生新的变化。另外还有一种情况,就是随着人物处境的急剧改变,人物性格、心理层次得到了新的展示。在小说中,发展变化中的人物性格的"质"

应具有相对的稳定形态。无论其性格怎样的发展变化,甚至好似走向基本性格的反面,但包裹在发展变化之中的性格实质,都不能轻易变动。即这种变化,应该在"质"的容许范围之内。

第三节　人物形象的创作

在小说中,人物占有不容争辩的地位,这已经很明显了。但从创作主体作家与人物形象的关系角度来考察,作家占有主导的地位。

一、创作主体与人物形象

创作主体在形象创造中的主导地位,主要体现在以下几个方面:

一是创作主体思想的深度在相当大的程度上决定了小说人物形象的思想深度。只有自身对社会、人生有着深刻的认识和体验,他的作品才能达到同等的深刻度。甚至可以说,作家的思想深度的标尺,就是他的作品的思想制高点。

二是创作的审美理想和艺术观决定了人物形象的审美趋向与艺术倾向。一个现实主义的作家,他真实地反映社会现实生活,创造现实主义的艺术形象。同样是现实主义作家,但因其审美理想与艺术观点的差异,在形象创造上也表现出各自的明显特点来。正因为如此,我们的人物形象画廊中,才会如此千差万别,流光溢彩。

三是创作主体的艺术功力最终决定了自己的思想认识、审美理想能否在形象上得到体现,也决定了在头脑中孕育出来的形象能否成为小说人物——形诸文字或物质的客观存在。不少作家都有这样的体会,人物似乎熟悉了,但总是不能恰到好处地把他刻画表现出来。而努力写出来的作品中的人物,与立于自己头脑中的人物相比,总不能尽如人意。

总之,创作主体的素质在人物形象的创造中具有极其强大的作用,它是成功的形象创造的关键。

二、生活与人物形象

强化创作主体自身的素质,重视创作主体在形象创造中的主体作用,并不是否定生活对于创作的重要作用。恰恰相反,这种对创作主体的重视,恰恰是强调了创作主体拥有生活的重要性。成功的形象创造,要求主体拥有大量充分的生活。

从总体上看,文学是创作主体对生活的反映与表现,而作家所拥有的生活,更反映与表现在创作的内容、形象的选择、形象创造的深度上。一般来说,社会生活决定创作的内容与形象的选择,作家本人的生活与性格对文学创作人物形象的创造有直接显著的影响。但是作家仅仅是拥有自身的生活还不够,因为作家的自身生活毕竟也是有限的,如果仅仅局限于主体自身的经历而与社会生活相隔绝,那么就可能造成脱离生活的不良倾向,而使创作走向歧途,创造出来的形象就可能因脱离生活而流于浅陋或虚假。

把这两个方面结合起来,即把表现自我的生活与表现社会的生活融会在一起,才可能在创造人物形象的时候,使之既真实可信又具有较为广泛丰富的社会内涵。作家生活对文学创作、形象创造的这种制约作用是明显的。但是,生活的海洋无限的广阔,作家虽然不必都亲身经历,但也不能凭空创造。作家们可以从自己的不同的表现方式、不同认识角度出发,从而创造出千姿百态的人物来。

创作主体来自生活而又通过"自己想象发展的方式"创造出来的人物形象,与现实生活中人物相比,可以更典型、更鲜明生动,更为真实。这些人物不是现实人物的复制品,加进了许许多多想象的产物。①

---

① 参见赵俊贤:《中国当代小说史稿——人物形象系列论》,人民文学出版社 1989 年版,第 52 页。

|第二章|
人物形象的理论发展

　　人物形象的塑造是艺术创作的核心问题。为了追求强烈的艺术审美效果,最大限度地发挥艺术的社会作用,古往今来的艺术学、理论家们都曾注目于人物形象的塑造问题。他们对怎样塑造出完美的艺术形象进行了艰辛的探索。

第一节　人物形象理论的基本形态

　　历代理论家们的理论阐述,集中地体现了不同时代人们的审美理想和审美要求,因而这些理论就有着不同的特点和形态,体现了各个时代独特的艺术审美意识。但是,也应当看到,人类社会历史的发展有其自身的规律和必然的进程,社会发展的历史对文学艺术的演变起着决定性的作用。因此,在这些理论中也同时反映出来某些共同性的因素。综观两千多年来的人物形象理论可以发现,尽管它们存在某些表述上的不同和理解上的差异,但仍然可以明确地进行三种性质和形态不同的区分,即类型说、个性说和典型说。
　　人物形象理论在其发展过程中,各种形态的理论之间的变化发展就是由简单到复杂、由低级到高级、由片面到全面、由抽象到具体、由感性经验到理论认识不断地在这种否定之否定的发展过程中提示了自己全部的丰富性。具体来说,在古希腊、古罗马,贺拉斯扬弃了亚里士多德人物形象理论中有关典型的那一部分见解,而继承发挥了其类型说思想。这是人物形象发展史上的第一次否定过程。类型说理论经历了漫长的历史阶段,到 17 世纪法国古典主义时期达到高峰,随即就被新兴的启蒙文学思潮以及而后的浪漫主义文学思潮所鼓吹的"个性说"和"特征说"创作原则否定。这是第二次否定过程。由于浪漫主义运动后期发生了分裂,浪漫主义更走向完全排除理性,反对表现共性,沉湎于病态的、离奇个性和个人情感的描写境地,甚至理论上出现了"滑稽说"。至此,"个性说"走到了自己片面发展的极端。德国古典美学家反对以往的片面性,企图调和理性与经验、共性与个性、抽象与感性的矛盾。本着这个目的,康德从哲学上,歌德从自己艺术实践的经验总结上,批判了理性主义与感性经验主义的片面性,极力使矛盾达到和谐、统一。在此基础上,黑格尔全面总结了他以前的艺术理论,并深刻地阐述了自己的人物形象理论,正面地提出了"理想"的概念:"理念就是符合理念本质而现为具体形象的现实,这种理念就是理想"[①],从而完成了这种矛盾的统一。这是艺术史上人物形象理论的一次巨大飞跃,它标志着一种新的、辩证的典型理论的确立。但是,由于黑格尔整个哲学体系是头足倒置的客观唯心主义体系,他把世界的本源归结为"绝对理论"的"自生发",并且认为艺术美是绝对理念的感性显现。因此,他整个美学理论体系的大厦是建立在唯心主义不同巩固的基础之上的。这样,他的美学体系同他的哲学体系一样,自己限制了自己,不可能成为科学的理论。俄国革命民主主义理论家别林斯基在批判黑格尔典型理论的基础上发展了典型理论。别林斯基的主要功绩在于他坚决地摈弃了黑格尔"美是理念的感性显现"的观点,把这个定义改造为:典型是社会生活某方面的规律与本质的集中体现,并把艺

---

① [德]黑格尔:《美学》第 1 卷,朱光潜译,商务印书馆 1972 年版,第 92 页。

术创作的典型性作为现实主义文学的基本原则确定下来,从而把唯心主义的典型观改造成为唯物主义的典型观,使它同现实主义创作方法紧密结合起来。然而,使典型理论发展到科学阶段的变革,是由马克思、恩格斯完成的。到此为止,人物形象理论经过漫长的发展阶段,其中充满了否定、扬弃、继承、发展的辩证过程,也展现了自己全部的丰富性和生动性,对新艺术起着极大的推动和指导作用。

第二节 人物形象理论的制约因素

马克思曾指出:"每个原理都有其出现的世纪。例如,与权威原理相适应的是十一世纪,与个人主义原理相适应的是十八世纪。"[①]那么,人物形象理论的发展有无规律可循呢? 决定它的诸种形成、变化、发展的制约因素又是什么呢? 对前一问题,应当作出肯定的回答。进而我们认为,决定人物形象理论诸种形态变化发展的制约因素在于如下几个方面:

一、社会基础的变化

在艺术史上,一个灿烂的创作时代之后随之而来的必然是理论的总结。古希腊艺术的辉煌成就和丰富的艺术实践经验对于艺术理论的建立,提供了极其优越的条件。亚里士多德的人物形象理论是深深扎根于古希腊艺术的沃土之中建立起来的。古希腊神话、史诗与悲剧是直接提供给亚里士多德人物形象理论的依据。古希腊神话产生于初民社会,那时城邦国家尚未形成,还没有一整套的法律制度,阶级分化还不明显。个人在生产劳动的集体活动中仍具有相对的独立性。这种情况,反映在初民的艺术创作,如神话与史诗中,就如黑格尔所说的那样,古代的英雄们,"他们都是些个人,根据自己性格的独立自足性,服从自己的专断意志,承担和完成自己的

---

① 《马克思恩格斯选集》第1卷,人民出版社1995年版,第113页。

一切事务,如果他们实现了正义和道德,那也是显得只是由于他们个人的意向。……所以在这种情况之下,个人自己就是法律,无须受制于另外一种独立的法律,裁判和法庭"①。亚里士多德在总结人物形象的创作经验时也提到,不能无视这种事实。随着城邦国家的建立和最初的法律、道德观念、等级制度的形成,反映在艺术中(主要是悲剧)的形象便发生了重大的变化。人再也不是纯粹自由的人了,他受到种种束缚。尤其是亚里士多德生活的时代,奴隶主民主制已逐渐走向崩溃,代之以奴隶主贵族专制制度。社会形态更趋向于严格的等级划分,人已从个人变成了"类群"或"集团"的人;各阶级、阶层不同的经济地位和社会地位决定了他们受教育程度的深浅、不同的生活方式、思想方式及社会心理。这种等级差别是如此明显,作为以模仿为宗旨的古希腊艺术,必须要把客观现实中的这些等级差别反映出来,必然要把人物性格的表现倾注在这些突出的共性特征上。单个人的地位、作用、价值都不复受到重视,在古希腊悲剧中,可以看到道德和法律对人的种种限制已非常严厉,个人已消融到"公民"的抽象概念之中。我们在《诗学》中就可以明显地看出把人按阶级地位和宗法制家庭关系中的地位进行分类的情况。这一切社会现实真实地反映在当时大量的作品中。作为艺术理论的总结者,亚里士多德不可能不在总结中反映出这一情况;同时他耳闻目睹的社会现实也必定要影响他的艺术思想。这就是在《诗学》和《修辞学》中,他既发挥出精彩不凡的典型见解,又论述了类型的创作原则的社会原因。

如果说,亚里士多德的人物形象理论显出某种程度的矛盾混乱状态和复杂性的话,那么贺拉斯的有关理论则是出于自觉,并显得明确而单一。这种明确和单一正是因为他抛开了亚里士多德理论中典型思想的部分,而发挥了类型见解的这一部分。贺拉斯之所以发挥这一部分有其深刻的时代和社会原因,而贺拉斯的理论之所以

① [德]黑格尔:《美学》第1卷,第237页。

一经确立之后,在很长时期能发生较大的变化,也同样是因为具有深厚的、共同的社会基础。这是因为罗马社会较之希腊社会是更典型的、更加严格意义上的奴隶制国家;无论在国家法律制度、阶级等级的区分、社会分工的不同上,都更加明确、严格。罗马人接受希腊人按等级和类群观念看待人和表现他们,这是顺理成章的事。整个中世纪,在奴隶制向封建制的急剧过渡中,封建等级制度更加健全与严整,贺拉斯的类型理论更加受到了尊崇,从而一直沿袭到了近代。

17世纪的欧洲封建社会发展到了高峰。那时法国是最有代表性的封建专制国家。它有着一整套专制国家的法律和森严的等级制度,以及完全与之适应的社会意识形态。专制政体森严的等级制度必然要求在描写人物时,按照等级的差别表现出高低贵贱的分类。类型说正好适应这种社会基础的需要而尊奉为创作的法则。

随着近代社会资本主义的产生、发展,封建等级制度日趋瓦解崩溃,取而代之的是资本主义的自由竞争。自由竞争猛烈地冲击僵死的、一成不变的封建等级制度,反映在意识形态上必然是资产阶级意识形态对旧的封建阶级意识形态的否定。资本主义的自由竞争成为"个性说"产生发展的社会基础。封建等级制度和资本主义自由竞争是截然对立的、不可调和的。社会存在决定社会意识,在人物形象理论上表现出来就是类型说与个性说的对立。

资产阶级强调个性自由,尊崇个性,否定封建等级制度。我们已说过,这导致了类型说的崩溃与个性说的兴起。但过分地崇拜个性只能导致无政府主义,鼓吹个性自由与个性解放的激进的启蒙主义思想家卢梭也看出了这一点。

同时,新兴的资产阶级在冲垮森严的封建等级制度的时候,客观上又形成新的、按个人能力的竞争而获取金钱的新的等级制度。这种等级制度从存在上讲是绝对的,但在形成过程中却又伴随着个人奋斗的相对性和变化。作为资产阶级意识形态方面的理论家都必须承认这种新的等级秩序。这种社会经济结构中,就包括个人与等级的统一了。然而,这两种学说的社会基础的共同之处在于它们都是建立在人剥削人的经济关系上,都承认人剥削人的合理性。

二、思想基础的变化

类型说和个性说都以普遍人性作为自己的思想基础,因此都宣扬超阶级的人性。但是,这两种普遍人性论又存在明显的差别,它们各自包含的具体内容又很不相同。奴隶主贵族和封建贵族阶级宣扬的普遍人性论认为抽象的人性如神性一样,是生而有之的、永恒的、万古长青的,不容侵犯与颠倒。资产阶级的普遍人性论是建立在以个人主义为其核心的人道主义基础之上,是在文艺复兴时期反对宗教和封建束缚的斗争中发展起来的。它强调"人"的本性是不变的,这本性就是人追求的是享受,避苦求乐,乐于取得并占有财富,人所关心的只是自己的利益,维护个人自由符合人的本性,如此等等。在这种个人主义为核心的普遍人性论的支配下,资产阶级当然就强调个人的作用、天才人物的作用、个性的自由等等个人因素。因此,可以看出个性说尽管按理同样以普遍人性论作为自己的思想基础,但其实质上同作为类型说基础的普遍人性论已有根本的不同。普遍人性论到典型说时又发生了一个较大的变化。如前所说,资产阶级思想家们认为,自由竞争、个人奋斗造成的等级制度是合理的,个人奋斗导致个人利益和地位的变化也是相对合理的。资产阶级的等级制度从根本上讲是客观存在的,不可更改。事实上,这种等级制度的基本单位——个别人的地位却是如走马灯似的瞬息万变。这就是说,在不变的新的等级制度中,存在着易变的个人因素。

三、对"人"的不同理解

在对待个人作用和个人价值的理解上,类型说与个性说、典型说一样都承认单个的人是组成社会的细胞,但它们对于单个人的价值、地位、作用的态度却极不相同。类型说产生和取得发展的时代对个人情感、个人的价值和作用是压抑与忽视的,用各种规范束缚个人的情感和思想。个人的价值与作用被社会如此地忽视,这种情况反映在艺术创作中,就形成了一种突出的文学现象。单个人就被完全消融进抽象的"公民"概念中去了。然而在近代,随着资本主义的发展,个人作用、个人情感、个人价值、个体的自由等受到了肯定与推崇。由于突出地强调个人利益和个性自由,往往个人就同社会产生尖锐的对立。在这种背景下,作家才把"单个的人"作为一个独立的精神实体和社会实体看待,才把全部注意力从对"类群"的把握上转到对个人的"特性"的研究上,从而把个别的人作为社会的独立的单位细胞进行创造与描写。从个性说到典型说的发展过程中,典型说对个性的态度较之于个性说又发生了变化。个性说是极端地突出个性、个人感情等个人因素,而发展到排除或忽视反映普遍性的极端;而典型说对个性的态度,则是尊崇个性,但又抑制个别的极端发展与绝对化。

通过以上所述,就可以看出,既强调整体利益,又强调整体中的个人作用与力量,是当时西方资产阶级思想家所共有的对"人"的基本思想。这就与个性说所依据的片面突出个人,把个人推崇到绝对化的态度有很大的不同了。因此,可以说,对"个性"的忽视或重视、压抑或推崇的不同态度,是类型说与个性说、典型说的基本分水岭。

|第三章|

"小人物"形象

何谓"小人物"呢？它一般是指无足轻重或没有什么价值,对当时或后世社会和他人没有多少影响的小小的或非常次要的一类人。词典中对"小人物"的释义通常有:小型人物的塑像,地位不高,没有什么名望的普通人。在文学作品中,"小人物",一般是指人物设定平凡没有什么背景的角色。与作品中着重刻画的重要人物相比,他们往往生活朴素、思想普通,没有做出轰轰烈烈震天响的大事件。但正是这些"小人物"形象在文学表现中发挥了重要作用。

第一节　中外文学史中的"小人物"形象

朱光潜先生在《西方美学史》中曾指出:现实主义派抛弃过去专写伟大人物和非凡事迹的习俗,有意识地描写下层人物。在俄国现实主义作家中,写小人物是作为一个显示口号提出来的。在中国文学史上,"小人物"也一直是作家们关注的主题。从文学史的角度,我们可以简单梳理一下"小人物"形象的出现、发展过程。

一、俄国文学中的"小人物"

在世界文坛上众多优秀文学作品当中,人物刻画或性格鲜明,或身世坎坷，又或是经历深刻，很多经典的作品无一不通过人物形象来传达作者情感态度，揭露社会现实。在俄国有着这样一批作家，他们以较少的文字描写下层人物奇特或悲惨的遭遇，夹杂着黑色幽默的口吻极尽讽刺了沙皇统治下的黑暗社会。其所创作出来的以刻画"小人物"形象的作品虽大多篇幅短小，其中意味却是源远流长。

"小人物"形象，首次出现是在19世纪普希金的《驿站长》中，自从"小人物"形象由普希金开拓先河之后，许多现实主义作家开始对其进行加工与发展，"小人物"的人物形象也开始有了一些变化，被作家们赋予不同的性格与特点，果戈理就是其典型代表。在果戈理之后，"小人物"形象又开始发生变化，陀思妥耶夫斯基对其人物形象进行了人道主义解读，从而将这一类型的人物形象进一步进行发展。可以说，俄国小人物形象的发生与发展，经历了普希金、果戈理与陀思妥耶夫斯基三个阶段，三位俄国文坛巨匠将小人物形象赋予了不同的时代特征，这也是对俄国社会变化的一种反映。

普希金的短篇小说《驿站长》以精炼生动的语言成功开创了俄国"小人物"形象创作的先河，这也充分显示出其创作才华。《驿站长》一文讲述了一位驿站长的悲惨经历，驿站长是帝俄时代最低级的文官，常常是一些"大人物"的发泄对象，他们地位低下，性格大多卑微懦弱，常常遭到需要换乘马车的高级官员的辱骂。文中所写的就是这样一个受人欺凌的小文官，他有一个美丽的女儿杜妮亚，正在气头上的人们见到这位美丽的女孩总能立刻熄灭怒火。整篇文章以第一人称"我"的视角来写，使用倒叙的手法讲述了"我"所认识的这个驿站长女儿被骑兵上尉明斯基骗走的事情。

驿站长的形象形成的背景是沙俄统治时期，当时的社会暗黑，官僚贪污腐败，人们大多阿附权贵，而无权无势的人只能忍受欺负。在这个大背景下，众多的"小人物"形象相继在文学家们的笔下诞生，其中比较有名的像契诃夫的《小公务员之死》《套中人》和果戈理的《外套》《死魂灵》等作品都描写了这样一群既可悲又可怜的底层

转型期小说作品中的"小人物"形象研究

人物。

契诃夫以其短篇小说闻名,他的《小公务员之死》是一篇滑稽讥讽小说。契诃夫的另一篇以"小人物"形象为主角的作品是大家所熟悉的《套中人》。但在描写"小人物"形象的作品当中有一个人的遭遇可以说是《小公务员之死》和《驿站长》的结合版,那就是果戈理的短篇小说《外套》中的九品文官。沙俄时期的黑暗统治让人们受尽压迫,作家们用丰富的笔调形象地刻画了这样一群小人物,使读者在对人物命运的感慨当中看到了当时社会的悲剧性一面,文学意义与社会意义并行。

在俄国文学史中,作家关注的小人物一般都是处于社会阶层下级的小官员和小职员,通过对他们悲惨命运的描写来批判当时沙皇专制下的丑恶和黑暗的社会现实。除了"小人物",在 19 世纪俄国批判现实主义文学中,"多余人"和"新人"也是作家重点描写的人物形象。

二、中国文学创作对"小人物"的关注

在我国文学史中,中晚唐文学出现的许多"小人物"形象尤为突出,这些"小人物"的成功塑造是我国文学由正统文学向市民文学转变、雅文学向俗文学转变的桥梁。

所谓"小人物",是指与传统诗文中经常出现的士大夫形象不同的普通人物;有关人物的生活内容的描写,不再集中于政治生活而是转向世俗生活(尤其是爱情生活)。最值得关注的是中晚唐传奇中出现的小人物。传奇在唐代文学中是新兴的文体,与市民文学距离最近。它属于叙事文学,自然离不开人物形象的塑造,其中写得最出色的基本上是小人物。如《李娃传》中设计抛弃郑公子之后又舍身救助濒临绝境的郑公子的妓女"一枝花",《柳毅传》中为落难龙女而赴龙宫报信且不愿"领赏"的落第书生柳毅,《昆仑奴》中为成全少主的爱情而冒险劫取一品勋臣家女伎的家奴等形象,都是一些地位不高、节行超凡、才能出众的人物,作者将其作为正面人物加以刻

画,体现出一种新的文学趣味。

后来的戏剧和小说等通俗文学,深受中晚唐传奇的影响,不少名著就是在改编唐传奇的基础上创作出来的,在题材和人物形象上与其渊源甚深,如《牡丹亭》把柳生的地位下移,颇与唐传奇中的人物相仿佛。即使是宋词这种抒情文学,由于同属市民文学,兼之时代较近,也多受唐传奇沾溉,如宋词中很多用了"蓝桥"的典故,与裴铏《传奇》中裴航、云英的故事有关。晏殊词多次出现的词句"不如怜取眼前人",则化自元稹的小说《莺莺传》。至于赵令畤的《商调·蝶恋花》鼓子词,直接歌咏唐人传奇中的故事,与唐传奇的关系就更直接了,并成为传奇与戏曲小说的一个中介。

词是在中晚唐时期兴盛起来的一种新的抒情文体,也涉及人物形象的问题,只不过词中的人物形象体现为抒情形象。就词中的抒情形象而言,基本上是才子佳人,与此后戏曲小说中出现的才子佳人形象同属一个类型,如张泌《浣溪沙》中出现的人物:"晚逐香车入凤城,东风斜揭绣帘轻,慢回娇眼笑盈盈。消息未通何计是?便须佯醉且随行,依稀闻道太狂生。"在这首被鲁迅先生视为描写盯梢的作品中,人物"佯醉且随行"的举动,颇接近《李娃传》中郑公子的行为,无论是"佯"还是"诈",都有些狂而俗的味道。韦庄《思帝乡》词中对爱情的世俗化表达:"妾拟将身嫁与,一生休。纵被无情弃,不能羞!"在柳永词中则表露为"针线闲拈伴伊坐。和我。免使年少,光阴虚过"的生活向往,到了《西厢记》发展为对"愿普天下有情的都成了眷属"的渴盼。就人物对情爱的张扬态度而言,词、曲是前后相承的。

中唐开展的古文运动也创造了许多"小人物"形象。柳宗元不少传记类散文为小人物立传,一改以往多为地位较高的人物作传的传统,如《宋清传》中取财济世皆有道的药市异人、《种树郭橐驼传》中种树有方的郭橐驼。虽然这些作品带有一定的寓言色彩,但从人物形象的描写和作者的寄意来看,现实气息还是很浓厚的,人物的性格是鲜明的。作者礼赞这些小人物的品行与智慧,在创作思想上具有一定的民主性和平民性。这对后来的古文影响很大,如宋人王禹偁的《唐河店妪传》为勇斗敌军的老妪立传,颇与柳宗元《童区寄传》的思想相通;甚至明人魏学洢《核舟记》、张岱《柳敬亭说书》对各色人物才艺的刻画,皆堪与柳宗元继武。

受中唐古文运动和传奇的影响,中晚唐诗歌中的叙事因素大大增强,出现了不少优秀的叙事诗,这对中国古典诗歌来说是一大发展,其影响甚至波及后来的市民文学。中晚唐叙事诗一改以往诗歌传统,不再以士大夫形象为抒情主体,而是大量抒写"小人物"形象,有些形象成为后来词曲、戏剧小说中的人物原型。白居易的《长恨歌》《琵琶行》、杜牧的《杜秋娘诗》《张好好诗》、韦庄的《秦妇吟》等作品,在写小人物命运的同时,或者寄托文人的身世之感,或者折射时代风云,在艺术构思上对宋词将身世之感与艳情融为一体,和《长生殿》《桃花扇》等戏剧将历史风云与男女爱情融为一体,也有不小的启发。

以上强调中晚唐文学中出现的"小人物"形象,并不是说以前的文学创作就没有这类形象,而是指人物形象的塑造中体现出的新思想、新情趣,并在后来的词曲、戏剧、小说等通俗文学中发扬光大,因而蕴含着丰富的文学史信息。虽然这些作品的作者还是文人士大夫,但其思想性格与创作情趣都已经向市民阶层倾斜了。这无论是对后来的诗文,还是词曲、戏剧、小说等,都有深刻的影响。

第二节　转型期"小人物"形象的特殊意义

文学是人学,所以文学必须"在塑造生动、丰富的人物性格的基础上,以一种开放、多维、动态的艺术方式,全方位地写出社会生活里人与人之间复杂的现实关系,全面、真实、深刻地反映出社会生活原有的形态、内在的深层结构和某些方面的本质。如此艰巨的任务,只依靠主人公一个'光杆司令'是无法完成的"①。因此,它需要的是更多处于社会底层的普通民众,即"小人物"群体。

一、"小人物"的基本概念

关于小人物基本概念的理解,可以从两个角度来看:

一是就社会实践和文化人类学而言,如果说有地位、有名望的大人物在现实生活中得到肯定和追捧,是万众瞩目的焦点,那么那些默默无闻、无权无势、生死无关社会、不受关注的平凡小人物则更具有普遍性和多样性。他们经历着普通大众的亲身经历,体验着普通大众的亲身体验,看到发生在他们身上的悲欢离合、生老病死以及在命运面前的无可奈何和永不停歇的抗争,这都会引起人们的共鸣和心灵震撼。他们就像一面镜子,读者看到他们就如同看到自己,看到整个民族和人类社会。他们性格中的坚强、勇敢、英勇无畏、崇高伟大是得到普遍认可和欣赏的,而他们丑陋、卑下、懦弱、愚蠢的阴暗面则被本能地拒绝和排斥。这些小人物是对现实生活的主观感受所得或个性化的表现。

二是从美学意义上来看,小人物从现实生活进入到文学作品中,不仅丰富了文学形象的人物画廊,使文学作品的主题更加广泛、深刻,而且人物性格也渐趋丰满和合理。狄德罗曾说过:"人是一种力量与软弱、光明与盲目、渺小与伟大的复合物,这不是责难人,而是为人下定义。"②小人物就真正体现了"人"的这一定义。他们的性格组合具有表层意义和深层意义,如善恶组合的复杂性,崇高和滑稽的双重性,刚强、懦弱、温柔、专制和模糊性,他们没有本质上的好与坏之分,只是更加符合艺术的真实性,更加符合现代人的审美观念。

二、"小人物"的形象特点

在中外文学中,作者刻画的"小人物"形象具有其独特的特点。

---

① 方柯:《论性格系统》,文化艺术出版社1988年版,第21页。
② [法]狄德罗:《狄德罗哲学选集》,汪天骥等译,商务印书馆1997年版,第44页。

一是强烈的生存欲望。小人物的生活往往都是充满了重重困难和挫折,生命可能随时受到威胁,但是人的本能生存欲望让他们以坚忍不拔的毅力拼命挣扎着、斗争着,在一次次的灾难和打击中站起来,为的只是能够生存下来。就如鲁迅小说中的祥林嫂,她的第一任丈夫死后,她为了更好地生活,瞒着婆婆来到鲁四老爷家做工,为了不被人歧视,赎了这一世的罪名,她用一年辛苦挣来的工钱去土地庙捐了一条门槛。《项链》的女主人公玛蒂尔德因为出身不够高贵,所以只能羡慕别人的奢华生活,可是一旦有机会在别人面前崭露头角时,她就牢牢地抓住机会,她的生存观不只满足于活下来,而是在于怎么活,当因为赔偿项链而倾家荡产时,玛蒂尔德没有放弃,通过辛苦劳动,终于偿还了所有债务。《简·爱》的主人公简·爱、《家》里的觉慧、《骆驼祥子》里的祥子、高晓声"陈奂生系列"中的陈奂生,都有着很强的生存欲望。

二是较强的抗争意识。文学作品中,作家塑造的小人物一般都是地位不高,通常无权无势,因此他们要生存下来就必须抗争。文学作品中的小人物往往是现实生活的缩影,需要经历重重苦难,需要不断地反抗和拼搏,他们知道,要想活下来就必须与当时的社会和所处的环境抗争,不管结果怎么样,他们那强烈的抗争意识是值得肯定的。

三是悲惨的人生结局。造成小人物悲剧人生的原因是多种多样的,既有他们自身的性格悲剧、命运悲剧,也有时代造成的社会悲剧。他们因为生活在那个愚昧无知的社会中,虽然自身本性善良、淳朴,可却不是当时社会所容许的,他们人性中美好、善良的一面遭到了扼杀,所以只能以悲惨的结局告终。

三、转型期"小人物"形象的存在意义

追溯文学作品中"小人物"形象的历史,仔细分析小人物概念,由此可知,小人物虽小,虽普通,但其身上所承担的文学价值和社会意义却不小,并不普通。尤其是在社会转型期,一批批"小人物"形

象的生动塑造,真实再现了当时的社会景况。关于"社会转型"这一概念,20世纪90年代以来才逐渐进入到中国的学术语系中,用以描述社会整体根本性的变迁,并逐渐成为理论界研究的热点。社会转型本身即是社会制度的创新,是人类历史上规模空前的制度变迁过程,有中国特色的社会主义市场经济体制的发展促使社会整体相关方面发生重要变化。

从历史上看,每当社会处于大转折的时期,都伴随着巨大的精神分娩的痛苦和迷惘。由于传统的价值系统已失去存在的合法性,而新的价值体系又不能马上确立和完善,这样,人们一时失去了心理平衡的支点,处于一种精神的失重状态。但是,作为生命个体,还要在夹缝中生存下去。于是,这一时期的生命个体便面临社会常规期所体验不到的诸多困惑与焦虑,个人的渺小感、孤独感、无助感、空虚感、苦闷感、失望感甚至绝望感等等消极情绪,就是这种困惑与焦虑在心理上的具体体现。从这一角度来说,小人物其实就是社会变革下的具体行动主体,小人物是变革转型期社会矛盾、冲突的承受者和解释者。

当下语境中,有一些所谓的"名家大腕"忘记了"我是谁",或者说从来就没有弄清"我到底是谁"。文学史上记载的都是巨匠、大师,这会给人错觉,以为文学的历史都是精英的历史,与民众无关。在粉丝文化盛行的今天,一些作家在网上大红大紫,被众多少男少女疯狂追捧,年纪轻轻已不记得"我是谁"。我们一直倡导文学要书写伟大的时代。如何书写?很重要的一点,就是要从小人物写起,从人民大众写起。有人觉得,普通民众的日子平庸琐碎、家长里短、柴米油盐,不值得写。但是,历史是由这些民众创造的,民众的生活是最生动的历史。在波澜壮阔的时代洪流中,恰恰是亿万民众生活中的点点滴滴汇聚了沧桑巨变。文学,应该是民众的文学。①

————
① 参见《文学是民众的文学 向"小人物"要"大作品"》,2014年3月14日,http://culture.people.com.cn/n/2014/0314/c87423-24633465.html.

　　所以说,社会转型期往往是文学创作的高产期,小人物成为我国小说创作的重要题材是社会转型期变革的反映。"小人物"形象既是一个文学概念,又是一个历史学概念,它承载着作家对那个特定时代的社会阶层——小官吏、小职员阶层的心理动态和行为方式的独特言说。① 文学中的小人物群像无论是对世情百态的呐喊,还是深掘其背后故事的宏大主题,都是随着社会的深入发展而不断适应的。

---

　　① 参见惠继东:《对转型期"小人物"形象之重新审视》,《固原师专学报》(社会科学版)2005 年第 4 期。

第二篇 形象系列论

　　小人物，往往被认为是无足轻重的或无甚价值的，而且通常是小小的或次要的某人或某物。它区别于大人物和普通人，在普通人中比较突出，但却远远达不到大人物的水平。小人物的生存之痛是最让人无言以对和无可奈何的。尤其是在社会转型期，他们往往因为无力把握现状和改变命运而显得孤独无助，渺小可怜。在现实生活中，这一群体分布广泛，在文学创作中，随处可见他们的身影。本篇主要选取了我国社会转型期具有代表意义的农民、知识分子、工人群体以及转型期女性群体分别展开分析。

转型期"小人物"形象之农民群体

中国自古以来就是一个以农业人口占主导地位的国家,农业的基础性地位是显而易见的,著名社会学家费孝通先生就曾经说过,"从基层上看去,中国社会是乡土性的"[①],"直接靠农业来谋生的人是黏着在土地上的"[②]。中国农民与土地有着生死依存的关系,这使中国传统文化带有根深蒂固的农耕文化特点。"面朝黄土背朝天"是他们最实际、最真切的生存活动,麦青谷黄、蝉鸣虫叫是他们最诗意的人生风景,土地的多寡成为农民地位的象征,对他们而言,"拥有自己的一方土地,一个农民就拥有了全部世界"[③]。

第一节 宏观视野下的农民群体

作为农业文明载体的土地几千年来始终是中国传统文学的根基所在,纵观中国现当代文学发展的各个阶段,涌现出众多的文学

---

① 费孝通:《乡土中国》,北京出版社 2005 年版,第 6 页。
② 费孝通:《乡土中国》,第 3 页。
③ 陈继会:《中国乡土小说史》,安徽教育出版社 1996 年版,第 332 页。

佳作,大多与我们休戚与共的乡村和土地密切相连,各时期塑造的个性鲜明、栩栩如生的典型的农民形象也成为中国文学史上重要的一笔财富。在中国现当代文学发展史上,农民形象发轫于1920年蔡元培将"劳工神圣"的题词刊于《新青年》,一时间"劳工神圣"成为知识界的风行口号,与此同时,各种乡村农民运动不断兴起。在这种政治文化思潮的策引下,处于社会最底层的沉默的大多数农民,他们的生存状态、人生命运、文化心理逐渐为中国社会所重视,文学创作者们站在启蒙主义的立场上相继发起了"人的文学""平民文学""为人生"等文学思潮运动,这些都使得一代作家与农民结下了空前的亲缘关系,农民形象至此在文学创作、文学批评等领域确立了自己的重要位置,现代文学巨匠为我们描绘出了一系列流光溢彩的农民形象系列:鲁迅的文化批判、沈从文的田园抒情乃至茅盾的社会剖析、赵树理的乡村代言等等文学形态,不仅开辟了现代文学农民形象塑造的基本类型,而且一直影响并制约着当代文学农民形象的嬗变与发展,从"阿Q""闰土""翠翠""老通宝""李有才"等典型人物系列中,我们可以感知现代中国农民的奋斗史;同时这一具有丰富审美和文化内涵的形象类型也给予文学极大的活力,为新文学的发展繁荣提供了一个重要的契机。

新中国成立以后,随着国家统一政权的初步建立,延安文艺座谈会上确立的工农兵文艺政策得到了全面的实现。在这种主流意识形态的控制下,20世纪50~70年代农民形象的塑造出现了一个新的高峰期,"梁生宝""萧长春""高大泉"成为这一时期内农民形象塑造的主流形态。改革开放以来,新时期文化带来了文学艺术的又一次繁荣,农民形象塑造在继承和发展现代文学开辟的基本类型的同时,又出现了诸多新质,农民形象体系日趋驳杂丰富,各自蕴含着独特的审美价值与文化特质,"陈奂生""高加林""白嘉轩"乃至"许三观"等等都显示着这一时期小说取得的重大成就。

进入新世纪后,"三农"问题更成为关注的焦点,许多作家继续坚持立足乡土、守望乡土,不断涌现出了大量的"老人新作""新人新作"，及时反映出新世纪中国乡村社会从基本文化形态、经济生活方式、社会结构到农民文化人格等方面的巨大变化，讲述中国乡土的忧患、痛苦、裂变、转型，讲述世纪之交的乡愁和乡村新人的艰难成长。作品中的主人公有的是土地的迷恋者，无论遭遇多少磨难也不能摧毁他们对土地深挚的热爱，他们的精神之根扎在辽阔宽厚的土地上，离开了土地，他们的灵魂深处就会沉沦在没有归属感的彷徨之中。土地对于农民而言不仅仅是生存之本，已然成为一种心灵的寄托和风雨与共的精神化身，并且"很多作品不仅关心农民的物质生存境况，更加关心他们的灵魂状态、文化人格，关注他们在急遽变革的大时代中精神世界的震荡，于是把重心放到中国农民在现代转型中的精神冲突和价值归依上，像《城的灯》《天高地厚》《上塘书》《猎原》《妇女闲聊录》《石榴树上结樱桃》等一些写实性作品"①。另外，进入新世纪以后还有一个现象值得关注和重视，就是随着城市化进程的加快，再加上中国社会城乡二元结构由来已久，城乡在物质与精神生活方式上的悬殊差异，都市对乡村构成了巨大的诱惑与吸引，许许多多的农民不断走出祖祖辈辈赖以生存的土地，像"候鸟"一样拍打着沉重的翅膀在城乡上空飞翔，如"泥鳅"一般在污浊的环境中顽强生存，用自己的血汗或青春换取城市身份，"到城里去"已然成为他们的一种战斗姿态，城里仿佛是他们改变命运的唯一途径和归宿。于是，或逃离乡土，或眷恋乡土，或挣脱世世代代的命运，便成为文学中不倦的主题。一些具有责任意识的作家开始注意到这一现象，不约而同地把目光投向这些"城里的农民"，出现了一大批描写这些进城农民的小说，如王安忆的《发廊情话》，李肇正的《傻女香香》，迟子建的《踏着月光的行板》，刘庆邦的《到城里去》《红煤》，尤凤伟的《泥鳅》，孙惠芬的《民工》《天河洗浴》《吉宽的马车》，陈应松的《太平狗》，荆永鸣的《创可贴》《北京候鸟》《大声呼吸》，罗伟章的《我们的路》《大嫂谣》《变脸》，巴桥的《阿瑶》，夏天敏

① 雷达：《新世纪以来长篇小说概观》，《小说评论》2007 年第 1 期。

的《接吻长安街》和徐则臣的《跑步穿过中关村》等等,这些作品反映的都是走出土地、进入城市的农民生活,构成了当下中国文学的主流,受到各家文学刊物的欢迎,并屡获奖项。

需要说明的是,在这里,我们没有把农民形象称为"乡下人",主要原因是"乡下人"这个概念太宽泛,它既可以指农民,也可以指大城市人对小城市人的称呼,形象和人格特点难以把握;另外,本书没有跟随一些政策文件的界定把进城农民纳入工人形象研究,主要是因为本书文本的研究是建立在形象的阶层基础上,进城农民形象的研究是在社会现代化、城市化背景下进行的,而推进城市化、实现农民向市民的转变,从农民个体的角度来看要完成三个转变,即农民职业与土地的分离、身份与农民的分离和文化与城市的融合。从现阶段我国经济发展的现实来看,进城农民正在实现着第一阶段的转变,即越来越多的农民不再以务农为职业,也不再依赖土地为生,转而投奔城市来维持生活,他们还未真正成为"城里人",在一些生活条件、待遇等方面和原有的国企工人还有很大差异,他们之间的共性特征反而不如和原有传统农民形象的共性特征更明显,若纳入"工人形象"这一范围研究,很难体现现代化进程中农民身份转变这一特点,也会使两类形象研究更加复杂。为此,本书中的进城农民形象研究将根据其身份和阶层特点置于农民形象的范畴。

在本节里,关于进城农民的书写用较大篇幅去解读,主要是目前这一群体无论是在现实生活中还是在新世纪以来的小说中,已颇具规模,势必引起更加广泛的关注和研究。当然,细细梳理这一特殊农民形象,实际上早在 20 世纪二三十年代就已出现,如发表于1922 年《小说月报》十三卷七号潘训(潘谟华)的《乡心》,其主人公阿贵就被茅盾称作"是抱着'黄金的梦',从农村跑到都市去的第一批代表……"[①]可以说是开创了农民进城务工类小说的先河。此后,

---

① 赵家璧:《中国新文学大系·小说一集·导言》,上海良友图书印刷公司 1935 年版,第 56 页。

这类小说还有王任叔的《阿贵流浪记》、王统照的《山雨》、吴组缃的
《栀子花》、萧军的《第三代》、和丁玲的《奔》等等,但这些小说"无论
从篇幅还是从表现的细微、复杂程度尤其是文学成就上看,大都不
够充分"①。到了 20 世纪 50~70 年代,在户籍等制度的制约下,农
民基本上处于固定不动的状态,因此进城农民形象在小说中也鲜有
亮相,即使有(如孙犁《铁木前传》中的黎七儿),作家也未曾作深入
的分析和明确的褒贬评判。等到了 70 年代末和 80 年代初,随着中
国的改革开放,农民才逐渐有所流动,一些作家也开始涉猎这类题
材,高晓声和路遥就是较早触及进城农民的作家。但高晓声笔下的
陈奂生(《陈奂生进城记》)相对于城市而言,仅仅是个"过客",城市
只是背景和参照物,他骨子里流淌的仍然是中国传统农民的血液,
一次进城经历只能让作者发出改革开放初期的农民还没有从因袭
的重负下解脱出来的慨叹。路遥笔下也出现了走进城里的乡下人,
高加林(《人生》)便是其中的代表,虽然他的出现已经触及了城乡交
叉地带的社会、道德、心理的各种矛盾,但他是以一个平等的姿态即
干部身份进入城市的,我们无法在他身上感受到农民进城所带来的
那种独有的特征,而且作家最终是"把同情完全依偏移于乡村姑娘
巧珍一边,对高加林走进'现代'的要求诉诸批判,并明确告知只有
乡村乌托邦才能拯救高加林"②,高加林的进城最终只能以失败告
终。只有进入新世纪以后,随着社会主义市场经济体制的逐步确
立,我国经济保持持续增长、经济结构进行调整,面临着传统农业文
明向现代工业文明的文化转型,在这一独特的社会背景和文化语境
以及多元文化的交融下,农民不仅开始大量进城,而且这些进城农
民的生存环境和心理状态也在经历蜕变,他们无论是到城里去,还
是返回乡里,都处于尴尬的位置,无所逃避,无处突围,这种化蛹为

---

① 施战军:《中国小说的现代嬗变与类型生成研究》,山东大学博士学位论文,
2007 年。
② 孟繁华:《重新发现的乡村历史——本世纪初长篇小说中乡村文化的多重性》,
《文艺研究》2004 年第 4 期。

蝶的蜕变使得他们相比以前的进城农民发生了根本的改变。"他们在文化心理上较少承负传统文化的因袭与影响,而城市则成为每个人的精神向往。"①与此变化相适应,"新世纪作家关注的不再是他们与乡村的精神联系,而是生存在别处个人情感、命运、人性的变迁"②。和以往进城农民形象相比,新世纪以来的进城农民形象出现了多种情态,形象也更加多彩和深厚,在这些形象中既有挣扎于困境中的"泥鳅",也有徘徊在城乡上空的"候鸟",既有"零落成泥碾作尘"的女性进城农民形象,也不乏"一朝直上青云路"的成功者,在他们身上我们不仅体味到那种"独在异乡为异客"的身份焦虑,更感受到了那份"日暮乡关何处是"的无奈和失落。因此,对他们的关注在一定程度上更能体现出新世纪以来农民本身所特有的形象特质。

总之,中国社会根深蒂固的乡土性表明农民阶层在历史文化中自始至终占据着主体位置,农民作为一种具有丰富审美内涵的文学形象在文学文本的历史传承中呈现出明显的差异性。新世纪以来社会的变迁、文化的开放带来了文学艺术的又一次繁荣,无论是依土而生、还是向城求生,新世纪以来的农民已和以往的农民有了很大的不同,农民形象塑造在继承和发展现代文学开辟的基本类型的同时又出现了诸多新质,"坚守"和"漂泊"成为这一时期农民形象的主题。这些多样的农民形象的出现以及他们身上所独有的人格心理特征,蕴含着独特的审美价值与文化特质,极大丰富了当代小说的人物画廊,成为对中国文学农民形象的一次重要补充。基于这种现状,我们选取新世纪以来小说中的农民形象作为研究对象,围绕他们的坚守和漂泊,进行形象研究的横向延展和纵向拓深,以期引起人们对农民生存处境、城乡关系、转型期社会的人格心理特征等方面的关注和思考。

---

① 施学云:《论当代文学中流动农民形象书写的嬗变轨迹》,《理论与创作》2005年第5期。
② 施学云:《论当代文学中流动农民形象书写的嬗变轨迹》,《理论与创作》2005年第5期。

第二节　农民群体的众生百相

在全球化和现代化的大背景下,变化中的乡村和农民在新世纪以来的当代文学创作中成为新的写作资源。很多作家关注并努力表现从农耕文明向工业文明过渡过程中乡土中国的现代性演进及阵痛。这一时期,作者笔下的农民形象是丰富多彩的,可谓众生百相,他们在光怪陆离充满着悖谬的现实生活图景中,体验了多样的角色,感受到了不一样的人生,经历了不同的心路历程。作家以敏锐、生动的笔触为读者呈现出一幅转型社会中农民形象的立体画卷。本节试图从小说文本出发,对这一时期农民形象从生存方式这一外在形式进行类型划分,以期形成对这一类形象的总体把握。

新世纪以来,随着中国城市化进程的加快,传统的农村已受到了工业文明的浸染,农耕文明受到了挑战,农民传统的劳作和生活方式发生了前所未有的变化,他们有的怀着对土地的难以割舍的感情,在农村大地上书写着别样的生活;有的因家庭原因困守在这片土地上,这些"在乡之民"成为了"乡土的守望者";还有一些农民面对先进的城市文明、繁华的城市生活,心生向往,渴望摆脱土地的束缚而进城,积极主动地追求现代文明生活,成为了"进城之民",虽然这些人中有的获得了成功,成为了所谓的"人上人",但他们中的大部分工作艰辛、工资低廉、生活条件差、精神困乏,于是又在进城、返城之间穿梭而行。透视上述农民形象群体,我们不难发现,坚守与漂泊成为他们这一时期生存际遇和精神状况的真实写照,而细分之下又存有差异,根据这种差异,我们把这一时期农民形象划分为六种基本类型。

一、乡土的守望者

农民和土地相生相依,这原本是毋庸置疑的,但随着时代的进步和发展,农民赖以生存的空间和领域更加广阔,务农已不再是他们生活中的唯一选择,坚守土地成为了一种寄托,这种寄托因个体差异又有所不同:在年长者那里,更多的是希望保存或回到原有的那种生态化的简单的农村生活;在年轻者看来,则是希望通过积极的态度,紧跟时代的步伐,在土地上奏响一曲时代的乡土赞歌。在这一背景下,作家们坚定地将自己的创作与农民和土地紧密联系,立足农村,站在农民的立场,叙写农民,表现出了在转型社会中面对大多数人"逃离"土地时的坚守与守望家乡、家园和土地的情怀。在这批守望者中有两类典型代表:一类是作家李锐在"农具"系列中叙写的一些老者;一类是作家周大新在《湖光山色》中塑造的年轻一代农民形象的代表"暖暖"。

李锐在农具系列小说《太平风物》中塑造了多个农民形象,其中关于几个老者形象的塑造颇引人注目,这其中包括:《楼车》中的老福田、《锄》中的六安爷以及《残镰》中的老者。这三位主人公单纯从名称上来看,就已知道他们在村里都属于年长之人,在经历了各种时事变迁后,他们面对村里发生的巨大变化,我们通过作家的描述感受到了这些老者对土地和家园的眷恋。

当老福田所在村子里的土地被征用,住了几辈子的老宅被拆毁,他带着孙子进行着最后的播种时,他对孙子说:

牛牛,来,歇好了,还得把咱(最后的主人语气)的地种完。这块地可再没有千年万年了,世世代代种它,收它,种了千年万年,收了千年万年,现在就剩下今年这一回啦,今年种了谷子,明年就没人种了,就会变成荒地了。变成荒地什么庄稼都不长,就变回几万几千年前那个模样了,就和伏羲爷、女娲娘娘在世的时候一个样了,荒林遍野,猛兽横行呀……①

他的担心除了世代耕种的土地之外,更让他放心不下的是后代儿孙。小说的最后是这样写的:"看着孙子稚嫩的后背,老福田觉得有

---

① 李锐:《犁铧·楼车(短篇)》,《十月》2006 年第 2 期。

眼泪涌出来。"①他的内心似乎在说,儿孙们将来要靠什么活着呢?

　　在《锄》中,主人公六安爷看到村中最好的百亩良田被占,要建成焦炭厂,给农民们的前景是:"百亩园里将是炉火熊熊、浓烟滚滚的另一番景象"。种下的种子毫不知愁地发芽、长叶,"每天早上嫩绿的叶子上都会有珍珠一样的露水,在千百年来的晨风中,把千百年的阳光变幻得五彩缤纷。"然而,话锋一转,感慨道:"只是这些种子们不知道,从今往后,永远不会再有人来伺候他们,收获他们了。"他们将被熊熊的烈火吞没。同时被吞没的是农民的理想、希望以及生命力。主人公六安爷抚平心灵伤口的办法,也只是默默地等待。他已不再是这块地的主人了。他仍然默默地锄着那块永远不会有收获的地。他不是在锄地,他是在干什么呢?他无数遍地重复着这句话说明了他的埋藏在心底的那份情愫:"我不是锄地,我是过瘾。"②

　　《残穗》中的老者,心里被踩踏得难以自禁,失声痛哭。他的痛苦"不是因为疼,不是因为毁了家什,不是因为出了这么点事情……"而是"因为难受,是因为自己老了,亲眼看见自己快要伺候不了这些黄土了"。作为生命依存根本的黄土地已经荒芜了,作为生产力要素的工具"黑骡子""拉坏了的穗"已经残破,然而更为严重的是他已丧失了主动权,只能无奈地面对。于是他"抽上一口烟,流一阵眼泪。抽一口烟流一阵眼泪"。最后也只能落得"就让这棵小树苗陪着我就知足了","就让这棵小树苗从我坟里长出来,长成一棵大树,长得满树满枝的绿叶子"。③　这也许是老农无奈的期盼,也许是作者心中的希望之绿吧。

　　在农民的心里,生命的支柱就是千百年来赖以生存的土地,他们愿意为土地而生、为土地而活、为土地而死。当土地成为了现代化进程发展的"必需品"时,农民已无权利保留着为己所有,只能凭

---

① 李锐:《犁铧·耧车(短篇)》,《十月》2006年第2期。
② 李锐:《锄》,《太平风物》,三联书店2006年版,第51页。
③ 李锐:《残穗》,《太平风物》,第21页。

着本性耐心地等待着,企盼让历史、让时间奉还自己的应得,恢复自己的主人翁地位。

如果说,这些老者在守望家园时更多的是被动接受,时代的变化让他们把那份对土地的热爱用"心存"的方式去保留,那么《湖光山色》中则描述了年轻一代对土地的主动作为,让土地又焕发出了新的光芒。小说主人公暖暖,起初选择的也是"逃离"——向城求生,但因母亲生病,才又返回到了自己的故土。因去过北京,见过"大世面",暖暖在刚回乡时也想依靠土地发家致富,但没成想,回来后却因受骗而背上了沉重的债务。好在天无绝人之路,恰逢历史学者谭教授来村里考察,暖暖紧紧抓住机会,利用自己家乡的自然条件,依托家乡的历史文化背景,通过开办家庭旅馆这种"农家乐"的方式,又获得了一种新的发展机遇。同时,她的举动也带动了整个村子的旅游业的发展。在发展过程中,暖暖坚持与不良的社会风气作斗争,甚至放弃了更多赚钱的机会,以其坚守和顽强让自己的村庄保留了那份固有的纯净和温暖。以暖暖为代表的这种守望者和上述老者又有所不同,他们守望家园时,不忘发展家园,争取幸福,这让我们看到了希望:守望者也有"春天"。

二、困境中的"泥鳅"

在鱼类家族中,泥鳅是低贱的一族,它喜欢栖息于静水的底层,常出没于湖泊、池塘、沟渠和水田底部富有植物碎屑的淤泥表层,对环境适应力强。它长得极不起眼,甚至可以说是丑陋。尤凤伟曾在小说中把进城农民比作"泥鳅",这是个绝妙的比喻。进城农民一进城就被贴上贫穷、落后、愚昧、低贱的标签,即使已成为城市建设的主力军,但依然处在城市底层。在作家笔下我们发现了许多这样的"泥鳅":如《民工》中的鞠广大、鞠福生,《泥鳅》中的国瑞、蔡毅江、王玉城、解小放,《太平狗》中的程大种,《踏着月光的行板》中的林秀珊和王锐,《接吻长安街》中的"我",《大嫂谣》中的"大嫂"、《芝麻》中的芝麻和凤,等等。

　　这些"泥鳅"们在城市里干的是最脏、最累、最苦和最险的活,有的"晚上十点了还在挑灯夜战,一双脚已经被城市深处挖出的脏水泡出了一个又一个大红疙瘩,奇痒难耐"①(《太平狗》中的程大种);有的每天就"像蚂蚁样的在高高的脚手架上反反复复地攀援","干的活就像希腊神话中受惩罚的神一样,将巨大的石头推到山顶",推的过程中"已经累得脚腿抽筋,两眼发黑了",但刚推到山顶,巨石又轰隆隆地滚了下来,只能"继续推,永无休止"②(《接吻长安街》中的"我");有的本应安享晚年却还要在工地上用铁锹将一堆河沙和水泥拌匀,还要去推火红的太阳将铁把烧得像烙铁一样的斗车,以至于昏倒在地而被斗车压着了腿……劳动强度大、工作环境恶劣、劳动条件差、危险性高成为他们工作条件最真实的写照。

　　生活上呢?当他们带着对美好生活的向往和憧憬来到城里后,却发现繁华的城市是留给城里人的,他们趾高气扬、兴高采烈地奔走在金光大道上;脏乱差的城市才是留给这些"泥鳅们"的,他们低三下四、疲惫不堪地穿行在城市肮脏的缝隙里,如泥鳅一般污浊,生活艰难而困顿:有的住在"几辆旧客车的车体。因为车体太薄,经不住日晒,棚子里热得晚上无法睡觉",而且"翻过来,是浓浓的汗臭,覆过去,是浓浓的臭汗"(《民工》中的鞠福生);有的一晚上"在高架桥下和拾荒者、乞丐或者傻瓜一起烤火"③(《太平狗》中的程大种),甚至这些进城的人竟然还不如城里的狗,他们"在城市里没有自己的一张床",但他们老总家的狗却能有单独的居室和床(《踏着月光的行板》中的王锐)。如果说住尚可忍受,那么吃呢?民以食为天,况且"如果说民工们熬日头出大力奔的是年底的工钱,那么支撑他们向这个远大理想奔去的,便是每一天的每一顿饭了"④(《民工》)。但这至关重要的饭是什么呢?"米饭常常夹生","大白菜大酸菜清

　　① 陈应松:《太平狗》,《2005中国小说排行榜》,作家出版社2006年版,第62页。
　　② 夏天敏:《接吻长安街》,中国长安出版社2012年版,第147页。
　　③ 陈应松:《太平狗》,《2005中国小说排行榜》,第63页。
　　④ 孙惠芬:《民工》,《孙惠芬小说精品选》,作家出版社2005年版,第217页。

汤寡水",即使是跟着主人家吃饭条件相对好点的保姆,在吃饭问题上也是大有苦水:有的虽然住在有钱人家,"三天两头给孩子买个玩具就好几百块",可就不让保姆吃饱饭,"饿得心慌,喝水喝得一天光上厕所了";有的连一口米饭都咽不下去却要和主人家一样"一天两顿米饭一顿大米粥",换了一家,却天天"就爱吃玉米糊糊玉米窝头、蒸白薯煮白薯粥,还有小米饭小米粥",①吃得脸儿都青了,嘴里一天直反胃酸(《芝麻》中的凤和芝麻)……居住拥挤、通风采光差,饮食粗陋,成为他们来到城里后生活状况最客观的描述。

而和艰苦的工作生活条件相比,农民进城后所受到的歧视,更让他们倍感压抑和苦恼。《民工》中有这样一段描写民工上公交车的情景:

> 那些轻装上阵的城市人,顺着车体,一下子就钻到他们前边。他们泥鳅一样从民工们身边穿过去,冲乱了民工队伍,还直朝民工翻白眼儿:也不看着点,看把身子蹭的!分明是他们蹭了民工,却赖民工蹭了他们,鞠广大一下子就火了,妈的还反了!他使出浑身力气,左冲右突向车上拼命,他不管是穿着浅装的娇小姐,还是腿脚不好使的胖太太,一律不管。因为用力太重、太冲,车下挤车的人被他撞倒一片。他撞倒了别人,终于上了车,可是刚刚上车,就被司机和车上乘客揪住,三拳两脚将他打翻在地。他们打倒他,不给还手机会,又把他的行李从窗口扔了出去。行李,是命根子,一年的血汗钱都在里边,本是没有丝毫力气的鞠广大,见行李被扔出,狂吼了一声:啊——他本是要大骂一句,可是为了能够顺利地从车上爬出去,他忍了。因为忍了,他膝盖一直不停地抖;因为忍了,从此以后,他就再也不敢看挤车的场面。②

无独有偶,《接吻长安街》中也有这样一段描写,在公交车上进

---

① 张抗抗:《芝麻》,《钟山》2003 年第 5 期。
② 孙惠芬:《民工》,《孙惠芬小说精品选》,第 228～229 页。

城打工的农村姑娘柳翠刚要坐在座位上时，她侧边的城市女孩就站了起来，说了声讨厌而离开位置，此举让男主人公实在困惑，想不明白"一个农村进城打工的碍着谁了？和她坐在一起会跌份子？"①

在城市这个大鱼缸中，城市中的市民就如漂亮的热带鱼一样无衣食之忧，无处所之虑。"泥鳅"也是鱼，但在繁华的都市中，它既无宽大的鱼缸可住，也无唾手可得的鱼食可吃。他们付出的是比城里人多得多的劳动，但没有人认同他们、关心他们、理解和扶持他们，乡村已不再是他们心存向往的存身之地，城市又排斥着他们，给了他们太多的伤害。他们唯一的资本是出卖劳动力和肉体，获取的报酬就是城市人丑陋的鄙视眼光。痛苦、孤独、郁闷、焦虑、欲望成为他们内心的存在体验。他们只能选择像"泥鳅"一样沉默而缺乏光泽地生活。

三、城乡上空的"候鸟"

候鸟，是一种随季节定时迁徙的鸟类。当春回大地，洋溢着暖暖气息之时，当瑟瑟秋风，飞扬起枯萎落叶之际，仰望天空，总会看到几队排得很整齐的鸟儿从空中划过。它们不满足于家雀安逸的生活，也不奢望像雄鹰一样搏击长空，它们只是在寻求一个温暖简单属于自己的家。它们不畏艰辛，不停地飞，不停地寻，甚至终其一生。在我们对新世纪以来小说中的农民形象进行寻找梳理时，发现了许多如"候鸟"一样徘徊在城乡上空的农民形象，他们在离乡——进城——返乡中穿梭着，如《北京候鸟》(荆永鸣著)中的来泰、《天河洗浴》(孙惠芬著)中的吉美、《我们的路》(罗伟章著)中的"大宝哥"。

《北京候鸟》中的来泰是为了躲赌债从老家跑到北京的，先是寄人篱下，又自己拖着一条残疾的腿骑着三轮车穿行在北京街头。虽然他在北京如此艰难地生存，但"衣锦还乡"之后还是随着候鸟般的外地人返城了，这时的他对老家一些人除了喝大酒就是打麻将的生

---

① 夏天敏：《接吻长安街》，第 159 页。

活已是十分地鄙夷和不屑了,说:"我看那就是个吃喝等死。"不言而喻,来泰已经不愿再回到他那个家乡了,可是在北京他能找到自己的家吗?回到北京后他曾用自己的血汗钱盘下一个店,甚至曾想接孩子来北京上学,俨然要扎根城里了。但是城市不是乡下,"城市说变就变,变你没商量"。一声拆迁令下,骗得他无处伸冤,血本无归,当了三个月老板的来泰又去蹬三轮了。作品的结尾是耐人寻味的,来泰找不着家了。来到北京好几年的来泰居然找不到家了,真的是他喝醉酒找不到了吗?其实这里有更深的寓意,在城里这些农民实际上就是无家可归,他们就像是生活在一个孤岛中,远离家门又徘徊在城市的门外。

其实像来泰这样的候鸟很多,各种原因,被宋家银(《到城里去》)一语道破:"城市是城里人的。你去城里打工,不管你受多少苦,出多大力,也不管你在城里干多少年,城市也不承认你,不接纳你。"①这就是事实,不管合理与否,但不容争辩;这就是鸿沟,不管有无条件,但无法逾越;这就是城乡的壁垒,森严厚重,拒人千里。

然而当这些被城市拒之于门外的农民想回家时,竟然发现这是一条不归路。《天河洗浴》中的吉美被老板虐待得伤痕累累,难以尽言,根本就不想再回去,但她的父母为了赚取在乡亲面前的风光,没有给她提供一个避风港,反而让她再次返城;当《我们的路》中的"大宝哥"下定决心不再回城时,被生活所迫又不得不重新做了选择。他的一段内心感受让我们体味到了这些"候鸟们"的辛酸:

> 从没出过门的时候,总以为外面的钱容易挣,真的走出去,又想家,觉得家乡才是世界上最美的地方,最让人踏实的地方,觉得金窝银窝都比不上自己的狗窝,可是一回到家里,马上又感到不是这么回事了。你在城市找不到尊严和自由,家乡就能够给予你吗?连耕牛也买不上,连付孩子读小学的费用也感到

① 刘庆邦:《到城里去》,《十月》2003年第3期。

吃力,还有什么尊严和自由可言?①

如果我们以路遥《人生》中的高加林作为一个参照的话,可以看到,20 世纪 80 年代进城农民被城市无情抛弃之后,尚有一片宽厚慈祥的土地和淳朴善良的巧珍姑娘来抚慰心灵的伤痛。而对于新世纪的进城农民而言,大部分人在城里扎不下根,又不想在乡下常驻,他们的生活就只能是"想成为城市人而不得的生活"和"暂时成为城里人的生活"。在"这个世界上,有两个中国,一个农村的中国,一个城里的中国,这两个中国不一样"②,这些进城农民就是在这两个"中国"永远漂零徘徊的群体,他们是"城市里的乡下人",是"乡下的城里人",不知自己身在何处,不知路在何方,在这种大变革大过渡时代,他们成为农民最为典型的形象之一。

四、被裂化的农民

在经济大潮的强烈冲击下,几千年来,在农民身上所表现的勤劳、正直、善良、诚心、忍让、忠义的本性正在弱化,而自私、保守、粗暴、残忍、背叛等人性恶的东西表现得越来越突出,一些东西正在发生震荡,甚至裂解。在农民形象中,我们看到无论进城者,还是留守者,心理失衡、人格缺失等问题逐渐显露。

如李锐小说《桔槔》中的小满和他的村民们靠着偷盗焦炭过起了美满的生活;《锄》中,村民为了钱把守了几辈子的百亩良田卖给焦炭公司,造成土地的流失和荒芜;《残摞》中的儿女,为了进城把老人孤独的扔在乡下,丢失了孝道;《袴镰》中的村长杜文革,把提意见的村民逼上绝路,而一向朴实的农民陈有来居然杀了人;《扁担》中的好人张老板死后,农民工把他的东西一抢而光;《牧笛》中儿子拿着父亲千辛万苦赚来的辛苦钱去看黄色表演;《连枷》中的老师王光荣为了多收入些,给学生多加劳动课,造成学生成绩不佳;《耕牛》

---

①　罗伟章:《我们的路》,《长城》2005 年第 3 期。

②　葛红兵:《让农民发声,还是让农民沉默》,《当代作家评论》2002 年第 5 期。

中,为了防止口蹄疫不问青红皂白把没得病的牛也杀掉,最终造成放牛娃红宝的死亡。这些行为提醒我们,几千年形成流传下来的农民本性的一些东西正逐渐裂化、扭曲,人性的恶正在凸显。这不能不引起作者的焦虑和社会的警惕。此外,还有徐承伦的小说《村经》,这篇小说描绘了一幅幅魔幻的、带有迷信色彩的画面,以一个斗智故事为核心写出了农村的权力争夺,为我们揭示了当下农村的一些政治状况。这只是一个小村庄中选举的故事,却折射出了农村民主化进程的曲折,民主第一次离农民这么近,但农村要真正实现民主,还面临着相当漫长、曲折、艰巨的道路,有着种种消极因素需要我们正视。向本贵的小说《农民刘兰香之死》主要围绕着一个事件展开:县里的扶贫行动不仅没有帮助农民摆脱贫穷,反而将刘兰香逼上了死路。作者通过对这一令人惊讶的事件的描述和"追问",揭示了县乡政府和农村的一些现状和"潜规则":一是(发放救济款的)权力的腐败与交易;二是乡间伦理中冷酷的一面——相互嫉妒、嘲笑与侮辱,由此展现了上面的政策在基层走样的过程与这一过程中不同人的心态。小说中刘兰香之所以走上绝路,原因有多个方面:一是没有以丰盛的食物招待扶贫的工作人员;二是由此落了个小气的坏名声,受到村主任的批评与村里人的嘲笑;三是只能从村主任家里买酒,买的酒是假的;四是老实巴交的丈夫一气之下打了她,她想不开。正是他们的不公和无情最终使刘兰香走上了绝路。邓宏顺在《食堂》中,讲述了让一个乡政府的伙夫羊牯子感到困惑的问题:自己的饭菜做得那么好,为什么乡里的干部却不到食堂里来吃呢? 小说从羊牯子的角度落笔,沿着这一问题不断探询,到最后,"他想明白了一个真理:现在只有把食堂搞到白吃白拿才能满足乡干部,否则,万万不可能!"[①]伙夫之于乡镇干部,食堂之于大街上可以公款吃喝的馆子,伙夫与食堂面对着的是整个畸形的官场和社

---

① 邓宏顺:《食堂》,北京文学月刊社编:《当代中国文学最新作品排行榜》,台海出版社 2005 年版,第 160 页。

会。小说从特定的角度,展示了最基层的乡镇政府的"潜规则",也即权力的运作是怎样具体而微地导致了腐败。

不仅留守者出现"裂化",进城农民形象中也出现了程度不同的"裂化"。应该说,新世纪以后走进城市里的农民,虽然经历了种种坎坷和不平,但从某种意义上来说,他们也是幸运的,历史赋予了他们亘古未有的契机,他们不再像旧时代的老人一样,一辈子也走不出村里,他们可以见证社会的变迁,参与城市的发展,城市也为他们提供了更广阔的舞台和发展空间。在这一背景下,新世纪以来小说中的进城农民里出现了一些所谓"成功者"形象,如罗伟章《变脸》中的陈太学、刘庆邦《红煤》中的宋长玉,但遗憾的是伴随这些"成功者"经济翻身的是他们的"变脸"即心灵的畸变和堕落。

《变脸》中的陈太学本来是一个普普通通的进城打工者,经过自己的努力成为了一个小包工头,当他巴结上建设局副局长张保国后,挣到了"他做梦也不敢想的那么多钱",给儿子娶上了门当户对的儿媳妇,买了城市户口。按说这样一个"成功者"本应成为典型或榜样。但他发迹之后随即"变脸",一方面他在张保国面前就如一个小工一样,卑躬屈膝,连打电话都"把衣襟拉正,让脖子上那条鸡心红领带垂下来";而另一方面在自己手下人面前则颐指气使,甚至让工地上的人无论是谁都要叫他陈老板,一旦"确定了身份,陈太学就把老板的架子端起来了,威严露了出来,动不动就黑脸,发火,骂人"。而真正变的不仅仅是脸,还有心。应该说,最初陈太学还算是一个好的包工头,起码能"当月发钱",许多工人对他也是"巴心巴肠"的。但他发现"自己虽然挣了钱,但送出去的也很多",就打起了农民工的主意,开始由一月一发工钱变成了隔月发工钱,甚至变本加厉,收农民工的水电费和住宿费,即使他返乡时大手大脚,即使他隔一段时间就会到张保国情妇那里送上些特产和几千块钱,但对于一个刚满十七岁、不惜力气卖命干活、家庭生活又极为困难的同村孩子小兵却借故"年龄小,又没有经验"每个月少给他好几十,甚至见死不救。一个原本善良的农民如何变得如此残酷凉薄,变得无根无底？这不能不引起我们的发问和深思。

《红煤》中宋长玉的"变脸"更是惊人可怕。他是中国"于连式"的人物，在他发达后，变本加厉地把他在底层所受到的压抑转化为一种恶意的报复。起初他置身于社会底层，作为一个有抱负的农家子弟，宋长玉突破卑微、贫困的农村身份，寻求人生出路的追求本身是应该加以肯定的，这是每一个新时期的农村青年都梦寐以求的理想，只是宋长玉为了达到这一目的所采取的手段带有极强的功利性，他甚至把所谓的"爱情"都作为往上爬的阶梯。而更有甚者是随着身份与地位的日渐显赫，他的心态与性情也愈见跋扈，他制造受贿的陷阱使唐洪涛犯罪丢官，又把已为人妻的唐丽华勾引到手肆意玩弄；他利用井下作业故意把煤道掘向采集矿，截断了这个曾经辞退了他的煤矿的煤路；这种极尽能事的报复行为，一直发展到他的矿井出了漏水淹人的特大事故，自己只好仓皇出逃。这时候的宋长玉，已完完全全变得与他所厌恶、所反对的唐洪涛、宋海林等人毫无二致，甚至在势利与冷酷上有过之而无不及了。

像陈太学和宋长玉这样的奋斗者由"红"变"黑"的畸变中，我们可以看出在社会转型时期，作为这些在城里成功发家的进城农民，心理是存有一定的不平衡与不健全的，他们出于小农心理的短视与虚荣，以及简单的交换意识和浓重的报复心理，使得他们在看待问题和处理事情时，常常从一个极端走向另一个极端，这就是人性中被扭曲的一面，疯狂的一面，也使得他们虽然"成功"了，但又消失了自我，最终成为了变脸的"成功者"。

和上述"成功者"相比，还有一些进城农民的际遇更值得关注，他们在欲望的海洋中，通过不平等的交换或牺牲自己的青春、美貌和身体为代价换取"身份"，以实现自己的"梦想"。如《傻女香香》中的香香、《城市里的一颗庄稼》中的崔喜、《蒙娜丽莎的微笑》中的金小平、《发廊》中的方圆、《我们的成长》中的许朝晖、《泥鳅》中的寇兰、《阿瑶》中的阿瑶、《明惠的圣诞》中的明惠等等。香香和崔喜，她们处心积虑，想尽办法，通过"嫁作他人妇"成为了所谓名正言顺的

"城里人"。而香香嫁的是年龄上可以当她父亲的报社编辑,崔喜嫁给了死了老婆的城里修车铺老板,是个"已经谢了顶","形象有些猥琐的男人"。但香香和崔喜是年轻美丽的,"白天黑乎乎灰蒙蒙的"的香香,到了晚上用"香肥皂噗嗤噗嗤地一洗",就像小妖精似的;崔喜在"乡下应该算作村子里长得最好看的女孩了","村里的小伙子都愿意和崔喜套近乎",如果不是"近乎狂热地向往城市,她在乡下一定会找一个最出色的小伙子做新郎的"。正是为了能够成为一个名正言顺的城市人,她们不约而同地都牺牲了自己的爱情,尽管当看到大学生男孩时,香香也产生了微妙的感觉,尽管在丈夫的轻视和婆婆的压制下,崔喜也找到了爱情,但是在城市与爱情的选择中,她们都不约而同地选择了城市生活,安于不幸的婚姻。当然在这样"终成正果"的背后,少女那朦胧而美丽的梦想在现实中跌得粉碎。

相对于香香和崔喜通过并不平等的嫁人而最终成为城里人而言,一些进城农民更为不幸。因为香香和崔喜之类即使不幸,但通过这种交换她们最终换取了城里人的身份,实现了她们成为城里人的梦想。还有一些从乡村走出来的打工妹,她们抱着浪漫的想法,来到城市里寻找出路,可是浪漫的幻想往往成为泡沫,被现实残酷地击碎,当她们把持不住物质的诱惑,另一种命运就是堕落,用堕落来麻痹自己,进行虚妄的反抗。《蒙娜丽莎的微笑》中的金小平原本并不是一个自甘堕落的女人,而是一个离开小镇来到长沙寻找幸福的姑娘,但当她"掉进了这个玫瑰色的圈子,自然也就成了玫瑰色",之后就忙着及时行乐和醉生梦死;《发廊》中的方圆原本是一个希望靠自己的正当劳动过正常生活的进城女孩,但最终在生活的迫使和精神的磨损下,美好的人性逐渐在追求中丧失,由一个清白的女人沦落成大众眼中真正的"发廊女";《蒲草灯》中的曼云向往城市生活,来到城市后,为现代都市的堕落所诱惑,开始与五舅私通,最终死在了丈夫的刀下;《我们的成长》中的许朝晖因为"校长"父亲急于事功的粗暴教育而被伤害,流浪到遥远的南方去寻梦,最后带回家的除了没有父亲的孩子,就是一颗破碎的心;《泥鳅》中的寇兰为生活所迫,最终走上了当"小姐"的道路,是一种无奈的选择,也是很多进城的农村女孩的归宿;陶凤极力与这样的命运抗争,最终被逼成了一个疯子,而吴姐说白了只是个拉皮条的,她在用同样来自农村姐妹的肉体构建着自己的进城之梦。值得注意的是,这种堕落必将成为她们永久的一种印记,永世不得翻身,她们觉醒后一旦选择和过去告别,最终会以血和泪为代价,正如金小平选择了杀死她的"客人"丁副镇长的方式告别了过去,而明惠在优越的城市生活环境中却以自杀的方式让我们见证了她的醒悟。

应该说贫穷与堕落并非有必然的因果关系,也不能说因贫穷堕落就情有可原,但我们却不能不承认城乡巨大的差异以及由此带来的诱惑是导致这些进城农民发生"裂化"最主要的原因,他们过够了"累死累活付了房租还紧吧"的日子,在华丽璀璨的霓虹灯召唤下迷失了自己,在物欲横流的都市生活中把持不住方向,于是或委曲求全,或破罐子破摔沦落风尘,他们简单地面对生活和重复着自己的日子,既不觉得命运悲苦,又似乎没有道德负罪感,这反而能更让我们感受到他们的无奈,感受到人性的挣扎、情感的麻木,对繁华城市的另类人生也有了更加深刻的印象。

五、自强的奋斗者

渴望成功,渴望像城里人一样幸福地生活,是大多数农民的精神支柱,能吃苦、肯吃苦的他们始终坚信"丑小鸭"通过努力会最终会变成"天鹅"。但冷酷的现实告诉我们,由于社会环境、自身素质等诸多方面的原因,通过自己的奋斗最终实现理想和目标的农民可以说是少之又少。因而"自强的奋斗者"虽然是最值得我们期待的农民形象,但实际上作品中并不多见,在此我们仅以《大嫂谣》中的胡贵、《情人港咖啡》(朱晓琳著)中的金亚勤、长篇小说《麦河》(关仁山著)中的曹双羊作为这类形象的代表。

胡贵是"凭借牲口一样的勤劳和忠诚,才获得了别人的信任,让别人愿意把工程拿给他做",以此而跻身为外面"很吃得开"的大老板。而金亚勤这样一个到城市打拼的农村姑娘，更是通过自己多年的艰辛劳苦，"每天在发屋里一站就是十几个钟头"，是"一剪刀一剪刀挣来的辛苦钱"，让她挣得了一家小小的发屋和拥有了比较可观的存款，有了个遮风避雨的处所。他们既没有像陈太学那样阿谀奉承，也没有像宋长玉那样趋炎附势，更多靠的是"内因"而非"外因"，通过不懈的努力点点滴滴地实现着自己的梦想。在这种奋斗的道路上，任何壮丽或者缤纷的故事在他们身上似乎都显得那么奢侈、那么不真实，力求上进、自强不息、扎实肯干是对他们走向成功的最好诠释。正如冰心所言："成功的花，人们只惊羡她现时的明艳，然而当初她的芽儿，浸透了奋斗的泪泉，洒遍了牺牲的血雨。"[1]他们身上那种"农民自强不息的生存意志和自尊自爱的人格境界"[2]给进城农民树立了榜样。

但是，在他们成功后我们没有看到他们作为成功人士所拥有的生活，而仍然是一个进城农民的无奈，梦想和现实的差距。胡贵虽然是发了财的老板，而且从来不欠工人一分钱，是个讲良心的老板，但他从骨子到表皮还是个农民，他融不进城市，城市也不愿意接纳他，虽然他在故乡人面前风光得很，但"谁知他们都吃着这样的哑巴亏，都在外面给别人当孙子"，这让他即使成功之后仍然对城里人有一种天生的畏惧心理，这反而促使了"他崇尚以暴力的方式来对付城里人，就像那些天生怯懦的人很容易做出极端行为一样"。[3]而金亚勤表面上已成为新上海人，但她内心深处却埋藏着一个与实际生活相距甚远的飘散着咖啡浓香的梦，然而当她来到悉尼将要接近自己的梦想时，却发现情人港的咖啡仍是可望而不可即。对他们而言，城乡二元对立的客观现实仍然是他们成功背后不可逾越的鸿沟，因此他们虽然自强自立，但始终在奋斗着。

① 冰心：《成功的花——给中国国家女排队员的一封信》，卓如编：《冰心全集》第7卷，海峡文艺出版社1994年版，第255页。
② 李建军：《关于罗伟章的〈大嫂谣〉》，《文艺报》2005年11月17日。
③ 罗伟章：《大嫂谣》，《人民文学》2005年第11期。

作家关仁山也密切关注农村变革,潜心探索农民精神性格的变化,他在小说《麦河》里成功塑造了一些新的农民形象,尤其是主人公曹双羊。曹双羊的创业道路是艰辛而壮烈的。他穷则思变,投靠官员子弟合开煤矿,又扳倒老板独占企业,实现了原始的资本积累。他创立"麦河道场"食品集团有限公司,挤垮多家同行,南征北战占领了大片方便面市场。他趁农村实行土地流转的契机,兼并全村农民的土地,实现了农业的工业化和现代化。他推进全村的政治、经济、文化建设,使贫困的农民走向小康,成为一方土地的农民领袖。曹双羊的性格和胆魄是不同凡响的。他胆大、心硬、执拗,在创办企业、开拓市场、整顿管理、联盟官商等方面,常有惊人之举,不达目的绝不罢休。"老虎的屁股,球儿!"是他的口头禅。他守信、仁义、重情,在处理亲人、朋友、乡民以及家庭、商界、官场等复杂关系中,表现出一种宽阔的胸怀和真诚的品格。曹双羊的两次蜕变是发人深省的。第一次是煤矿发生瓦斯爆炸,理想破灭、财富丧失的时候,好朋友白立国向他讲述了苍鹰虎子四十岁的再生。已到中年的雄鹰,困居山洞,只喝泉水,自己拔掉羽毛和指甲换上一身新装,再次飞上蓝天。曹双羊受到启发和震动,重新站起,走出困境,实现了企业的振兴。第二次是在企业壮大,有了上亿家产,深陷灯红酒绿之中,找不到人生目标的时候,又是好朋友白立国向他讲述了虎子八十岁时的新生。已是老年的苍鹰,蛰伏土窝,只吃泥土,三个月中伐毛洗髓,又一次搏击蓝天。曹双羊从中获得勇气和力量,回到家乡,谋划发展,开始了他流转土地、兴村富民的壮举。曹双羊终于从为了财富打拼天下的传统农民,蜕变为一个为了乡民、创造大业的现代农民。关仁山熟悉曹双羊这样的新型农民,用他充满激情的现实主义笔触,深入人物丰富幽深的精神和性格世界,雕塑出一位强烈而厚重的时代典型。

第三节 农民群体的心路历程

在对农民基本形象类型进行梳理后,我们不难发现,由传统走向现代,他们身上不可避免地被深深刻上了社会转型的烙印,这使得他们和以往的农民形象有了本质的区别,也使得他们呈现出共有的人格心理特征,即自我觉醒之后的焦虑以及边际人格的特征,同时又由于留守农民与进城农民际遇的不同,他们分别又呈现出不同的特质,即守望者的坚守以及进城农民漂泊感、孤独感和自卑感的交织。

一、自我觉醒之后的焦虑

经济条件的改善、文化素质的提高以及社会见识的增长,极大地增强了农民的自信心,促使农民自我意识的觉醒和对自我价值的追求。他们有的走南闯北经商赚钱,有的进城打工,有的发挥专业特长,勤劳致富。特别是农村中年轻的一代,自我意识更强,纷纷跳出农门,走进城市,到更广阔的空间中去寻找和实现自身的价值。然而,尽管农民自身意识逐渐觉醒,但在整个社会中,他们面对的却是"二等公民"的歧视待遇。那些千方百计进城务工的农民,从第一天起首先遇到的就是城市人的白眼和我们传统体制的阻挡。农民渴望在城市中有所作为,却无法满足如城里人般的生理、安全、归属、尊重和自我实现的需要,他们徘徊在乡村和城市之间,对这种"错位"身份农民们心存焦虑。焦虑是"对预期中的对自己有重大影响的损失或失败的情绪反应"①。按照弗洛伊德精神分析的理论,它是通常与痛苦、悲哀、恐惧等情绪体验联系着的一种紧张状态。对于这一时期的农民而言,焦虑的产生,主要是在一种在新的历史机遇下,农民面对城市化这一关系自身生存命题时所产生的一种既追求又惧怕,既欣喜又悲哀,既希望又失望的复杂情绪,这一复杂情绪既来源于其自身觉醒,又来源于对未知生活的不确定和无所适从性。自我觉醒后,他们成了"泥鳅""候鸟"及所谓的"成功者"等等,但综观这些农民形象,焦虑感始终贯穿其中,成为农民特定的心理

---

① [瑞士]维雷娜・卡斯特:《克服焦虑》,陈瑛译,三联书店2003年版,第12页。

基调,并呈现出错综的表现形态。

(一)生存的无助

长期城乡二元对立的结构使农民进城时完全被抛入了陌生的环境,工作环境是前所未有的,甚至是恶劣的,如《我们的路》中所描述的:

> 整个简易的牛毛毡房里鬼哭狼嚎。抛光之前,需给锯成各种形状的石料上胶,那是树胶,有毒,电刷一挥,白色的有毒粉末扑得我们满脸满身……①

这样的环境可以说是比比皆是,而人际环境更是陌生和隔离的,在这里没有人可以依靠,当程大种(《太平狗》)来到城里后,就连他亲姑妈都将他拒之门外;更没有人可以倾诉,父子(《民工》中的鞠福生和鞠广大)同在一个工地上,因为种种原因,不同住一个工棚,不在一起吃饭,相遇也不认识似的。在这种全新的陌生的环境之下,只能让人感到不踏实、不安全和无依无靠的无助和无奈,正如李锐《犁铧》中宝生所发的感慨一样:

> 他们的运气和希望,就好比草帽底下的阴凉,只有那么可怜怜的一小片。就是这一小片阴凉也压根就没有什么保障,说不定什么时候刮来一阵风,头顶上的草帽就没有了,人就得光着身子站在油锅一样的毒日头底下。没吃,没喝,没工作,没有人给你发工钱,没人知道,没人管,更没有人可怜你。②

(二)自我的迷失

> 当我真正进城,当我真正走进喧嚣、躁动、被世俗欲望搅扰得行色匆匆的城市世界,我体会了一棵稻苗悬在半空的无依无靠,体会了融入茫茫人海找不到自我的恐惧。③

孙惠芬在《在迷失中诞生》中如是说。这也正是农民进城后的真实心理感受。农民进城了,从事着和农业、土地无关的工作,但由

---

① 罗伟章:《我们的路》,《长城》2005 年第 3 期。
② 李锐:《犁铧》,《太平风物》,第 115 页。
③ 孙惠芬:《在迷失中诞生》,《当代作家评论》2000 年第 3 期。

于二元体制和二元社会的障碍,现实生活中绝大多数城里人认为进城农民的"根"还在农村,他们还是作为农民的一部分,与农村保持着千丝万缕的联系。而这种把进城农民边缘化的后果就是导致了这一群体的成员陷入身份认同混乱的境地,他们不知道自己是"农",还是"工",他们一直在寻找自我,当这种寻找落空时,他们迷惘和空茫,一种寻不到自我的痛楚和徘徊油然而生。因此,《大嫂谣》中的胡贵在寻找失落时采用了不正当的手段去讨取欠款;《明惠的圣诞》中的明惠在圣诞之夜明白了自己虽然表面上过着城里人生活,但终究无法真正融入,在迷失中选择了死亡;《泥鳅》中的蔡毅江更是在这种寻找中走向了极端,他选择了挟残逞凶,摇身变成黑社会的老大。在迷失中寻找,在寻找中迷失,这也许是他们对自我找寻的最真切表现。

(三)比照下的失衡

"城市是生产发展和文明进步的象征,城市社会的生产和生活方式,相对于农村而言,无疑具有多方面的优越性,城市市民在价值观念、生活观念、法制观念、道德观念等内质上都比农民更具现代性。"[①]而由于社会的变革,城里人走入农村、农民的大规模进城,才使得城乡差别成为他们必须直接面对的赤裸裸的现实,如陈应松的《马嘶岭血案》,当城市里的勘探队来到了马嘶岭这个人迹罕至的地方,聘用了当地的九财叔和治安两个人做了勘探队的挑夫,在同样的地方干活,但他们之间的不对等很明显地就显示出来了:城里来的队员们晚上睡的是保暖效果优良的帆布帐篷,而挑夫们只能挤在薄薄的塑料帐篷里,饭也是分开吃,队员们吃的是鱼肉罐头,而挑夫们却只能吃没有任何营养的压缩饼干。这种物质和身份上的对立,使二者之间的关系最初是友善、隔膜,逐渐生出误解、歧视、嫌恶、绝望,最后拼死一搏,九财叔为了谋财(直接原因)逐一残杀了所有的勘探队员。再如,《谁能让我害羞》中的送水少年遇到"穿得真高级"

---

① 魏建东:《农民市民化问题初探》,《上海农村经济》2003 年第 6 期。

的电视台主持人时,好像华丽的绸缎在灰暗粗糙的背景下猝然展开,少年一下子就被击伤了,他自惭形秽,他感到害羞。这种"害羞"正是源自不同的伦理观念、经济收入、社会地位、谋生方式、受教育程度等方面所造成的城乡不同群体在体貌、言谈、心理等各个层面的差异,使得进城的农民总是与他们身处其间的城市隔着无形的壁障。而极具戏剧效果的是,许多作家在处理进城农民的生存环境时,都让这些人和城市诸多象征物以及上层社会的对应相关联,灯红酒绿的楼堂馆所、洗浴中心和高尚社区作为现代都市享乐主义者的天堂,时刻刺激着这些进城农民,和他们的生活现状形成了非常鲜明的对比。张弛在《城里的月亮》中把这种对比描绘得淋漓尽致:

> 当你在赤日炎炎的街道上走得腿酸脚疼,汗水浸透的内衣紧贴在皮肤上,脚下蹬的高跟鞋仿佛成了刑具的时候,偏巧有辆漆黑锃亮,内设空调的高级小轿车从你背后无声地滑过来,用短促的,不耐烦的喇叭声请你让道。在你慌忙让道时,你看见车内的盛装女人隔着纱窗淡漠地瞥了你一眼;当你奔波一天,一无所获而且又饥又渴,为了省钱不得不赶回去给自己下碗面条的时候,你恰巧经过街角玲珑剔透的蛋糕西饼屋,隔着一尘不染的大玻璃窗,你看见富裕家庭的孩子坐在温馨柔和的灯光下,浑然不觉地享受着红围裙白头巾小姐的殷勤伺候,雪白如泡沫似的奶油堆在他的嘴角上,而他一双黑亮的小眼睛正一刹不刹地盯着你,仿佛对你的处境既费解又好奇。当你来到挤满求职者的大厅,从别人的眼光你分明感受到自己的穿着是多么的不入流,你觉得局促不安,手脚没地安置,眼光也像做了贼似地躲躲闪闪。最后你绝望地感到,仅凭这身穿着和胆怯畏缩的神态,你已经注定被淘汰了。①

当城市大门打开时,面对着繁华的比照,农民们还没有适应,在技能、竞争、选择方面,缺少优势,与自己的期望相去甚远。面对理

---

① 张弛:《城里的月亮》,《十月》2003 年第 4 期。

想与现实的距离,收入与消费的失衡,让他们最终无法过上与城里人一样的生活,而在这种相当困难的生存条件以及种种不公正对待的情况下产生心理失衡的现象也就成为必然。

二、边际人格——多元矛盾的交织体

随着工业化和城市化的发展,大量农村土地被征用,产生了数量众多的失地农民。农民的社会保障问题是当前社会关注的一个热点问题,它直接关系到我国经济的发展和社会稳定以及我国市场经济体制的完善。而目前对失地农民的安置很难替代土地的保障作用,失地农民也由此产生了诸多问题,对失地农民而言,由于受到自身原有文化特质的影响,难以适应心理和生活的突变,未能从心理认识上适应新变化,从而导致原有人格和新人格的冲突,存在"边际人格"现象。另外,新世纪以来,在急剧变革的社会中,走进城市的农民,由于其职业和社会身份所决定,长期徘徊在城市和乡村、工业和农业之间,因此在他们身上先进与落后的并存、文明与愚昧的冲突、理想与现实的落差会不断地呈现出来,这使得他们"往往处于一种正常但不够健康、失态但不至于失控的人格状态",这种人格状态是"一个介于健康自由人格和病态失控人格之间的稳定性人格——多元矛盾共处交织并不断变动的新人格——边际人格"[①]。对于他们而言,"许多以往奉若神明的东西,今天被翻了个个;而以往视若洪水猛兽的东西,今天却可能成了人们追逐的对象;这突如其来的变化所产生的新时代和旧时代的冲突、现代化和传统的冲突,使人们感到不可思议、矛盾重重、茫然无措"[②]。

首先在生活方式上,传统农村的农民世世代代以土地为生,衣食住行的费用几乎全部来自于土地。日出而作日落而息的生产方式,已经根深蒂固了几千年,农民也在生活方式上形成了一种固定

---

① 叶南客:《现代生活方式转型的人格化效应》,《哈尔滨工业大学学报》(社会科学版)2003年第3期。

② 周晓虹:《现代社会心理学》,上海人民出版社1997年版,第530页。

的生活习惯。在农村,家家户户都有自己的农田,有自己的菜地,吃自己种的粮食和喝自家井水,有的时候连衣服也是自产的,男耕女织的美德已经深入人心。农忙时家家都忙得不亦乐乎,还会形成互帮互助的农忙场面,这也是农村人的热情。随着社会的发展变迁,无论是留守农民还是进城农民原有的那一整套稳定的、内在的、封闭色彩浓郁的行为体系被冲垮。在经历了相当长时间的失衡、失序后,他们努力向有现代化特色的生活方式发展和过渡。如《城市里的一棵庄稼》中的崔喜,进城后觉得自己需要做的就是"尽快蜕去自己身上的那层乡村的皮",所以她主动和人打招呼,抢着帮人家提东西,上前搀扶老年人,甚至还会主动敲开邻居的家门找人聊天。然而"城市和乡村不同,城市人需要的是人与人之间的距离,是一种神秘感,是对自己隐私的一种维护",乡下的亲如一家和毫无遮掩那一套在这里显然是行不通的。当认识到这一点后,崔喜开始放弃了做在脸上的谦恭,再不和邻居多讲一句话;从发式、上衣、裤子、鞋子方面一个部位一个部位地变;不再主动大声地和人家打招呼了,即使眼神撞上眼神,也只是矜持地笑一笑了事。虽然在她身上呈现的仍是"一种土洋结合的美",但她毕竟终于逐渐走进了城市生活所需要的方式系统。

其次在角色认知方面,他们所长期体验、熟悉的角色系统正在瓦解,变迁着的社会不仅要求他们原有角色的转换而且强迫他们不断地补充、不断地上演一个个陌生而崭新的角色。原本在农村"陈太学""胡贵""芝麻""明惠"的身份就是农民,而来到城里后,他们成为了"包工头""保姆""按摩师"等。职业上他们不再从事农业劳动,而是在建筑、服务等新的行业工作,可身份还是农民。在这一特定的时代中,由于人们尚未摆脱旧角色观念的困惑,又仓促地扮演着一连串新角色,其角色扮演不可避免地遭遇矛盾、冲突、困难和障碍。因此,陈太学来到城里后变了脸,芝麻则是在手忙脚乱、不断学习中完成着角色的转变,胡贵作为农民想通过付出劳动而致富成功与作为包工头依靠暴力的失败聚为了一体,明惠在由一个纯真的农村女孩变成被人包养的风尘女子之后,并没有欣喜若狂,而是表现出了对新角色的无所适从。

在个人气质与个性方面,农民们由于文化的开放、传统的消退而逐渐改变了自己待人接物的方式,改变了自己认识世界的思维方式,使自己变得更加开朗、开放和开明,而由于传统仍有其强大阵地,个性气质又是人格中稳定一类的特质,这使得他们个性气质上呈现出了多元性、过渡性。如郭芝麻(《芝麻》),当在北京打工的老乡凤打电话,去求她替同村的杏儿做个孕检时,她就陷入了两难之中,一方面在城市里生活多年的她已经接受了许多新思想,已经意识到"生那些孩子有啥用",而且是违法做假证,而另一方面传统意识让她知道"凤的身后是杏儿、杏儿的身后是喜树的二叔家、二叔家的身后就该是公爹和婆婆了,公爹婆婆的身后呢?是一个村儿的男女老少",乡里的伦理道德关系认为如果不帮忙,"是见死不救,那才是良心被狗吃了呢"。在她身上,这种传统的乡村观念和现代的城市准则相碰撞而产生的两难夹缝处境,正是这种多元气质个性的体现。

总之,这些农民由于处在中国社会转型的特定时期,立足于乡村文化向都市文化迈进的前沿,他们原有的乡土社会所依赖的生活逻辑无法适应社会变化的制度与规则,在城市文明的影响或洗礼下他们接受新的价值观的冲击,因而在他们身上越来越多地体现了从"是农民而又非农民""是工人而又工人"的这种正在转型而又尚未到位的过渡特征,这正是边际人格的现实呈现。在这种重新社会化的过程中,其结果便是在他们的人格走势中"痛苦与憧憬并存,颓废与发奋同在"。

三、乡土意识的坚守——守望者的执着

乡土意识是指农民对于世世代代赖以生存的土地和乡村生活环境所表现出来的强烈依恋心理。乡土意识是传统农业文明的产物,乡土难离也是传统农民被逼守土地的无奈心理所致。在封建社

会中,农民并非不向往城市的繁华,也对自己终日艰辛耕作而食不果腹的低下表示不满,但封建法律条文的严格束缚,"农本商末"的传统说教和统治阶级对文化的垄断,使农民不敢也没有办法离开赖以安身养命的一方乡宅和几亩田地。于是,乡土意识日复一日、年复一年地积淀下来,在农民的血脉中流淌了几千年,使农民变得愈来愈封闭,愈来愈与现代文明相隔久远。以农为生、以乡为居的农民,对生于斯、长于斯的乡土充满爱恋深情,没有异常的变故是很难使他们与乡土相分离的。即使因灾荒和战祸使农民无法生存而被迫背井离乡,但一旦灾荒过去、战祸消弭,他们也会毅然携家带口返回故土继续农耕,很少有人留居外地另辟谋生门路。所谓"穷家难舍,乡土难离","金窝银窝,不如自己的穷窝",就是这种乡土意识的生动写照。如《歇马山庄》中的古本来,他认为"到外边出民工,那是苦力,前几年我上城里送果,亲眼见到那些民工住的吃的,那不是人过的日子……改革开放,庄稼人就非得往外奔?我看不一定"[1]。他看好了一片沙地,认为是种山芋种根芹的最好地块,准备将沙地拌上碱泥,种出的山芋兑上山楂在锅里熬酒再卖掉,后来在镇多种经营办公室那里获得了启发,改种灵芝草。他也能够承受得起挫折和打击,沙地起初种出的灵芝草因为叶片宽度不够而交不上去,只因一公分的差距就把要到手的财源断送掉了,一堆灵芝草只好拉回来垛进马厩旁边的空地上,宣告了沙地经营的失败。但是"塞翁失马,焉知非福",由于月月无意之中把灵芝草落进了牲口喝水用的瓦缸里,这使古本来突发灵感,想到了用灵芝草酿酒,最后成功了,竟然酿出了飘香的灵芝酒。在失败和没有退路的时候,虽然也着急上火,满眼血丝,但是古本来还是承受住了挫折,并没有自暴自弃,而是继续坚守,得到了意想不到的收获。在文中,农民唐义贵对林治帮的对话也表明了他们浓郁的恋土意识,他说:

> 只有地能让你活得踏实,活着不漂浮,活着亲和。庄稼人

---

① 孙惠芬:《歇马山庄》,人民文学出版社 2009 年版,第 119 页。

一遭觉悟了人和地的亲和,你就什么什么都不会想了,你就是地地道道的劳动者了,吃自个打的粮你就觉得放个屁都不臭了,即使臭你也会觉得那声调像唱歌。①

这一席话道出了土地之于农民的亲近和重要。

依靠土地生存的农民总是很满足土地带给他们的踏实感,土地是农民安身立命的基础,是农民的"命根子"。拥有一份属于自己的土地,并不断扩大这份土地,几乎成了世世代代农民的最高人生理想。然而,土地对农民来说,既是依托,又是桎梏:无法移动、世代不变的土地无形中限制了农民精神世界的扩展,造成了农民的狭隘、守旧、固执、不思变通、缺乏独立。与其说土地属于农民,不如说农民属于土地。农民的精神世界被土地牢牢地控制着,土地左右着农民的行为,影响着农民的感情,束缚在土地上的农民饱受着灵魂上的千年孤独。依恋土地的心理意识,使农民更趋向于守护在自己固有的家园里,按部就班地生活。

四、漂泊感、孤独感和自卑感的交织——进城农民的困惑

农民进城是在现代化进程的引导下实施摆脱蒙昧的攻略,在城市里生活的他们,应该说无论生活方式还是价值观念上已具有了从传统型向现代型的过渡趋势,他们热爱城市,他们想和城里人一样生活,但他们还远离城市中心,城市人在享受着他们带来的美好生活的同时,又在排斥着他们。"实际上这些农民在迁徙之初就注定了要做一个蛰居城里的乡下人,一个无根的漂泊者,一个将自己逐出家园的流浪者。现行的户籍制度和其他制度性的排斥,使他们无论在城市工作多久,都注定是游离于城市边缘的'匆匆过客'。"②许多作家在作品中都描述了进城农民的这种心态,如张宇在《乡村情感》中这样写道:

---

① 孙惠芬:《歇马山庄》,第84页。
② 张景忠、刘立苹:《当下小说中农民工形象心理特征探析》,《延边教育学院学报》2006年第3期。

> 我是乡下放进城里来的一只风筝,飘来飘去已经二十年,线绳还系在老家的房梁上。城里的街道很宽,总觉得这是别人的路,没有自己下脚的地方。我常常有一种感觉,总会有那么一天,城里人把我看够玩够了,就会把我赶出去。①

夏天敏在《接吻长安街》中的"我"刚来北京时,也把自己比成"沙子","一粒无根无基的随风飘来的沙子"。在经历一系列遭遇后,"我"开始进行反思:

> 我的命运大概是永远做一个城市的边缘人,脱离了土地,失去了生存的根,而城市拒绝你,让你永远的漂泊着,像土里的蚯蚓为土松土,为它增长肥力,但永远只能在土里,不能浮出土层。②

而伴随着这种漂泊感注定了这些进城农民的孤独。由于他们对城市缺少归属感,在进城这个过程中,他们非常清楚自己在城市中的坐标位置,认同自己的命运,繁华的城市不能让他们成为主人,城里人不会和他们做朋友,于是他们自成一体,成为散布在中国城市汪洋中的一座座孤岛,处处步履维艰、四处碰壁,有苦无处诉,有难缺人帮,有累无人怜,缺少温暖。同时,许多农民工只是白天忙于生计,晚上栖身陋室,无所事事,精神生活极其匮乏,这更加强化了他们独在异乡的孤独感。正如《我们的路》中大宝所言:

> 你不要看城市大得比天空还宽,城里的工地到处都是,但城市不是你的,工地也不是你的,人家不要你,你就寸步难行。你的四周都是铜墙铁壁,你看不见光,也看不见路,你什么也不是,只不过是一条来城市里讨生活的可怜虫。③

这正是进城农民内心孤寂的心声和呐喊。

进城农民和城市间的相互排斥,使得他们长期游离于社会边缘上,虽然他们从心里非常希望得到城里人的承认和接纳,把融入城

---

① 张宇:《乡村情感》,华夏出版社 1999 年版,第 476 页。
② 夏天敏:《接吻长安街》,第 151 页。
③ 罗伟章:《我们的路》,《长城》2005 年第 3 期。

市当成是他们最大的渴望,并愿意为之付出努力,但结果却事与愿违。因此进城农民往往因为农民身份的缘故,在面对城里人时显得非常自卑。因此,当香香嫁给可以当她父亲的城里人时,没有觉得吃亏,相反还有些沾沾自喜;来自云南边疆到北京打工的一对青年男女会把到长安街接吻当成是一次壮举;虽然同在一起工作,林秀珊却"早已习惯了大家欢天喜地分领东西,她在一旁淘她的米,择她的菜"……这种自卑感产生的原因是多方面的:城市居民由于先天具有的城里人身份,不须通过后天努力就可获得许多社会公共资源,在社会生活方面能够享受到诸多特权,在社会竞争方面占据着明显的优势,无论在现实利益和心理感受上都有一种高高在上的优越感;而体制性的安排使进城农民绝大多数长期处于社会底层,就业等方面的歧视、经济收入的低下、政治权利的缺乏导致了他们觉得比不上城里人并因此而产生自卑等。在小说《吉宽的马车》里,吉宽的心理活动非常形象地体现了农民工这一精神状态:

> 实际上,不管是我,还是林榕真,不管是许妹娜,还是李国平,还有黑牡丹,程水红,我们从来都不是人,只是一些冲进城市的困兽,一些爬到城市这棵树上的昆虫,我们被一种莫名其妙的光亮吸引,情愿被困在城市这个森林里,我们无家可归,在没有一寸属于我们的地盘上游动;我们不断地更换楼壳子住,睡水泥地,吃石膏粉、木屑、橡胶水;我们即使自己造了家,也是那种浮萍一样悬在半空,经不得任何一点风雨摇动……我们的梦想伸展到不属于我们的种群里,模糊了我们跟这个压根就跟我们不一样的种群的界限,最终只能听到这样的申明,你错了,你不能把自己当人,你就是一只兽。①

而这种自卑感反过来又使他们更加孤立与隔离。

毋庸置疑,进城农民漂泊感、孤独感和自卑感的产生是和社会大环境有着密切关系的。但这种"孤岛化"的生活状态,使得他们远

---

① 孙惠芬:《吉宽的马车》,作家出版社 2007 年版,第 189 页。

离城市居民,远离城市生活,他们住在"别人的城市",而自己只是城市里的"过客"或"看客"。在这种心理状态下,他们无法真正融入城市的建设中,也无法真正关心城市的发展,同时也阻碍了他们自身的发展,他们茫然失落、迷惘空虚,甚至容易做出失范、越规的行为,这不得不引起我们的思考:只有城市从身份上接受他们,从心灵深处关心理解他们,他们才能走出困境,完成由"身入"向"心入"的转变,才能在心理上真正找到入城的归属感。

|第二章|
转型期"小人物"形象之知识分子群体

　　什么是知识分子？众说纷纭。一般认为，"知识分子"一词是由俄国作家彼得·博博雷金于 19 世纪 60 年代首先提出的。在中国，知识分子的前身是"士"，素有"以天下为己任"的文化传统，亦有"士不可以不弘毅，任重而道远"的责任感与正义感，在他们身上展现出了儒家"修身、齐家、治国、平天下"的思想观念。在正式文本中的关于"知识分子"的解释主要有以下几种：

　　《新华词典》中的解释是：知识分子是"具有较高文化水平、从事脑力劳动的人。如科学工作者、教师、医生、记者、工程师等"。

　　《辞海》中的解释是：知识分子是"有一定文化科学知识的脑力劳动者。如科技工作者、文艺工作者、教师、医生等。随着社会分工的发展、剩余产品的出现和社会划分为阶级而产生。知识分子不是一个独立的阶级，而是分属和依附不同的阶级……"

　　在《简明不列颠全书》中的解释是："19 世纪末期俄国的知识分子，是中产阶级的一部分，他们受现代教育及西方思潮影响，经常对国家落后状况产生不满，知识分子由于对社会、政治思想有强烈兴趣，而沙皇政权的专制独裁和残酷镇压机构使他们感到沮丧，于是在法律界、医务界、教育界、工程技术界建立了自己的核心，但包括了官僚、地主和军官。……这个阶层为 20 世纪早期俄国革命运动奠定了领导基础。"

当代华人、世界著名历史学者余英时在《士与中国文化》一文中,概括了西方学界对这一词语的理解:"今天西方人常常称知识分子为'社会的良心',认为他们是人类的基本价值(如理性、自由、公平等)的维护者。知识分子一方面根据这些价值来判断社会上一切不合理的现象,另一方面则努力推动这些价值的充分实现。"从素质要求来看,知识分子"除了献身于本专业工作以外,同时还必须深切关怀着国家、社会以至世界上一切有关公共利害之事,而且这种关怀又必须是超越个人(包括个人所属的小团体)的私利之上的"①。

从对以上这些定义的梳理中,我们看到对知识分子的理解,首先强调的是从事脑力劳动这一特性,这类群体主要是指从事知识创新、文化产品创造和知识文化传播的一族。从统计和社会分析的角度来看,对知识分子的身份定位与地位认定一般看其从事的职业,诸如科学家、工程师、学者、作家、新闻记者、律师、编辑、教师、文艺工作者、医生等,这些需要接受较高等级的教育以后才能从事的职业,都被划入知识分子的行列。这仅仅是从具体从事的职业范畴来划分知识分子这一群体,这一角度在某种程度上来说具有一定的局限性。目前,对于知识分子的研究,我们更加倾向于把他们作为一个阶层来看待,不在于他们的职业与文化程度,而是他们所显现出来的禀赋与气质,他们内在的思维方式与价值取向。要想成为一个知识分子,就意味着要超越对自身所属专业的局部关注,参与到对真理、道德、价值和艺术判断等的问题探讨中去。显然,知识分子只是一个描述性的范畴,它的外延没有一条预设界限的存在,如果非要在知识分子与非知识分子划一条明确的界限,这是毫无意义的。

---

① 余英时:《士与中国文化·自序》,上海人民出版社 1987 年版,第 2 页。

第一节 社会变革与知识分子群体

知识分子是一个特殊的群体,他们有着独立的人格和自由的思想。在我国,儒家思想对知识分子人格特征的形成与发展都产生过较为深远的影响,并为日后知识分子在文学创作中形成独特的形象奠定了基础。

《礼记·大学》云:"古之欲明明德于天下者,先治其国;欲治其国者,先齐其家;欲齐其家者,先修其身;欲修其身者,先正其心;……心正而后身修,身修而后家齐,家齐而后国治,国治而后天下平。"大意是说:古代那些要使美德彰明于天下的人,要先治理好他的国家;要治理好国家的人,要先整顿好自己的家;要整顿好家的人,要先进行自我修养;要进行自我修养的人,要先端正他的思想……思想端正了,然后自我修养完善;自我修养完善了,然后家庭整顿有序;家庭整顿好了,然后国家安定繁荣;国家安定繁荣了,然后天下平定。一言以蔽之,即"正心、修身、齐家、治国、平天下",这是儒家思想和儒家精神的一个重要方面,也成为从古至今众多知识分子以及爱国仁人志士的理想信念与人生追求。《孟子·梁惠王上》中曾指出:"无恒产而有恒心者,唯士为能。若民,则无恒产因无恒心。"我们从中可以看出,传统知识分子他们有理想、有思想,也有梦想,他们有能力,有实力,也有创造力。他们关心国运态势,关爱贫苦百姓,关注思潮变化,他们敢于担当道义,勇于肩负重任,忙于正义责任,对社会的前进和发展有着独特的、不可替代的作用。他们是社会的良心,是公众的眼睛,是社会的风向标,是精神的导师,代表着最先进的生产力,是舆论的主导,社会的喉舌,必将受到社会关注。批判精神是知识分子的特点,不畏权威,不阿世媚俗是知识分子的品格。"朝闻道,夕死可矣",就是知识分子对真理的态度。

然而在现实中,这种"内圣外王"的境界由于各种原因而导致知识分子们很难实现。成功的机会少,失望的时候多,于是乎又出现了"穷则独善其身,达则兼济天下"的思想,就有了颜回"一箪食,一瓢饮,在陋巷。人不堪其忧,回也不改其乐"的豁达,孟子的"贫贱不能移,富贵不能淫,威武不能屈"的豪气,曾子的"士不可以不弘毅,任重而道远"的壮志,陶渊明的"不为五斗米五折腰"的骨气,杜甫的"安得广厦千万间,大庇天下寒士俱欢颜"的崇高,范仲淹"先天下之忧而忧,后天下之乐而乐"的超越……这种崇高的境界,对中国知识分子是一直在发生作用的。特别是在社会危机发生的时刻,一些平时不显山、不露水的知识分子,勇敢地显露出自己的良知。这种现象不仅出现在我国,19世纪末发生在法国震荡欧洲的著名的"德雷福斯事件"中,德雷福斯受到诬陷,左拉等一批具有正义感的知识分子为他辩护,并发表了被史学家称为"知识分子宣言"的《我控诉》这篇文章,也彰显了知识分子参与社会、参与世道人心、致力于人类良心的精神力量。

1957年,毛泽东《在宣传工作会议上的讲话》中认为中国知识分子有500万人,随着教育、科学和文化事业的发展,到今天,中国知识分子的队伍比1957年时庞大多了。据第五次全国人口普查,全国总人口为126581万人,其中,每10万人口受大专以上教育人口为3611人。① 而在2010年公布的第六次全国人口普查主要数据公报中显示,全国总人口为1370536875人,大陆31个省、自治区、直辖市和现役军人的人口中,具有大学(指大专以上)文化程度的人口为119636790人,同2000年第五次全国人口普查相比,每10万人中具有大学文化程度的由3611人上升为8930人。② 由此可以看出,随着社会的发展与进步,当代中国知识分子不仅在数量上,而且在受教育水平、职业分布等方面中的比例都呈上升趋势。

新世纪以来,社会发生了一系列变化,世事变故、人情冷暖无时无刻不在经历着千变万化的洗礼。面对着社会的变迁和转型,这些

---

① 参见国家统计局编:《中国统计年鉴(2001年)》,第93页。

② 参见国家统计局:《2010年第六次全国人口普查主要数据公报(第1号)》。

知识分子们从"象牙塔"走出来,从书屋里走出来,在日益变化的社会中,他们迷失、彷徨、呐喊、坚守……心态和行为准则发生了巨大变化。除了少部分知识分子仍在苦苦地坚守着自己的理想家园外,他们中的相当一部分人产生了动摇:有的在期盼中观望,有的在犹豫中踌躇,有的在欲望中沉迷,有的在宣泄中放逐,有的在怀疑中失望,有的在玩世中颓唐。① 知识分子在瞬间也由清高、正义的"士"这一群体,变成了唯利是图的商人、盲目的权利追求者、心灵空虚丧失理想的"空壳"人等等。所有这些使得我们对当今社会知识分子这一群体的形象再次加以关注,一批作家以此为题材进行创作,尤其是在小说中知识分子的形象塑造,更加凸显了社会对他们的影响,这些小说再度在学术界和读者中都引起了一定的影响。从 2001 年阎真发表的长篇小说《沧浪之水》,到 2003 年轰动一时的《桃李》问世,再到 2004 年出版的史生荣的《所谓教授》,以及在 2008 年一起发表的阎连科的《风雅颂》、邱华栋的《教授》、慕容雪村的《原谅我红尘颠倒》等等,都从不同的角度刻画出了新世纪以来知识分子的形象变化,栩栩如生的人物刻画背后,是社会、作者对这一群体的特殊关注。

第二节　多维立体的知识分子群像

20 世纪 90 年代以后,随着市场经济的崛起,我国社会进入了一个重大的转型期。尤其进入新世纪以来,经济力量的改变,随之带动政治、文化等社会各方面的变迁,在这一社会背景下,知识分子的生存状态和精神困境也遭遇到前所未有的冲击,他们或适应,或惶惑,或忍受,或堕落,呈现出多样化的整体形象。

长期以来,我国知识分子形成的"安贫乐道"、"寻孔颜乐处"的

---

① 参见王科:《痛苦的解剖与诚挚的救赎——对世纪之交知识分子形象书写的沉思》,《小说评论》2006 年第 3 期。

群体性格在进入新世纪后,逐渐被打破、瓦解,甚至死亡,小说中的知识分子形象也发生了明显的变异。他们作为一个民族精神生产的先进代表,在这一时期受到社会变革、经济浪潮以及文化思想的种种影响和熏陶而纷纷走下神坛,使得他们或多或少沾了些世俗气息。例如,在阎真的《沧浪之水》、莫怀戚的《经典关系》、张者的《桃李》、张炜的《能不忆蜀葵》、张抗抗的《作女》、王家达的《所谓作家》、董立勃的《米香》等大量作品中,都可以看到作者普遍采取了用背叛、抗争、出走来放逐或处理自己的人物。这些小说中的人物要么放下清高,争名逐利;要么自我放逐,远走他乡;要么坚守阵地,寄寓精神,呈现出不同的形象状态。

一、权力的狂热追逐者形象

我国古代,被称作"士"的这一群体具有天生的清高、骨气与正义,作为这些品质的浓缩与化身,他们胸怀天下,以弘道为己任,有强烈的政治参与愿望,能够严于律己。在我国春秋战国时期,以孔子及其弟子为代表的儒士集团作为士阶层的典型代表,他们追求个体自由,并依靠自身掌握的文化知识,而非天然的社会等级身份,通过游说、访学等多种方式来参与国家政治。在《吕氏春秋·尊师》篇载:

> 子张,鲁之鄙家也;颜涿聚,梁父之大盗也,学于孔子;段干木,晋国之大驵也,学于子夏;高何、县子石,齐国之暴者也,指于乡曲,学于子墨子;索卢参,东方之巨狡也,学于禽滑黎。此六人者,刑戮死辱之人也。今非徒免于刑戮死辱也,由此为天下名士显人,以终其寿,王公大人从而礼之。此得之于学也。

孔子及其弟子通过接受儒家文化教育,实践儒家理想精义,是"士"的典型代表。

在世人眼里,知识分子是为真理而生的,不畏权贵,不贪图金钱。有人称知识分子是"良知和公正的坚守者,历史和社会的批判者,思想和精神的开拓者,真理和智慧的传播者……权力和邪恶的囚禁者。"①无论在普通百姓眼里,还是知识分子自己的信仰追求中,知识分子似乎是正义、公平、真理、科学、骨气的代言人。

正如《沧浪之水》中的一段描述,在《中国历代文化名人素描》中对一些知识分子是这样评价的:

> 第一页是孔子像,左下角竖着写了"克己复礼,万世师表"八个铅笔字,是父亲的笔迹。翻过来是一段介绍孔子生平的短文。然后是孟子像,八个字是"舍身取义,信善性善"。屈原"忠而见逐,情何以堪",司马迁"成一家言,重于泰山",嵇康"内不愧心,外不负俗",陶渊明"富贵烟云,采菊亦乐",李白"笑傲王侯,空怀壮气",杜甫"耿耿星河,天下千秋",苏东坡"君子之风,流泽万古",文天祥"虽死何惧,丹心汗青",曹雪芹"圣哉忍者,踏雪无痕",谭嗣同"肩承社稷,肝胆昆仑",一共十二人。

所以,"权力是水,知识分子是堤;权力是电,知识分子是绝缘体。水不可能防自己,电不可能自我绝缘。"②因此很多人认为非官员立场和地位是知识分子的一个基本特征。

但在现行社会中,理想的失落、生活的无奈、内心的压抑等各种因素迫使知识分子不得不放下清高,低下高昂的头颅,把空怀斗志的失望甚至绝望,转化为一种对权力的狂热追求,把无职无权的无奈变为对名利的获取。在众多描写知识分子的小说中,我们一一看到了这些场景。

阎真创作的小说《沧浪之水》自出版以来一版再版,发行了三十多万册,被三十多家晚报连载,并连续获得《当代》杂志"文学拉力赛"总决赛冠军奖、《小说选刊》杂志社"仰韶杯"优秀小说奖和湖南省的"毛泽东文学奖"三个奖。小说的主人公池大为,是在有着良好的家教背景下成长起来的。他的父亲相信人性,相信公正,对世界

---

① 苏中杰:《知识分子天职:囚禁权力和邪恶》,《杂文月刊》(选刊版)2008年第6期。
② 苏中杰:《知识分子天职:囚禁权力和邪恶》,《杂文月刊》(选刊版)2008年第6期。

的理解有着浪漫的崇高,清贫如洗地度过一生,却从来没有放弃过自己的良知,坚守着人格的正直,一直以圣人们作为自己的榜样。"高山仰止,景行行止,虽不能至,心向往之"是其人格追求和理想信念。在这样的一个家庭氛围下,池大为自然和他的父亲一样,是一个正直而有良知的人,他不愿意用世俗的方式体验世界。他凭借自己的努力,在学业上取得了优异的成绩,考取了研究生,被分到了省卫生厅。初涉官场的池大为,依然尊崇着传统知识分子的价值观,固守着心中的追求和信念,仗义执言,毫不避讳复杂的人际关系,也不注重顾忌和揣摩领导的心思,凭着自己的观点和想法,敢说敢当,但这无形中让他成为了别人眼中的"另类"。马厅长、丁小槐、晏老师、小莫这样官场中的"吃得开"的人士,表面看似对他尊敬,但事事对他为难,让池大为始终处在一种无形力量的笼罩中。更有甚者,学历远远不如他的丁小槐很快就在当官的仕途上超过了他。即便是这样,当池大为的女友试图对其进行改变时,他仍然坚持:"我不能欺骗自己,也无法说服自己。"池大为坚守的道德底线一而再,再而三地受到现实的折磨。即使他所尊崇并一直伴随着他的"晏老师"也对他说:"人生在世,就是跟世界打交道,口说无凭,都是泡沫,有东西才是真的。"儿子的出生,是池大为放弃尊严的起点,儿子出生后三代同居一室,他想把儿子送到最好的幼儿园,削尖了脑袋也挤不进去。儿子烫伤后,单位的车闲着却借不到,缴不了住院费,苦苦哀求也无济于事,这些事不停地刺激着池大为,使他不止一次怀疑自己过去的做法究竟是对还是错。尤其是儿子住院这件事,使他深刻地体会到权力的重要性,这成为那个愤世嫉俗、耿直刚强知识分子生命的终点,并促使他反思自己过去的所作所为,决定彻底杀死过去的自己,重塑新我。

他开始向现实社会妥协,而这条妥协之路虽然让池大为痛苦不堪、备受煎熬,但我们看到了他的 180 度"变脸"。转变的起因是中医研究院原院长舒少华要向省委状告马厅长,并找了五十多个人签名,他让大为也签名。如果按原来,大为也就签了。但是在现实的重创下,他托辞说是要跟老婆董柳商量一下,结果立马就把事情跟晏之鹤说了,晏之鹤听说后让他去当即向马厅长汇报,大为虽然急得说:"啊呀呀呀呀呀呀呀我真做不出,这算不算出卖呢。"但最终还是去了马厅长家里,把这事说了。然后马厅长布置大为去做几件事,大为连夜就做了。第二天舒少华的阵线就崩溃了,签名的人纷纷找到马厅长表示忏悔。之后,池大为简直是翻身的咸鱼,从评职称到参加博士考试,都通过了,并于年底当上了副处长,房子也搬到套间,不久又被提拔为副厅长,与昔日真有天壤之别。这之前,更多得到的是"名",而提上副厅之后,大为以争取安泰药业股票上市的方式,让自己像做梦一样发了财。终于有一天,马厅长告诉他说,要推荐他为厅长。

当大为的名、利、权都实现时,他来到了父亲的墓前,冥想:

> 而我,你的儿子,却在大势所趋别无选择的口实之中,随波逐流地走上了另一条道路。那里有鲜花,有掌声,有虚拟的尊严和真实的利益。于是我失去了信念,放弃了坚守,成为了一个被迫的虚无主义者。①

"被迫的虚无主义",不仅是小说中主人公池大为的苦恼与困惑,更是当代部分知识分子的精神写照。他们生于社会中,存于人世间,不得不去面对人情世故、柴米油盐酱醋茶的生活。从这部小说中可以感受到作者对中国历代文化名人所代表的人文精神有着某种依恋,却又不得不揭示它不能应对新的历史环境的残酷真相,这也是为什么小说充溢着令人心动的挽歌情调的原因。

史生荣创作的《感谢小姐》中的教务处老科长伍子清,自称是"六六六粉"干部,即当了六年科员、六年副科长、六年科长。当学校要进行领导职务聘任改革时,他觉得这个机会千载难逢,怎么也得弄个副处长当。为了谋得这个位子,他可谓不择手段,竟然以一个坐台小姐为武器,对教务处古处长和学校吴校长进行拉拢。而颇具

---

①　阎真:《沧浪之水》,《阎真文集》卷二,人民文学出版社 2012 年版,第 359 页。

讽刺意味的是,堂堂的大学校长、处长居然让伍子清这个"阴谋"得逞,纷纷下水,当然最终结果是大家如愿以偿,坐台梅小姐的妹妹顺利进入大学工作,古处长保官成功,伍子清也终于通过匿名举报竞争对手的方式获得了副处长的职位。综观伍子清所设计的嫖娼、贿赂、写匿名信等等手段方式,的确有失一名高校教育工作者所作所为,而这背后却如池大为所言是"虚拟的尊严和真实的利益"这只无形的黑手在推波助澜。

作家王跃文也在其众多官场小说中塑造了一些知识分子形象。他的作品《国画》中的主人公朱怀镜本性非恶,他有着对真、善、美的追求,及至他的追求在现实中无法实现时,他便会心生一层又一层悔恨和歉疚。这种矛盾的心理一直存在,且随着他堕落程度的加重而加深,一直没有消除。可关键之处在于,即使有着这种深深的悔恨和歉疚,他还是在追求仕途的道路上孜孜以求,不能回头。

在新世纪以来的小说创作中,我们看到许许多多为权力不择手段的人物形象,他们是社会中知识分子的某种代表,不惜牺牲荣誉、尊严、正义这些本应是作为一个知识分子最起码的准则,甚至是生命,成为权力的狂妄追逐者。

二、金钱的盲目追求者形象

"安贫乐道"是我国知识分子一种传统的立身处世的人生哲学,他们不为五斗米折腰,过着世外桃源般的清淡生活,相比于丰厚的物质生活,他们更加注重在精神层面有较高的追求与境界。但实际上,20世纪二三十年代,知识分子的收入还是相当可观的。据报道,鲁迅在他生命的最后九年,完全靠版税和稿费生活,每月收入700多元,相当于现在的2万多元。而当时上海一个四口之家工人的每月生活费不到40元。这些收入充分保障了他在北京四合院和上海石库门楼房的写作环境。在残酷无情的法西斯文化围剿之中,鲁迅能够自食其力、自行其是、自得其乐,坚持他的自由思考和独立人格,这得益于他殷实的收入。① 当时清华国学院的四大导师,每月拿 400 大洋,这在当时足够可以让一个五十口之家舒舒服服地过上一年。

20 世纪 80 年代以后,知识分子的生存状态堪忧。最典型的就是谌容在《人到中年》中塑造的以陆文婷为典型的中年知识分子形象。陆文婷是一个眼科医生,在她刚满二十四岁的时候,因为她的朴实、深沉、敏锐,为大医院所赏识。于是留了下来,愿意接受四年的住院医生的苛刻条件。她工作多年,无职无权也无名无位,工作超负荷而待遇低下,得不到尊重,更得不到关爱。更令人痛心的是,她竟连最基本的生活也没有办法保障,一家四口就这样挤在一间十二平方米的陋室,家徒四壁,"没有沙发,没有大立柜,没有新桌椅,甚至没有新铺盖",生活过得十分清寒。但就是在这样困窘的生存条件下,陆文婷依旧任劳任怨地辛勤工作,不计名利,不计报酬,默默地忍受着生活的熬煎,体现了中国知识分子克己为公、舍身忘我的精神,他们的奉献精神与生活的窘困形成了鲜明对照。

90 年代对知识分子塑造比较集中的是山东大学学者型作家、教授马瑞芳创作的《蓝眼睛·黑眼睛》。这部小说以子午大学为背景,展现了一系列形形色色的知识分子形象,给人留下深刻印象的就是一批知识分子因为工作、生活压力,最终的悲惨结局。如校长鲁省三,这位莎士比亚研究专家学者,他学识渊博、慧眼识才、敢于负责,特别是当他得知儿子鲁原为抢救国家财产牺牲的消息后,却依然镇定自若地安排校庆活动的一切,体现了老教育家的献身精神,真正是"鞠躬尽瘁,死而后已",最终累死,而死前他还在思虑子午大学的发展。还有刘树人,他是系里的副主任,家庭生活负担沉重,一面拼命地写文章赚稿费贴补家用,一面又承受着各种流言蜚语的攻击,终于累死了。中年知识分子早逝的悲剧在这部小说中得

---

① 参见张中江:《民国文人经济收入一览:鲁迅收入 480 万元》,2010 年 8 月 13 日, http://www.chinanews.com/cul/2010/08－13/2467388.shtml.

到较充分的体现,这在当时是带有普遍性的问题。无怪乎有人说,造原子弹的不如卖茶叶蛋的,并非耸人听闻。为了拿稿费、评职称、涨工资而履险就成了知识分子无奈的选择。这种选择是无可厚非的,毕竟按心理学家马斯洛"层次需求理论"的观点,人必须保证物质生存这第一层次的需要,接下来才有"安全"等更高层次的需要。对生存、物质的追求是人们的第一需要,知识分子自然也无例外。

但进入新世纪以来,面对社会的大转型,面对社会上一部分人先富起来之后带来的巨大冲击,"花天酒地""纸醉金迷"成了一些人生活的现实写照,而部分知识分子也受其浸染,把追求物质利益当成了他们的人生目标。

这里面比较有代表性的就是邱华栋的《教授》。《教授》以较为独特的写作视角,以一个文学教授段刚的口吻叙述了一位经济学教授赵亮的生活。小说的主人公赵亮是一所大学里的经济学教授,留学归来,拥有博士学位,而且还是社会上著名的经济学家,是政府经济智囊团成员。他的观点经常被媒体采纳,他的言行决定着股市的潮涨潮落。在小说开头,作者就为读者呈现出一幅颇具冲击力的画面——玫瑰花温泉浴加皇帝按摩。"玫瑰花温泉浴",是在四米多长的大浴缸里沐浴,浸泡在泡泡浴和花瓣混合在一起的奇妙水世界里。浴缸还加了金边,而"皇帝按摩"是五位姑娘从头、胳膊、到脚同时服务于一个人。而颇具反讽意义的是,两个大学教授在这样豪华的消费场所本应进行的是一场严肃的学术研讨会,与会者要讨论的是关于中国政治、经济和文化的大问题。但是就是在这里,知识精英们一方面就学术问题展开激烈辩论,一方面又充分获得了物欲满足。这样,精神与物质的冲突在消费文化助推下的消弭和知识分子启蒙形象的消解得以直观呈现。

在小说中,赵亮被学生们称为"叫兽",主要是因为与"教授"谐音,意味着他是整天叫唤的野兽——在课堂上、电视上、研讨会上叫着,游刃于政界、商界和学术界,为利益集团出谋划策,为自己树立明星般的公众形象。他通常都开着他的那辆漂亮的银色宝马轿车,他出入各种高档场所,他在全国各地飞来飞去讲学布道,他住着大宅子,养着常人难以供养的玉鸟、蟒蛇等,过着令普通人难以企及的奢华的生活,跻身于令人羡慕的新富人阶层。他们的生活让外人艳羡不已。可就是在这繁华的背后却隐藏着多重痼疾。经济学家的研究就是为了推动社会进步,而赵亮提出的很多经济学理论却在挑战伦理底线,或为了高官,或为了商人,以此来维持自己的高消费。在校园里为人师表,出了校园就书卷气全无,满身铜臭,打嗝都透着生猛海鲜味,一如西门庆的"野兽般淫滥和享乐带着暴发户式的狂欢"。因此,身为教授的赵亮最终因政界商界的合作人被"双规"而惶惶避难,加之自身的婚变而与妻子同时爆出性丑闻,身败名裂。作者以缤纷的社会现实和信息烘托和塑造了大学教授的新形象。

进入新世纪以来,像赵亮这种行为的教授并非个例,他们的出现也并非偶然。作家本人也认为,赵亮首先是一个很优秀的专业人士,他性格的缺点,是对这个物质和物欲时代的投降,丧失了知识分子的批判力量和独立人格,成为了帮闲和帮权、帮钱之人。在作者邱华栋看来,赵亮的悲剧意义在于,在一个欲望和物质的时代里,他无法把握内心的平衡和自己生活的重点。①

教授赵亮之所以被商人、政客利用,首先是他有自己的学识,通过自己的刻苦努力、潜心研究,取得了骄人的成绩,成为了政协委员、国务院特殊津贴享受者。他依靠着自己知识的卖弄,开始过上了奢华的生活,少数人的生活,前沿的生活。正因为他活在生活的前沿,通过他们,我们就更加看清了这个时代的喧嚣和痛苦,热闹和寂寞,繁华和贫困,富足和匮乏,物质世界对心灵的煎熬和挤压。

由作家刘志钊创作的《物质生活》,发表于《收获》2001 年第 1期,其主人公韩若东是一个被称为诗歌疯子的天才诗人。"文革"中苦难的童年,成就了他的孤僻和敏感:小韩若东缠着父亲要一只小

————————

① 参见卜昌伟:《小说〈教授〉:再现大学教授声色犬马生活》,2008 年 11 月 10 日《京华时报》。

狗,处处挨批斗的受尽折磨的父亲以自辱的方式拒绝了他。得了癫痫病的韩若东最后在蓝大的乔万里老师那儿找到了父爱。于是就有了半夜读《傅雷家书》时的极力忍住的哭泣声,有了用水果刀割断自己左臂四根肌膜的举动。鲜红的血染红了床单,染红了雪白的墙壁,至此他理解了父亲那一代人内心的极度自尊。可是一切又因为韩若东爱上恩师的女儿乔其而发生了变化,乔万里老师不愿意将自己的女儿嫁给一个诗人,尤其是一个灵魂化了的诗人,因为怕女儿会在物质的贫乏里受苦。"不是他(韩若东)的诗写得不好,相反,他的诗写得太好了,所以我不同意你嫁给他。"韩若东再次陷入无爱的困境,并从此同他的诗歌开始了放逐和流浪,然后开始了在物质世界里的打拼。物质生活像一柄利剑,摧毁了诗人赖以保护自己精神世界的地洞,插入了诗歌的心脏。致使后来在终于获得了与乔其的婚姻之后,便开始不顾一切地攫取财富,出于对情敌蒋运满的疯狂嫉妒,也包含"报复"恩师乔万里的心理,最终被金钱变成了魔鬼。

大款蒋运满有一套咄咄逼人的关于时代的理念:

> 现在让我们来看清楚这是一个什么时代吧,让我们先搞明白这个时代基本特征是什么? 这个社会的主要情感是什么? 是实利主义,是金钱至上,你们不反对吧? 大概谁都无法否认这是一个商业时代。商业时代是什么? 我认为就是一个极端的年代。现在挂在很多人口头上的一句话就是商场如战场。那只是从微观上说,说的是战役,而不是战争。从宏观上就应该说,商业年代如战争年代,其剑拔弩张之势应该更甚于战争年代。在这样的年代我们需要做什么? 首先就是要选好自己的立场,你打算做参战者,还是当炮灰? 你准备进攻还是防御? 认清了这个形势,你就要考虑自己的问题,就是你手里有没有武器? 强硬的武器? 这武器不是别的,那就是钱。有最多的钱就等于拥有最好的武器。钱,MONEY! 那是什么? It's sort of what we have instead of chairman. 钱是我们用以取代领袖的东西。

蒋运满这套理论把"陷入生活和爱情双重困境里的韩若东引诱进占有金钱和物质财富的角逐场,将这个刚刚起步的审美知识分子从精神领域俘获过去,推向'物质化'之路,使精神的韩若东变成物质的韩若东。财富和金钱没能拓宽它的占有者的胸襟,韩若东越来越狭窄和暴戾;于是诗和爱情都从他的生命里退席了,韩若东的最后结局是杀死妻子乔其,也使自己变成了真正的疯子"①。

物质生活和精神生活并非是水火不相容的,但在小说中当精神面对物质时,所表现出来的是一次又一次忍让、退步:乔万里——这位大学教授,善良博学,在强大的物质面前表现的是退让、崇拜;韩若东——一位天才诗人,在强大的物质面前表现的是妥协、获取;而韩若东的同窗好友沙岗在物质时代,仍坚守留校教书,甘于清贫,最终其妻子艾可加成了大款蒋运满的情妇,也被人称为"走入物质"。②

三、信仰失落的自我放逐者形象

知识分子往往被人们认为是精神的向导,在现实生活中充当先知先觉的角色。他们有自己的信念、理想和思想,他们传经布道,坚守道义,维护正义。在中国历史上,中国知识分子对新知识的灌输、新思想的介绍、新观念的启迪、新制度的推行、新风俗习惯的倡导改革等,都表现了罕有的热诚和高度的锐气。

然而,进入新世纪以来,在社会面临急剧变革的今天,知识分子无论是生存状态还是精神状况都面临着前所未有的挑战与困惑,昔日的理想主义热情和乌托邦精神早已为现实所埋没,坐而论道的冷静与潜心问学的从容也已渐成追忆。在这种状况下,一些知识分子耐不住寂寞,放弃了理想,成了任由信仰漂泊失落的自我放逐者。这种放弃信仰,主要表现为道德沦丧,具体为肉体的放纵、学术的腐

① 李万武:《物质与精神的"战争"——读刘志钊的长篇小说〈物质生活〉》,《文艺理论与批评》2002年第1期。

② 参见李万武:《物质与精神的"战争"——读刘志钊的长篇小说〈物质生活〉》,《文艺理论与批评》2002年第1期。

败,过度沉迷于经济的大潮中,丧失了固有的道德体系与准则,在迷乱中麻木度日,缺少坚定的信仰和崇高的人生目标。

一是肉体的放纵。世人所看,知识分子本应洁身自好、求真本分,但受物欲横流的花花世界之浸染,"文人无行"的主题通过其肉体上的放纵、肉体与精神的剥离、对肉体上的不管不顾加以呈现。如陈应松在《魂不守舍》中塑造的主人公王开,本是个文学硕士,是著名编辑、记者。但追求性爱,使他突然成为另外一个人,周旋于几个女人之间,寻找肉体的刺激和激情,在极端的快感面前撕扯着他的身体与良知,在金钱与肉欲面前他的精神萎靡、颓废,甚至消解,这是知识分子迷失自我的大写真,令人惊悚、深思。

《所谓教授》中的白明华也是一个喜剧性人物。他贪权好色,寡廉鲜耻,为了向上爬,他先是利用妻子,后又出卖情人。为了找回心理平衡,他不断地寻找机会放纵情欲,其图谋却又不断地受挫、不断地被曝光,以至弄得满城风雨,声名狼藉。这一形象告诉人们,当知识分子丧失了道德意识,其堕落将是难有底线的。刘安定是一位著名专家,在被官员利用的过程中,他也得到了自己想得到的一切:职称、职务、高薪、汽车、情妇。他自以为思想境界比白明华要高,他追求的是真正的爱情,在逼妻子离婚的过程中毫不心软,致使妻子离家出走后遭遇不测成了疯子。他的婚外恋也就此画上了句号,留给他的是一杯终生饮不尽的苦酒。

还有《学者》中的系主任杨与兴不学无术,与有夫之妇何曾私通,玩弄女性,不负责任。就是这样的人,却能通过私下交易弄到大批研究经费,堂而皇之地充当项目主持人。张者的《桃李》《唱歌》《消灭》《毒药》《朝着鲜花去》《春天里不要乱跑》等小说,共同描绘了知识分子抛弃师道寻欢作乐的世纪新景观,他们所说的唱歌、读书已非人们惯常意义的理解,成为了专用"术语",专指找小姐、玩女人。

新世纪以来的小说中出现了大量讲述自己情感、欲望、物质生存等形而下故事的知识分子形象,他们在表达一种情与欲、物质与精神张裂中的失落、迷惘、痛苦，其中也不乏超越。在社会、家庭乃至个人多重因素的影响下，这些小说家笔下的主人公都不同程度地陷入肉体的麻木与放纵中。曾经被誉为社会道德的看护者和守候人，在时代无情的压榨和感染下走向反面。这种本能欲望没有抵挡得住外在环境带来的冲击，使他们变成了彻底的色情狂、性玩弄者、婚姻和家庭的背叛者，这一切最终带来的是失败，是幻灭，是悲剧。

二是学术的腐败。学术界应该是潜心钻研、清心治学的清静公平神圣之所，学者应该是与世无争、淡泊名利的科学守望者，在神圣的殿堂守望真理、守望正义、守望道德。学校的主要职能是教学、科研和社会服务，尤其是作为现代高等教育学校。可在新世纪以来的小说中，我们发现学术道德沦丧的故事层出不穷，尤其在高校中更是如此。

例如在汤吉夫《大学纪事》中的何季洲这一形象。主人公是一名大学校长，在上任的施政纲领中，他提出要把一个名不见经传的地方院校在十到二十年内办成国际一流大学，但他对踏踏实实的科学研究没兴趣，他认为，只要是"脑子得活泛点儿，比如上课用的讲稿不可以整理一下、印出来吗？买个书号就是了，无非是花个三万五万的"。学校某院长在他的鼓励下大干快上搞科研，抄袭剽窃别人的成果被检举。他不仅没指责，反而略施手腕花钱摆平了。学校经费紧张，他不同意建实验室，却大手笔花一千万元，买下东西走向和南北走向两列火车的命名权。在他看来，大学应有的精神、内蕴，已不是学术和道义责任，而应是利和名，就连学术名声也成了教授们走穴讲座、聚敛钱财的"声誉名片"。如南翔《硕士点》《博士点》中为评上硕士点、博士点，教授们想尽一切办法，违背大学精神去媚俗。《夏教授的学术生涯》(青禾著)中的夏时令为评副教授发表妻子的文章冒充，为申报硕士点利用女助手典娜的关系。《大学诗》(曹征路著)中，为申博廖星凯们利用师生故旧在评委要人之间奔走游说，请客送礼，阿谀奉承，卑躬屈膝，甚至花大价钱请来中介公司进行市场操作。"大家都这样做,你不遵循这类潜规则,可能会遭封杀。"《所谓教授》中刘安定发表文章要署上朱校长的名字。《角力》中,有的学院纵容学术腐败,有的系公然集体购买版面发文章,有的系领导私自改动教学立项主持人,严重干扰职称评定的公正性。

高校学术的堕落主要是由于知识分子人格上的缺陷和精神上的世俗化,没有坚守高尚的道德情操和为人师表的节操。在《地铁里的故事》中,张、王、李、赵四位教授在刚刚参加完"形而上"的学术会议之后,即刻堕入"形而下"的庸俗生活,地铁里的拥挤不堪,不仅是身体上的不适,更是精神和道德上的考验。当看到一位妙龄少女的背影时,教授们"每个人心里都刺痒痒急挠挠的",这时,一个男青年开始对女郎进行性侵犯,四位教授对这光天化日之下的流氓举动深感震惊,他们在心里批判着国民的麻木,"几次要呐喊起来,又担心没有人响应,终于只能咽下愤怒而复归于缄默"。更具讽刺意味的是,当教授在女郎转身下车的一瞬间,看清她其实有着一张又黄又黑的皱脸时,居然悄悄地为那个流氓惋惜。教授的道貌岸然下,不为人知的欲望蠢蠢欲动。

在《论语·子张》中有这样一句话:"子夏曰:'仕而优则学,学而优则仕'。"作为以教书育人为己任的高校知识分子这一群体,本该是"象牙塔"里的神圣教授,却在社会转型期的冲击之下,"学习之余还有余力或者闲暇,就去做官"。当然这"官"不是正规的官,要么是牺牲学术科研,要么是通过非正常渠道,总之不择手段获得收益即可,哪怕没有道德亦不重要,形象地展现出校园教授们腐化堕落的另一面。

四、理想的坚守者形象

"穷且益坚,不坠青云之志。"知识分子中也不乏道德守望者,不管外界多么纷繁复杂,他们都"不合时宜"地坚守道德底线,绝不同流合污。在一系列的小说创作中,我们发现作者仍在继续塑造知识分子崇高的人格形象,主要表现在对理想的矢志不渝,这也正是对他们自身的一种正面反映。

例如,曹征路在《小说月报》2004 年第 4 期发表的《大学诗》中,历史系副教授马同吾是性情中人;因讲真话遭解聘,在卫生间用剃刀把自己的睾丸割了下来。最典型的当属作家在《漩涡》中塑造的靳老先生,禀赋着中国知识分子的传统性格,认真传道授业解惑,从不误人子弟,绝不出卖灵魂,在学校的三尺讲台上,维护着教育的神圣尊严,守望着自己的精神"麦田"。给地方官打零分,将金钱美女拒之门外,尽管后来在汹涌的世俗潮流前有了妥协和退让,他像大战风车的唐·吉诃德一样天真,要同铺天盖地的歪风邪气作决死斗争。他铁面无私,拒绝各种利益和欲望的诱惑,毫不留情地怒斥作弊的书记、县长;他忧心忡忡,深为教育事业的不成章法而痛心;他千里迢迢,跑到任副省长的老同学那里去告状……他自认为对得起知识分子的良心,忠诚于党的教育事业。然而,却遭到无情的奚落和嘲弄:硕士班所在地的人对他视若寇仇,全系上下众望所归的"严师"称号与他失之交臂。这位刚正不阿的教育守护神,在充斥着肮脏交易、世俗欺骗的氛围中,对抗、斗争、冲撞、挣扎,试图杀出重围,找到真理和正义,最终却落花流水,还搭上了自己光荣的过去。"他感到自己不再是自己,身和心分裂着,他身上的气味也不对了,香的臭的都有。"他不清楚,他究竟该是与生活同步还是退出生活,感遇到了平生最大的尴尬和无奈,这是怎样挥之不去的悲哀啊!

格非在新世纪以来的长篇小说创作中,不断描绘出知识分子独有的乌托邦理想。例如他 2004 年发表的长篇小说力作、"人面桃花"三部曲之一——《人面桃花》,以及 2007 年 1 月出版"人面桃花"三部曲之二——《山河入梦》。《人面桃花》是以中国近代史上的辛亥革命作为书写背景的,但笔墨却重点放在了人的乌托邦冲动上。秀米的父亲、秀米、张季元都是为了自己心中的乌托邦理想不断奔走,即使生命因此受到威胁也在所不惜,但是他们所有的追寻都以失败告终。格非在谈到选择这样一个乌托邦的主题时说,正是现实中有这样那样的不完满,所以要在作品中去表现理想,以及理想的不可得:乌托邦是每个人对美好生活的向往,现实中遭遇不幸或困境,我们就会想象未来的世界,也可能会着手改变,导致行动,但一旦变成集体的行动,就会限制自由,愿望再好也带来最大的不好……现实生活总是令人遗憾的。……把头从现实的重压下伸出来。因为人有了这样的幻想,人才会崇高,所以一个作品不能离开这样的东西,哪怕它再虚幻,也应该保留对它的相信,这是一个悖论。①当然,作品除了描写对理想的坚守,实际上更是对作家本人的一种真实写照,体现出他在人生中、在文学创作中追求理想的不懈动力。而《山河入梦》,又一次将对乌托邦理想的追寻书写下去。只不过故事的主人公换成了秀米的儿子谭功达和他所爱的人姚佩佩,故事的时间背景则是 20 世纪五六十年代。谭功达是一县之长,偶遇因家庭变故从上海来到梅城、在浴室卖澡票的姚佩佩,把她调至自己身边当秘书。谭功达虽然爱慕她,但也只是发乎情,止乎礼。谭功达一心想按照自己的理想建设梅城,却不顾当时实际,遭到很多人的反对。姚佩佩遭人凌辱,悲愤之中将此人杀死,并走上了逃亡之路。而谭功达对梅城的理想规划也因为不切实际而夭折了,他本人受到排挤下放到花家舍后,惊奇地发现,自己梦寐以求的"桃花源"似乎已经在这里实现……就在他决心去找姚佩佩的同一天,姚佩佩被枪决,而他也因为包庇罪和反革命罪被判处监禁,最后因病死于狱中。

这一时期的小说创作中能够反映这一主题的作品还有许多。《跳舞》中蓝教授的保守显然没有让蓝娜成为一个传统的女孩,她身上洋溢的青春气息、对现实生活的热爱以及对纯洁的爱和美的追求都是当代女大学生独特的精神宝库。对于爱情和婚姻她有自己绝对独立的观念。她需要钱,但并不放弃自己的尊严。大款宋总对金钱的魔力深信不疑,要求蓝娜跳"纯舞蹈"时对大学生充满不屑:"我倒要看看这名牌大学的学生值几个钱。"蓝娜回答他的是一段非常经典的话:"我只会用它来感受,去奉献,承受一个男人对我的爱;同

----

① 参见王勤:《在迁徙的路上——格非论》,江西师范大学硕士学位论文,2007 年。

时表达我对一个男人的爱……"这一方面表现出当代大学生的价值观和蓝教授的时代已经完全不同了，又显示他们独有的价值，闪耀着美丽的人性光芒。

"这个世界很精彩，可我不要，最起码我不都要。若此，当我们落水时候，我们就会自己把自己救上岸。"这是作家许春樵题为《去读书，还是去喂猪》的创作谈。他的中篇小说《知识分子》中的主人公郑凡，硕士毕业后，觉得自己是上海这座大都市里的一颗假牙。于是，他选择逃离，扛着一个蛇皮口袋来K城报到，蛇皮口袋里塞满了古代文学和现代梦想，还有与网名叫"难民收容所"的一个约定。K城虽和上海相比，生活压力相对小了许多，但这也不是天堂，仅靠微薄的工资能够生存，但难以立足、立家。知识分子的尊严在这里受到考验，在物质诱惑下，郑凡的同学黄杉被女大款包养，舒怀的女友悦悦由要掀翻腕上套着金链客户的办公桌，到最后主动投怀送抱，舒怀也因失恋杀人被枪毙。小说中说："男人挣不到钱，在家里老婆面前都没有自尊！"为此，郑凡也放弃了尊严，没命地兼职，没命地挣钱，当家教、写有偿文案、做策划，诸如此类，让人欣慰地是他的坚守和底线：他宁愿不辞辛苦地对老板家儿子每周进行家教辅导，挣点血汗钱，也不愿给这位有强奸少女前科的老板写传记；虽然他生活困难，但是当乡亲乡邻因病重住院时，他会急他人所急，在自己为数不多的存款中拿出两万块钱应急；当他被小偷下手进行自卫，小偷在和他过招时脑壳着地，有生命危险，他用六十五岁老父亲打工给他买房的钱，为小偷付了住院费，因为这个小青年令他想起自己念书时没有钱逃公共汽车票的遭遇。小说结束时，他不再为房地产商写虚假的会刊，不再为商人的广告编造虚假材料，而是回到书斋，回到学术，表现出了一个物质时代正直知识分子的情怀，让我们看到了希望。

虽然在社会转型过程中知识分子面临着真实而又残酷的生存环境，他们在市场经济大潮中经受着巨大的痛苦和挣扎，但在一系列小说中，我们仍能见到在金钱和权力面前，继续坚守知识分子人格、操守和信仰的形象塑造。他们没有随波逐流,没有丧失斗志,相反,以一种"出淤泥而不染,濯清涟而不妖"的高尚情操向世人展示知识分子的崇高气节,令人敬仰和尊重。

第三节　知识分子的人格心理变迁

知识分子是一个独立的群体,他们有着代表自身形象和心理特征的特殊符号,他们自傲,甚至被外人理解为"孤傲"。许纪霖曾在《中国知识分子群体人格的历史探索》中对近代中国知识分子群体人格进行了多层面的划分,即独立人格可分为"特立独行"和"外圆内方",依附人格又可分为"帮忙奴才""帮闲文人"和"游世之魂"。[①]的确,在近代内忧外患的情况下,知识分子呈现出上述种种不同的人格表现。如鲁迅就被毛泽东主席赞扬过,说他的骨头是最硬的,他没有丝毫的奴颜和媚骨,这在殖民地半殖民地来说是最为宝贵的民族性格。还有闻一多的拍案而起、朱自清的不吃嗟来之食,这些都体现出了知识分子独立人格的精神。但不可否认的是,在当时特殊社会动荡不安,局势极不安定的情况下,知识分子的人格独立是很难实现的,所以像"严复、梁启超、章太炎,他们早年都曾热情宣传和热烈追求过独立自由人格甚至为此而坐牢落难,但到后来,一个个又都投入了传统儒学和旧势力的怀抱之中,从独立自由之人格又回到泥古守旧的依附人格上。这不能不说是近代中国知识分子的悲剧"[②]。

新中国成立以后的很长一段时间,知识分子都背负着一种社会给予的"耻辱感",这是社会对他们的一种片面认识,由此形成了大多数人的认知。改革开放以后,随着党和政府知识分子政策的转向,知识分子在社会地位和经济收入等方面都有了较大的改观。但

---

① 参见许纪霖:《中国知识分子群体人格的历史探索》,《新华文摘》1987 年第 2 期。
② 郑英杰:《中国知识分子人格略论》,《吉首大学学报》(社会科学版)1987 年第 3 期。

进入到新世纪以后,社会处于转型时期,中国社会已经出现了巨大的结构性变化,清华大学社会学教授孙立平提出"昔日的极权主义的'总体性社会'转变为后极权主义的、'总体性资本的精英集团'与'弱势群体'趋于两极化的'断裂社会'"[①]。"断裂社会"理论的提出,影响十分广泛和深远,并引起社会对知识分子的再认识,重新思考他们的价值与地位。而在这一两级社会结构体系中,"知识分子群体由于政治地位和经济地位的不断攀升成为社会转型过程中的利益获益人群,成为断裂社会中的中上级的组成部分"[②]。遗憾的是,当知识分子在政治、经济、社会等方面处于"中上级的组成部分"后,有独立的话语权以及人格独立时,知识分子们的光谱已经显得斑驳陆离,难以辨清。令人回忆往日的知识分子中间大师云集,他们头上没有显赫的官帽和光鲜的头衔,一席布衣,两袖清风,枯坐书桌,却能得到公众由衷的尊敬和爱戴,而现在的知识分子虽然得到了各种冠冕堂皇的职位和头衔,他们可能著作等身、身兼数职,却是一个众口一词没有大师的时代。在经济学界,丁学良所谓"大陆真正意义上的经济学家最多不超过五个"的言论,激起了民间舆论的广泛认同。2005 年《中国青年报》公布的"你相信哪位主流经济学家"的公众调查中,信任率超过 10％的仅有郎咸平、吴敬琏两人,暴露了知识分子所遭遇的信任危机和形象危机。知识分子遭遇形象危机,尴尬处境令人反思,面对"下沉的声望",知识分子在 21 世纪重拾信誉与声望的任务任重道远。

　　面对这种现状,正确地了解和把握作品中对于知识分子人格心理特征的塑造就显得尤为重要。长期的封建礼教的熏陶和政治上的挤压,形成了中国知识分子的依附性人格。对精神权威的敬畏,对政治迫害的恐惧,对生存状况的担忧,使得知识分子总是唯唯诺

----

　　① 孙立平:《转型与断裂——改革以来中国社会结构的变迁》,清华大学出版社2004 版,第 263 页。

　　② 陆学艺:《当代中国社会阶层研究报告》,社会科学文献出版社 2002 年版,第47 页。

诺,畏畏缩缩,不敢直起腰板来做人(即所谓"夹起尾巴做人")。中国知识分子在精神上、物质上、人格上都没有自己应有的独立性、自主性和主体性。知识分子作为物质文明的开拓者、推动者和精神文明的主要创造者、传播者,在以发展经济为中心、发展教育为根本的社会发展大背景下,在文学创作中被赋予了太多外在的压力。他们的内心在正义与邪恶、善良与屈从的种种矛盾中饱受煎熬。

一、儒道互补——核心人格

中国本土文化哲学中,儒道两家最具有代表性,也是影响最大的。二者有诸多不同,"儒学的目的论在于调节个体与群体之间的关系,把握人生、积极进取是儒家学派的人生价值指向。"①儒家学派的创始人孔子认为,自己与那些逸民、隐者的区别就在于"无可无不可"(《论语·微子》)。用孟子的话来解释,就是孔子"可以仕则仕,可以止则止,可以久则久,可以速则速"(《孟子·公孙丑上》)。为此,在现实中,孔子四处游说,广收门徒,尽管不断碰壁,但却百折不挠,"知其不可而为之",竭力主张用自己的方法来"平治天下"。

而以老子、庄子为代表的道家学派,其目的"在于调节个体与自然的关系,证明两者的相通,并使之合一"②。像老子本人就是一个"隐君子",相传他在周朝做过藏书管理员,孔子曾向他问"礼",后来他退隐了,写下《老子》一书。庄子曾做过宋国漆园的管理员,辞职后表示"终身不仕,以快吾志焉",宁肯隐居陋巷,借米充饥,自编草鞋,过着清苦的生活,也不愿应楚威王高薪聘请而赴楚相之任。从老子的自然无为、少私寡欲、贵柔守雌的思想,到庄子的无己无功无名、逍遥放达的精神境界,无不说明道家与儒家的不同之处。

儒道两家的思想,一个刚健有为,一个柔顺因循;一个入世进

---

① 叶志衡:《"荷戟独彷徨"——论阮籍作品中的儒道互补意识》,《社会科学辑刊》2001年第3期。

② 叶志衡:《"荷戟独彷徨"——论阮籍作品中的儒道互补意识》,《社会科学辑刊》2001年第3期。

取,一个潜隐退守,这是他们达到相通和互补的真正前提。所以,许多中国古代文人才能入世为儒,出世为道,或者熔儒道于一炉,张弛相济,进退自如。儒家思想以"经世致用"为特色,道家思想则以自然、超脱为特色。

当代文人又何尝不是如此呢?池大为是典型代表,无论是家庭熏陶,还是个人品性,他都是个为人正直、敢于真言的知识分子。但是现实生活让他无奈又无助,老婆想换好工作,儿子想上好幼儿园,他想评职称晋级。但这些要么建立在人际关系之上,要么建立在权力基础之上,要么需要金钱打点,现实生活中,当这些你都不具备时,你会发现你所有的尊严都建立在空洞的骄傲上,尊严在生活面前毫无尊严可言。在这样的环境下,你无人可诉说,无人可排忧,无人可当伯乐去助你一臂之力。你骄傲,保持自尊,就如一叶在大海里漂泊的小舟,无依无靠,无以为继,无助之下只有沮丧、失落。

王跃文《苍黄》中的李济运,也极具传统知识分子的人格特征。他本性善良,对父母孝敬有加,对妻儿体贴疼爱,对朋友讲求仁义,渴求保持知识分子起码的清正和良知。他不动声色帮助他人,却要忍受误解甚至辱骂;他推荐刘星明当差配不仅能解领导之围,也可借机提拔老同学;物价局局长舒泽光被接受调查,李济运有意帮他,但却不想让任何人知道;宋香云幼儿园投毒案中,李济运为了进行挽救,不但让老婆主动辞职,更是作了宋香云自首的伪证。他内心装载着知识分子的良知,迫于无奈违背原则时,终日惶惶,遭受良心谴责。选举现场上老同学疯了,他充满愧疚。事后,他建议刘书记去看望刘星明,希望组织上对刘星明及其妻儿做一些实际性的补偿。他不满现实中官员为自身利益钩心斗角、为虎作伥、置百姓利益于不顾的自私自利行为。以舒泽光被整事件为例,刘星明仅仅因为舒泽光蔑视其权威,就查他的经济问题,不想却查出个廉洁干部;刘星明心有不甘,又弄出抓嫖事件。对于刘星明这种报复行为,李济运甚是愤怒和不满。总之,李济运在为人处事上,特别是在心灵深处蕴藏的自我,是具有知识分子的批判精神和自我反省精神的,他力求保持社会的良知和正义。

二、外圆内方——心理基调

在社会中,知识分子的生存状况往往代表着一种文明开化的程度。人们更加关注知识分子的人生理想和价值取向,这也是每一个开放进取的文明社会都必须予以深切关注的重要问题。知识分子是传统文化和现代文明的建设者和传播者,通常被作为社会的良知和理想主义的化身,这也是儒家学说中对"士"的要求,传达正义,坚守理想,不为欲望所左右。但在理想与残酷现实的尖锐冲突矛盾与挣扎中,他们又常常陷入精神与物质的双重困境,焦虑、失落、分裂的灵魂往往无处皈依,在徘徊中自我反省和质疑,在绝望中寻求救赎和坚守。

和古代、近现代传统知识分子形象不同的是,转型时期知识分子群像中,有人在坚守,有人在逃避,有人随波逐流,但处在和平而非战争年代,我们看到"未像有些人那样用生命点燃正义的烛光,以呐喊抗争人间的邪恶;也不曾如另一些人那般随浊流而上下沉浮,在屈辱中苟且偷生"。他们有自己坚守的道义,又有与世俗社会的妥协,"他们在人格的天平上为把握正义和生存的平衡而艰难地度量着,而最大的困惑和苦痛就是如何将现实中分裂的人格在心理层上加以暂时的弥合。"①所以在社会转型期中,关注知识分子这一特殊群体的生存现状,就成为小说创作中的重要方面,它们展现出对知识分子精神世界的不断探寻和终极关怀,对他们生存困境的深层揭示和冷静思考。例如张者的《桃李》《桃花》,格非的《欲望的旗帜》,还有 2008 年相继问世的石盛丰的《教授横飞》和阎连科的《风雅颂》等作品,都反映出知识分子群体特殊的心理变化。

在小说《桃李》中的邵景文身上,我们不难窥见知识经济时代知

---

① 许纪霖:《外圆内方:近代中国知识分子的双重人格》,《社会科学研究》1987 年第 5 期。

识分子对世俗的妥协和认同,以及在这种妥协中对自身意义的寻觅。小说中的邵景文是国内知名法学家、著名大学教授,更是一个名利双收的成功商人。当知识已转化为待价而沽的商品之时,他靠高价出售自己的知识获取了巨大的物质利益,步入了腰缠万贯的贵族行列。在金钱的标尺下,他是学生心目中成功人士的典范,成为众多学生追随的有权有势的"老板"。名与利构筑的世俗生活成就了邵景文,也让他深深沉醉其中。在社会潮流中,他顺势而下,是社会的"宠儿",但回归到知识分子群体的心理人格中,又充满了无尽的自责与忏悔,最终在这种混合、模糊中彻底放弃了传统知识分子的精神追求。

邵景文这一形象绝不是个案,他的经历反映了部分知识分子在社会转型时期的心理变化与人生选择的矛盾性。在一个被欲望填充的、理想为实现的失落与虚空并存的道德时代中,知识分子的这种"突围"与矛盾一直在延续和发展,没有终点。在以金钱为价值标尺、神圣和崇高被践踏、理想和信仰与社会成为对立的这一社会语境下,作者给出了一个值得玩味的近似报应的结局:在世俗生活中春风得意的邵景文惨死于情人之手。这个结局暗示了知识分子在精神上的自我放逐并不是没有界限的,它有一定的限度,并有一定的生存空间,重要的是知识分子在中间的平衡。

海德格尔曾经在《存在与时间》中说过这样一句话:

诱惑、苟安、异化、拘囚,这些现象都是沉沦的特有动态。我们把这些动态的组成的运动方式称为跌落。此在跌落到无根基状态之中去,而且是在这种无根基状态之中跌落……跌落这种运动不断把此在从本真性拽开,拽入常人的视野假充本真性,从而形成跌落运动的漩涡。①

诚然,在小说的创作中,物欲是一支重要的指挥棒,它既是作品

---

① [德]海德格尔:《存在与时间》,陈嘉映、王庆节译,三联书店 2006 年版,第 203 页。

中最为有力的支配力量,也是最为有力的毁灭力量。现实社会中的物欲争斗在小说的知识分子形象中一一得到有力的验证。

三、幻灭感、困惑感、无聊感——基本特征

知识分子是一个特殊的群体,之所以特殊,是因为他们作为精神工作者,具有人格的双重属性,即游离于物质与精神之间、现实与理想之间,在层层夹缝中,他们不仅要为理想奋斗,追求较高的精神生活,同时又受制于现实条件,在物质基础贫乏的状态下生存。在这些矛盾下,知识分子相比社会中的其他群体,会有更多抉择和矛盾,心理上承受更多的困惑、压抑、无助乃至对现实社会的失望。

在社会酝酿变迁的某一阶段,知识分子往往以其知识与思想优势扮演了社会的预言者与启蒙者,但是随着社会文明开化与现代性进程的逐渐展开,知识分子先知先觉的启蒙身份开始陨落。特别是转型期以来的新世纪,社会变革带来的冲击与诱惑对知识分子产生了较强的影响,他们这群现代性的倡导者最先体验了"现代性的后果"。简言之,知识分子引导了潮流却又为潮流所淹没,在这一矛盾下,知识分子的内心充满了困惑、忧郁、无助和失落,显示出一种幻灭感、游离感交织的大网,把这一群体牢牢地固定在自己设置的区域里,好像等待一次心灵的救赎,他们在这个"文化漂流"时代遭遇了极度的精神悲剧,虽然在叙事手法中作者堆添喜剧情节,但这些丝毫不能舒缓知识分子面临的这一复杂内心世界。

对知识分子心理上幻灭感的描述在小说中由来已久,并成为知识分子的一种典型心理特征。20 世纪 90 年代著名作家贾平凹曾在他的《废都》中生动地刻画了这样一个人物——庄之蝶。他作为名作家有声望地位,有贤惠的妻子,有挚友亲朋,一切似乎都很完美,然而他却常常感到被动和压抑。他面对外界给予的压力无从释放,选择了用笔写在文章中抒发自己的感受。他没有改变现状的勇气与信心,总是把自己的理想与志向寄托于作品中。在他的身上再次展现了中国知识分子的双重人格特征:他想积极入世,获取功名,

实现自己的社会价值,达到"学而优则仕"的目的;但面对纷繁复杂的世界却总会逃避,主张在精神方面达到"举世皆浊我独清,众人皆醉我独醒"的境界。在这种矛盾之下痛苦、艰难、游离般地生存着,内心备受煎熬。

　　新世纪以来的诸多小说如格非的《欲望的旗帜》、旭烽的《王谢堂》和《南屏晚钟》、刘志钊的《物质生活》、张者的《桃李》、梁晓声的《学者之死》、李国文的《当令》《涅槃》、李贯通的《天缺一角》、施亮的《黑色念珠》、史生荣的《教授不教书》、雷电的《容颜在昨夜老去》、陈世旭的《裸体问题》等均触及了转型期知识分子的精神涣散与人格异化,小说中形色各异的知识分子死亡景观更是折射出知识分子精神依托失却后所面临的焦虑、困惑与绝望,使得知识分子形象被涂上了一层悲剧色彩。在这一转型期,知识分子面对社会转型期价值转型与文化断裂,他们无疑最先感受到其间发生的种种错位、矛盾、反差与冲突,他们固有的精神人格受到前所未有的冲击、挑战,心灵的冲突比任何时候都要激烈,人格的分裂比任何时候都更触目惊心。① 虽然多数小说并没有给出过多合理的解释和原因分析,也没有详细阐释知识分子这一处境的根源与意义,但通过这些小说我们看到,转型期社会的变化与发展对知识分子的影响是巨大的。

　　在新世纪转型期,年轻知识者在都市诱惑中精神发生蜕变与异化的过程,即是从生存的"本真状态"走向"沉沦"的过程,亦即知识分子精神逐步蜕变的过程。小说中的知识分子,呈现出价值理性缺席后的迷惘与悬空的精神状态。无目的的漫游与狂欢成为其生存旨归,这无疑是对传统知识分子担负的任重道远的历史使命的疏离;这种漫游在深层意义上也折射出生存的无聊感与悖谬感,而这种荒诞的生命体验又与知识分子"多余人"的精神特质构成一种遥远的呼应。当下社会从政治到经济、从体制到观念都处于深刻的

---

　　① 参见孙谦:《悲剧精神缺失的喜剧镜像——关于转型期小说中知识分子叙事话语的反思》,《文艺评论》2012 年第 5 期。

"转型"之中。①

作为自身和世人的启蒙,知识分子表现出了现代人越来越普遍的精神缺失和虚无感。他们在坚守自己的信仰,充当人类精神世界捍卫者的同时,本身也是需要救助和发泄的对象。就像鲁迅先生在《呐喊》自序中写到的:

> 假如一间铁屋子,是绝无窗户而万难破毁的,里面有许多熟睡的人们,不久都要闷死了,然而是从昏睡入死灭,并不感到就死的悲哀。现在你大嚷起来,惊起了较为清醒的几个人,使这不幸的少数者来受无可挽救的临终的苦楚,你倒以为对得起他们么?

> 然而几个人既然起来,你不能说决没有毁坏这铁屋的希望。②

在当今这样一种社会语境之下,知识分子作为真理、正义和良知化身的启蒙意义日益微弱,他们在自我角色的选择和价值定位上普遍陷入了一种尴尬、落寞、困惑、焦灼的境地。

---

① 参见杨永明:《士者何为——论转型期的知识分子小说创作》,《学术界》2011年第1期。

② 鲁迅:《呐喊·自序》,人民文学出版社2000年版,第4~5页。

第三章

转型期"小人物"形象之工人群体

工人是随着工业国家的出现而出现的,起源于 17 世纪末期的英国。在资本主义国家,工人是被剥削、被压迫的对象;在社会主义国家,工人的地位至高无上。我国《宪法》中明确规定:"中华人民共和国是工人阶级领导的、以工农联盟为基础的人民民主专政的社会主义国家。"

第一节 行业背景下的工人群像

工人阶级作为社会主义国家的领导阶级,是社会主义国家的统治者,是国家的主人,是社会主义的中坚力量。正是因为有着这样的地位,所以最初在当代文学中的工人形象可以说是时代的"弄潮儿"和社会的"宠儿"。如,"十七年文学"中,给读者留下最深刻印象的人物形象莫过于那些从被压迫者成为国家主人,大公无私、忘我奉献的工人形象了,像《为了幸福的明天》(白朗著)中的主人公邵玉梅,在旧社会受尽折磨,新中国成立后当家做了主人,所以她把全部身心都奉献给了工厂,甚至为了保护工厂,不惜自己的胳膊被炸掉;再如,《乘风破浪》(草明著)中塑造的一批在社会主义建设时期的工人形象：老工人刘进春、青年工人李少祥等，他们忠诚坦荡、勇敢坚毅、朴实善良，为改变我国落后面貌在各项工作中都以高度的主人翁责任感和忘我的劳动热情实干苦干着，成为一颗党拧在哪里就在哪里发光的螺丝钉，表现出来乘风破浪的英雄气概，展现出了新一代中国工人的主人翁精神。"十七年文学"后我国经历了一场历史空前的政治运动——"文化大革命"，对我国的政治、经济、文化等产生了深远的破坏性的影响，整个"文革"时期的文学可以说总体上是荒芜、枯竭、畸形的，我们姑且不论。到了1978年，十一届三中全会召开之后，全国开始了自上而下的经济体制改革，文学也迎来了新的发展时期。在这一时期，"改革文学"备受关注。不能否认的是，在改革文学中，人们把目光更多地投向"乔厂长"（蒋子龙《乔厂长上任记》）、"县委书记李向南"（柯云路《新星》）等这些改革先锋者，但这期间的小说作品中也不乏积极向上、勇于奉献、改革创新的工人形象，如《赤橙黄绿青蓝紫》（蒋子龙著）中的解净和刘思佳：解净积极向上，性格爽朗，她自愿下基层，到汽车队担任了副队长，带领大家努力工作；而青年司机刘思佳在经历"文革"十年后，心态上玩世不恭，但在解静的带领下，最后他们一起，冒着生命危险，开走了喷火的即将引起爆炸的汽车，使油库避免了一场巨大的损失；还有像《沉重的翅膀》（张洁著）中车工组长杨小东和他的伙伴们，也是一群朝气蓬勃的改革派，他们互相关心，珍惜集体荣誉感，为社会主义建设贡献出了自己的力量。这一时期，由于工人还处在端着"铁饭碗"、拿着"公家钱"，穿有衣、吃有饭、住有房的受人羡慕的身份和地位，所以当时的人们对成为工人是极为向往的，如路遥《平凡的世界》中的孙少平，虽然所从事的都是极其艰苦、繁重、危险但又极其简单的重体力劳动，这种劳动本身是很难让人产生创造的乐趣乃至一般兴趣的，以至要"忘掉温暖，忘掉温柔，忘掉一切享乐，而把饥饿、寒冷、受辱、受苦当作自己的正常生活"①,甚至连他自己都在感慨:"说实话,矿工太苦了。如果身边没有老婆孩子,那他们的日子简直难以熬过。"②孙少平如此"自找苦吃",很重要的原因就是对工人地位和身份的向往。

　　总之,新中国成立到改革开放以后相当长的一段时间里,当全国上下百废待举、百业待兴,工人地位发生翻天覆地变化的时候,工人们凭借自己的心血和智慧铸就了自身的辉煌,那奔流的铁水,灿烂的钢花,喷涌的石油,隆隆作响的机器,高高的脚手架,头顶安全帽,自信自豪的笑容,正是对工人"劳动最光荣"最好的诠释,更是对工人当家做主、意气风发精神面貌的最真实的写照,工人形象在最初的当代文学俨然成为了一种"英雄式"的人物。

　　但到90年代以后,随着改革的深入,我国由政府主导的计划经济开始向由市场在资源配置中起主导作用的市场经济转型,这一转型触及的不单单是社会经济制度的变革,更是引起了整个社会的政治观念、文化意识和思维方式的变革,也包括生活方式和价值关怀的变革。"社会经济制度转型之后,经济效率和社会发展成为中心目标。能够为这一目标做出最大贡献的管理阶层从政府得到支持,享受到越来越多的强助权力,而工人阶层的强助权力则逐渐减弱,几乎只剩下由自身资源产生的自助权力。"③社会的转型、"铁饭碗"被打破,使工人的"自豪感"如雾里看花,似隐若无,工人的职业声望也在下跌。著名社会学家李强在针对北京市所作的职业声望调查中就显示:在100种职业中,知识分子的职业(如大学教授、医生、律师、高级军官、记者、国家机关局长等)声望很高,多排在前30名,而工人的职业(如包工头、公共汽车司机、建筑工人、印刷工人、纺织工人、炼钢工人等)声望很低,几乎都排在后30名。由此,带来了工人

　　①　路遥:《平凡的世界》第2部,《路遥全集》,北京十月文艺出版社2013年版,第109页。
　　②　路遥:《平凡的世界》第2部,《路遥全集》,第21页。
　　③　王光银:《转型期中国工人形象及其未来发展》,《社会主义研究》2005年第4期。

对生活的忧虑,社会心理的失衡。作家谈歌在《大厂》中就给我们叙述了一个国营大厂所面临的种种困境,包括工人在这种转型中所属的种种生存状态和所处的境地:老职工、劳动模范章荣身患重病,但考虑厂里的实际情况,坚决不住院;厂里几个月发不出钱来,工人小魏的孩子得了白血病,却无钱去治病;总工袁家杰有才华,但因厂里的困境,无处施展,甚至是把自己苦心研究专利获得的 130 万元无私地捐献出来,希望帮助厂里渡过难关……大厂尚且如此,一些小厂就更不用说了,工人们原来的那些自豪感和幸福感在经济转型的大潮中可以说是荡然无存,甚至是出现了生存困境。生活的轨迹在此拐弯了,意气风发的工人们黯然离开工厂,重新寻找自己的位置,落寞由此开始。

如果说 20 世纪 90 年代社会正在进行痛苦地转型裂变,工人们从"主人"地位开始有所落差,并进行生存空间和自我价值的寻找,可以说是迷茫期,那么进入新世纪以来,经过探寻,他们的转型,无论是落寞,还是坚守,或是说华丽转身等等,总之经过煎熬、摸索抑或寻找,他们在这一时期所可能出现的各种变化已经尘埃落定。作家们及时地捕捉到了他们的变化,通过小说塑造了工人在这一时期呈现出的种种形象。如曹征路的《那儿》《问苍茫》、于泽俊的《工人》、温恕的《工人村》、李铁的《杜一民的复辟阴谋》《长门芳草》、毕淑敏的《女工》、方方的《出门寻死》、刘继明的《我们夫妇之间》、许春樵的《男人立正》、赵香琴的《国血》、肖克凡的《机器》、棒子的《且看满城灯火》、赵剑斌的《新潮旋风》,等等。这一时期小说中那些原有繁荣喧闹的工人典型形象戛然而止,他们经历了辉煌不再的失落,与步入正轨的生活断裂的惊悸,失去生存基础的恐惧与前途无着的迷惘,困境中的落寞成为了主流。另外,工人们固有的先进性和主人翁意识,使得他们在落寞之中,仍然不忘坚守,他们所焕发出来的积极进取、健康向上的精神风貌也成为作家笔下的表现内容。但是,当下的工人题材的作品和数量庞大的乡村书写相比,数量明显要少许多;与工业在中国经济社会发展所占几近一半的比例(国家统计局的数据显示,2012 年,中国工业占 GDP 的比重达到45.3％),显然也不成比例。无怪乎,天津作家蒋子龙在"辽宁工业题材创作座谈会"上曾感慨:"每个人的血液里都流淌着工业社会的细胞,日常生活中都与工业有着紧密联系。但中国的工业处在一个尴尬的时期:工业支撑着中国的经济,却不被主流意识所重视;中国虽然是当今世界上制造业大国,给人的感觉却是工业在解体,工人在下岗。"①产业结构的调整、体制的变迁、国企的改革,也许来势较快,未有更多的作家把视角转向这一题材和形象,使得这一类作品从数量和典型人物塑造上来说都相对较少。因此在进行工人形象分析时,作品选取的广泛度和代表性上存有一定的局限。

　　还需要说明的是,本章所涉及小说中的工人形象,是针对新世纪以来所创作的小说,而非其以往的小说,主要考虑这一时期,和转型期已有一定发展间距,作家对工人形象的审视和定位也能相对更客观、更全面,至于其小说中所涉及的工人形象,有可能是改革转型之前或之后,或兼而有之,无论何种,本章在这里主要分析的是其在转型之后的种种形象特征及心路历程。另外,本章所涉及的"工人"仍然是遵循最基本意义上的概念界定,即"个人不占有生产资料,依靠工资收入为生的劳动者(多指体力劳动者)"。为了与传统的包含有政治和身份意义的"工人阶级"这一概念相区别,本章中所指的"工人阶层"是与管理者阶层、专业技术人员阶层相区别的在国有企业一线工作的普通工人阶层。虽然现在把"农民工"这一群体纳入新的工人阶级群体,但由于农民工群体有其自身的特殊性,且第一章里已有专门论述,这一群体的介入将导致研究过于复杂化,本章不再将农民工群体作为研究对象所涉及的范围。因此,具体来说,本章所涉及的工人形象,是新世纪以来呈现在小说中的国有企业中位于生产一线的普通工人阶层。

---

①　金莹:《工业题材写作陷入瓶颈》,《文学报》2009 年 6 月 4 日。

第二节 悲喜沉浮的工人命运

新世纪以来,涌现出了一些以描绘工厂变迁为背景、塑造工人形象为主的文学作品,在这些作品中,作家们有的书写了工人命运的悲喜沉浮,记录了工业现代化和产业工人发展的历史,有的则是从人性的角度出发,着眼于考察工人作为个体的人的生存状态、心理情感,发掘他们身上的闪光点和人格魅力,关注普通工人的生存处境、人生百态,表现他们的喜怒哀乐乃至人性弱点。

本节主要根据工人形象在小说中呈现出来的不同际遇划分为三种类型:下岗失业者形象、坚守者形象和工人群像。

一、下岗失业者形象

随着经济体制改革的深入,全国各地政府对出现亏损的国有中小型企业、集体企业实行"破产""解体",没有亏损的企业实行"转制",在这一期间,据不完全统计,1995~2002 年全国有 6000 万~8000 万人的失业群体,他们大部分是工人,即人们通常所称的"下岗职工"。国家统计局和劳动保障部对下岗工人的界定是:下岗职工是指在原企业已没有工作岗位,没有与原企业解除劳动关系,有就业要求,尚未就业的人员。工人下岗的原因是多方面的:从客观原因来说,首先,面对经济体制改革,由计划经济转向市场经济,"优胜劣汰"是必然选择;其次,是我国劳动力长期供大于求的一种客观反映;再次,也是重复建设、盲目建设的直接后果,等等。从主观原因来说,这和职工本身自身素质提升以及不能更好地适应经济社会发展变化也有着不可分割的联系。但不可否认的是,这些职工的下岗给他们的家庭和身心带来了重要的变化。进入 20 世纪 90 年代以来下岗职工数量大量增加,成为社会关注的热点。到了新世纪以来,经过十年的观察、反思,作家们纷纷把目光投向这一类数量众多又带有明显时代特征的群体,工人中下岗失业形象成为众多作家笔下的描写对象,构成了新世纪小说中工人形象类型的主体。作家在塑造这一类形象时,更多地表现了其生活的无助、精神的困惑、失意潦倒的落寞感。

如作家温恕在长篇小说《工人村》中就描写了这样的场景:主人公张凤林是一个从旧社会走过来的具有朴素阶级感情的工人,为了报答党的恩情,他甚至连老婆生病了都置之不管,还要坚持上班,以至于下班回来后发现老婆因病情耽误治疗已经去世。他自己也曾因超负荷的连班生产,最后累得吐血。他对工友真诚关怀,几次把分的房子让给别人。他积极参加"快速铜冶炼"的技术革新,在国家经济遇到困难时期,自己吃得很少,把食物让给别人。在他的身上,可以说,充分地体现了我们中国工人的钢铁意志,体现了工人的奉献精神和英雄品质。可就是这样的工人先进分子,在孩子们陆续长大后,面对生存的艰难却是难以想象的,像其儿子解放夫妇,大年三十还在外面卖豆腐,没钱回家买面包饺子。这不禁让人感觉到震撼,更感到沉重,今昔对比,昔日的工人先进分子甚至还不如那些个体饭馆的老板,其生活的落寞不禁引起人们的思考:怎样看待这一代工人的命运以及他们的奉献。

如果说解放夫妇的落寞还只是体现在生存艰难的层面,而作家刘继明创作的小说《我们夫妇之间》,其落寞之感则体现在家庭的毁灭。小说写的是一对国有企业下岗工人夫妇的悲剧故事,男主人公叫贾大春,十八岁进厂,曾获"全市机械系统生产技术标兵""车间班组先进个人"等荣誉称号;他老婆李淑英,原锅炉厂电焊工,曾获全厂职工文艺会演优秀奖一次和班组先进个人。他们有一个儿子,每年都获得幼儿园、学校和年级的奖状,还获得过市作文大赛二等奖,按说这应该是一个十分幸福的家庭。然而随着锅炉厂改为长珠股份有限公司,这对夫妻"一次性"下岗,艰辛的生活从此开始。下岗之初,贾大春夫妇努力想通过自己的劳动自力更生、生存下去,他们通过开麻木、摩托车拉客人挣点钱,然后随着有关政策的出台,麻木的本钱没挣回来就给取缔了,刚买的摩托车又给扣了,这使贾大春不禁想起了样板戏《杜鹃山》中的一句唱词:"咱穷苦人干革命,为什么这样艰难?"而这时又面临着儿子军军上学需要各种各样的费用,夫妻二人发生了争吵,最终贾大春的妻子为了儿子能接受好的教育选择了出去坐台。由于小说是以男主人公的口吻叙述的,并没有描述其妻子起初选择这条道路内心的艰难和辛酸,但从男主人公对妻子的信任、怀疑、跟踪、确认、愤怒,继而无奈接受现实,主动接送妻子"上下班"之后,我们不禁感慨生活的艰辛、无奈和痛楚。然而,更为不幸的是,因嫖客虐其妻子,贾大春因撞死了这位嫖客而锒铛入狱,本已不幸的家庭可谓是雪上加霜,但或许杀人只是发泄情绪的出口,落狱解脱了蒙罩在生活中所有的难堪和无助。而且颇具意味的是,当代作家刘继明在创作这篇小说所采用的篇名和著名作家萧也牧于1950年发表的小说《我们夫妇之间》同名。萧也牧创作的这篇小说讲的是:知识分子出身的丈夫李克和工农出身的妻子张同志,虽然性格、经历差别甚大,但在艰苦的战争岁月里关系融洽,成为"工农和知识分子结合的典型",可是全国解放干部进城后,新的生活环境使得他们的感情出现了裂痕,丈夫李克面对城市生活如鱼得水,可是妻子张同志却与城市生活格格不入,后来丈夫逐渐反省自己,妻子渐进地有所改变,最终夫妻关系走向和谐。虽然两个同名小说中,夫妇之间都经历了"和谐融洽——变化裂痕——再和谐"的过程,但在萧也牧创作的小说里,李张夫妻通过思想矛盾和情感磨合后,阶级情分与夫妻情感同步生长,最终两个人在新社会过上了幸福的生活。但刘继明小说中夫妇二人的"和谐"又是那么"不和谐",这里面蕴含着多少无奈和酸楚,"谁解其中味"。我们无意在这里探讨刘继明在确定篇名时是否暗含着某种对比,但读者却在这种无意识的对比中不禁感慨:此夫妇非彼夫妇,其结局的差距耐人寻味。贾大春"落寞"遭遇,不能不引发人们对这一群体的社会和伦理层面的深层思考。

　　下岗工人的落寞之感不仅表现在孩子上学、衣食住行这些物质上的窘困,还表现在精神上的空虚,渴求温暖而不得。方方笔下《出门寻死》中的女主人公何汉晴就是如此。何汉晴也是夫妇双双下岗，虽然孩子已经上大学，相对贾大春夫妇而言可以活得略为轻松些，但何汉晴的丈夫并没有积极承担起家庭的重任，他只是窝在家里搞他自己喜欢的车模雕刻。家庭的经济重担就这样毫无理由地落在了没有学历、没有一技之长的何汉晴身上。她靠做钟点工维持家里的生活，"家中的一切开支，大到儿子的电脑，小到家里的洗衣粉，都需要何汉晴来解决"。为了省钱，她早餐只喝一毛钱的稀饭，为了给儿子买电脑，她甚至去卖血。然而精神上的不理解和折磨比经济上的拮据更可怕，在这个家里何汉晴难以找到生活的快乐：婆婆尖酸刻薄，整天话里藏刀，旁敲侧击，语气里满是对媳妇的瞧不起："我们屋里又不是那种小市民，在我们屋里说话要有点文化，做人要学会懂事"①；小姑子整天把她当保姆使用；她在这个家里没有一点地位，甚至去上个厕所，水壶开了，公婆、丈夫、小姑子都在家，却没有一个出来帮她。她所有的辛苦好似白费，没人能理解她，她感到十分地苦闷和绝望，选择了"出门寻死"。然而，何汉晴的出门寻死和她的生一样由不得她自己。何汉晴出门后，先是邻居朱婆婆等着她挖耳朵，接着是文三花求她照看孩子，好不容易出了文三花家的门，而到了自己选择自杀的晴川桥，又恰逢文三花欲跳江寻死。本无意救人的何汉晴却因救了文三花被推到了电视台的摄像机前成了救人的英雄，为了自己喜欢的电台小姑娘不被批评，又言不由衷地却也发自肺腑地说出了"爹妈给你一条命不容易，人自己活一场也不容易，随么吃苦受累都得坚持活下去。再说人活着也不是为自己，一大半都是为别个活。别个都不准你死，你又有么事权力自己去死咧"②的话语。至此，何汉晴的出门寻死基本被瓦解。在这里，小姑子建美的话可以说颇有寓言式的意味：

　　我嫂子呀，走到江边，一看，咦呀，这好的江水，死在里面会

① 方方：《出门寻死》，《小说选刊》2005 年第 2 期。
② 方方：《出门寻死》，《小说选刊》2005 年第 2 期。

搞脏的,跳不得;走到铁路边,一看,咦呀,轧死了我是小事,这不是害了别个司机?这撞不得;回到厨房拿起刀,一看啦,砍缺了口子,明儿过年婆婆剁肉刀子不快了,这用不得;最后跑到药铺里,一看,死个人买药还要花这多钱,鬼才买它。嫂子转遍了汉口,硬是找不出个法子让自己死。①

事实也确实如此,死不成也活不下去的何汉晴最终顺着丈夫搭下的台阶又回到了满地芝麻的生活现场,回到了"累"和"烦"如影随形的日常生活。原本"何汉晴这样的人,想不通的事情太多,已经养成了想不通也得通的习惯",何况生死这样的哲学命题。经过寻死路上一系列的阴差阳错,何汉晴终于醒悟到:活着不容易,死也很难。于是乎回到了那个"芝麻地",仍然进行着日复一日琐碎而压抑的生活。"求死而不得",这充分揭示了生活在底层的宿命悲剧,而在这悲剧的背后,更引起了我们对下岗职工精神层面的关注和理解。

二、坚守者形象

"咱们工人有力量"——这首昂扬的赞歌曾伴随共和国的成长,点亮了一个时代。新世纪以来,经济社会转型的大潮中,有落寞之感的工人们该如何唱响"咱们工人有力量"。在这一时期的作品中,我们看到了工人的那份力量,他们在岗位职责或是道义上仍然保留着最初作为工人的那份感情以及坚守,展示了工人的力量。这里面既有为工人找出路、想办法的杜一民(李铁《杜一民的复辟阴谋》),也有为下岗工人群体利益奔走呐喊的"小舅"(曹征路《那儿》),还有为个人道路和道义坚守支撑的陈道生(许春樵《男人立正》)和浦小提(毕淑敏《女工》)。

杜一民,本是厂里水班的班长,担任班长期间适逢国企改革,在这种背景下,工人的地位和身份已经发生了变化,用小说中水班工

---

① 方方:《出门寻死》,《小说选刊》2005 年第 2 期。

人志勇的话来说:"根据公司法,工人的确不是企业的主人了。"企业改制,不仅在称谓上由"厂"叫成"公司",关键是从国企变成了私方控股的合资企业,公司的高总提出了"减人,降耗,两手都要抓,两手都要硬"这句很流行的政治语言。用高总的话进一步解释:"减人,就意味着竞争,优胜劣汰,智者生存。我们的企业就是要将那些庸才和多余的人无情地淘汰掉。"对于公司来说,这些人哪怕是原来做过贡献的人,很多都成为了所谓"多余"的人,可是这些职工对于每个家庭而言,却个个是顶梁柱,下岗后对家庭的影响可想而知。当大家知道要裁员时,面对这样一些和自己朝夕相处的班组成员,为了保住自己的饭碗,互相纠缠于大家的"见不得人"的事,纷纷到杜一民家"告状",以至于"一时间,杜一民的家不像家了,倒像是纪委或信访办。杜一民听到了许多以前闻所未闻的事情"。① 杜一民坐不住了,他感到了不安,在这种情况下,开始实施他的"复辟阴谋",实际上所谓的复辟就是"大锅饭",就在全公司各个班组都公布减人名单的时候,杜一民带领的水班却没有减人,而是在减人增效上出了新办法——轮岗,即水班的减人人选被水班的全体人员分担了。这样虽然和时代精神背离,但大家都保证了饭碗,收入虽然减少,但人人欢呼雀跃。为了能够增加大家收入,杜一民又想了个办法,靠大家集资、利用水塔装不下的温水养温带鱼,以此增加收入,也可以解决水塔放出的水无处置放的麻烦。有意思的是,杜一民虽然是个"小人物",但却有"大阴谋",他所做的这一切都是在他所编织的谎言即自己是高总的救命恩人这个背景下进行的,因此当他自己酒后吐真言,说出事情的真相时,这个"复辟"必然失败。杜一民自己本人也不幸跌入了无情的幽深的水井之中,令人叹息。应该说,杜一民这一形象的塑造是非常成功的。在"下岗"大潮中,人人自危甚至平日相处还不错的工友之间互相伤害时,杜一民作为地位低下、人

---

① 李铁:《杜一民的复辟阴谋》,《2003中国小说学会排行榜》,二十一世纪出版社2012年版,第272～302页。

微言轻的班长甚至不惜牺牲自己的利益,通过实施他的"复辟"阴谋,为手下班组里工人想尽办法、尽其所能解决问题。他的一系列的构想和行为,是以维护班组里的职工利益为立足点,虽然没有达到让所有人满意,但大家感受到了在高总那冠冕堂皇的华丽言辞下以及在分厂厂长小曾恶狠狠的语言下所得不到的温暖和关心。试想,如果置自己朝夕相处的兄弟姐妹于不顾,而是一味地迎合领导,没有人性和人文的关怀,这样的班长有何用!这样的工友有何德!如果能像杜一民那样不妨多做些换位思考,多做些积极探索,多做些自我牺牲,这样的"坚守"是不是可以让工人找到一条更切合实际、更有人情关怀的下岗就业之路。这不能不引起我们的共鸣和深思。

杜一民的"坚守"是在于他的"鬼点子"多,为工人开辟了更广的出路,而《那儿》中"小舅"的"坚守"则在于他为工人利益的那份执着。《那儿》的主人公"小舅"是矿机厂的工会主席,当职工面临下岗、工作权益无法保障、生活无法维持时,甚至有的职工迫于生活压力去做一些极为无奈的事情之时,他始终把维护工人或者劳动者的权益放在首位,把自己定位于职工正当权益的维护者。他通过上访、上报材料等方式反映自己企业存在的问题,按小舅的理解,他所在前身为东北某军工企业、50年代由国家投资建设的矿机厂,是国家大型骨干企业,70年代末已经发展成设备总吨位号称江南第一的大厂,拥有3000多名工人和500多名工程技术干部。这样的大企业是不可能没出路、没生存空间的,企业最终要改制、生存不下去了,企业的职工要下岗,这是由上级和领导造成的。"小舅"认为,到了80年代实行价格双轨制的时候,厂里要求分出一部分生产能力开发电冰箱,可上级不批准,说是要坚持为矿山服务的方向。甚至那时厂里每年都有电解铜计划,谁能批到条子谁就能发财,厂里根据这种情况决定自己拉铜杆拉铜线时,上级又不干了,下文件硬把厂里的拉线车间给砍掉了,只能眼睁睁看着那些倒爷在厂门口倒卖调拨单。到了90年代,等人家把市场瓜分完了,原始积累差不多了,领导说你们该下海了,要自己在市场经济中学会游泳了。上级给换了领导班子。在小舅看来,换来的就是一帮贪污犯来当领导,所谓的产业结构调整,就是领导故意而为,目的就是捞钱。

小舅的看法需要一分为二,但他的反抗确实是来自于一种纯朴的良知和道德的力量,他最担心的就是国家资产流失。为此,小舅决定上访、联名签字等等,但这些事,小舅做得都不顺利。先说上访,起初还挺顺利,但过了两天就不对劲了,一个从美国回来的博士处长找他谈话,甚至沉下脸来,让小舅不要动不动拿3000人说话,说:"你能代表3000人吗?组织上怕你吓唬吗?"小舅傻了,只能回去;然后小舅想倡议职工们签字,不能卖工厂,在他想来,只要3000个名字往上一写,吓都把他们吓死。这中间,哪怕是市领导找他谈话,他也没放弃。但关键是,事情并不像小舅想象的那样,他振臂一呼,应者云集,然后大家同仇敌忾就把厂子保住了。来签字的职工很少,而且主要是和他关系较好的职工,看着他本人的面子才签上的。就连这些人看着风向不对的时候,都后悔签了字。这样的结果是小舅完全没有料到的,他不能接受这样的事实。在他看来,他两次出去上访,经历千辛万苦,完全是为了维护工人的合法权益,到头来却是热脸贴了冷屁股。当矿机厂也要真正面临从原来的国有独资,一下就变成了国有资本不控股或相对控股,拟通过一次性补偿,置换掉职工的身份时,职工们坐不住了,他们又开始找小舅带领他们希望保住厂。小舅最终没有听取"我妈"的劝说,在原来的职工杜月梅的点拨下,说服工人拿出仅有的房产证作抵押贷款,以取得矿机厂的控股地位,但就是在这关键的时刻,市里下发了意味深长的29号文件,这个文件的最终结果是,职工控不了股,然后房产证也要不回来,关键是小舅作为管理层可以和其他的管理层拿到更多的钱。市里来传达文件的那个人,对小舅说,你最少能拿3%啊,你以后就是大老板啦。一心为职工、为厂子着想的小舅受不了这个打击。在那个29号文件宣布的第三天就死了,死得很突然,他是自己砸死了自己,这是他为自己选择了一种最好的方式。因为这3%的股权,让小舅彻底孤立了,崩溃了。在他看来,他做的一切不过是彻头彻尾的表演。他唯一想做的事,就是赶紧把房产证还给大家。可是就这一点,他都没有办法做到。他们回答,你不是说员工自愿购股的吗?他没有办法解释,也没有人再相信任何解释。小舅的死应该说并没有白死,两天以后,矿机厂把职工的房产证退还给了大家。五天以后,港龙公司宣布撤出矿机厂。这年年底,也是这么个下雪天,市里忽然放起了炮仗,离过年还好些日子呢,居然噼里啪啦炸了一夜。后来才听说,市头头被抓进去好几个。矿机厂也来了一个调查组。据说调查组讲了两个"没想到":一是没想到一个停产几年的工厂能保养得这么好(不知是什么人,居然还去保养设备);二是没想到矿机厂这支队伍还是这么整齐。小说《那儿》在《当代》杂志2004年第5期上发表,立即引发了人们的普遍关注,由中国艺术研究院主办的《文艺理论与批评》还在2005年第2期隆重推出了《那儿》的评论专集。研讨会上聚集了当今文坛著名的评论家,如中国作协创研部研究员雷达、中国社会科学院文研所研究员白烨、《人民文学》副主编李敬泽等,他们都对这部作品中表现出的人文关怀和悲悯情怀给予了一致的肯定。的确,"小舅"的打动人之处就在于他的"坚守",在这个老劳模身上我们看到了工人阶级的韧性和力量。就连作家本人也说:"小舅"这个工会主席,只会干活,不会当官,却把自己对工人的承诺看得比天大。"小舅"是个英雄,是个社会断裂时期为民请命、敢于担责的悲剧性人物。

如果说《那儿》的小舅更多地是为了"责任感"而进行了一场坚守,那么作家许春樵在《男人立正》中所塑造的男主人陈道生则是道义坚守的典型。陈道生,家境贫寒,曾在双河机械厂工作,下岗后他先是给别人打工,后来因为妻子嫌他无能,开始自己创业。虽然陈道生只是用一万多块钱开了一个小的服装铺子,但由于坚持不卖假货,所以口碑很好。然而不幸的是,陈道生的女儿初中毕业后,在社会上鬼混,并因吸毒卖淫被判劳教。看到独生女儿被劳教,陈道生坐不住了,为了救女儿,他听信了好友刘思昌的话,向街坊同事各处借钱,都交给了刘思昌让他去缅甸进行玉器交易,以便自己能挣上个十万八万,好把女儿解救出来。但没想到,刘思昌拿到这笔钱后,却在一个月后和他的公司都消失了。后来通过警察,陈道生才知道自己受骗了,刘思昌因贩毒被通缉,已逃往国外。从此陈道生背上了三十万元的沉重债务。借钱给他的都是下岗的、做小买卖的、靠低保金过日子的人。借钱给陈道生的杨老太过世了,等着钱办丧事,高利贷到期还不上,陈道生小服装铺子被洗劫一空。为了能还上钱,彻底破产了的陈道生开始了卖糖葫芦、蹬三轮、卖西瓜、贩菜、卖血、到医院当男护工等苦难的生活,为了多挣钱,他甚至到火葬场帮着背死尸,而他的妻子也最终因忍受不了贫穷,离婚后跟一个骗子走了。陈道生每挣来的一笔钱都在第一时间还债,还给那些信任他而又最缺钱的穷街坊。后来靠打工仍然还不了债。他和一直帮着他的店员于文英一起到乡下承包了一个养猪场。虽经常遭遇猪瘟和市场不稳定,但渐渐有了起色,他仍然坚持每年挣的钱都用来还债,虽然他养猪但没吃过猪肉。八年后,他还清了全部债务,并请所有的债主吃了一顿饭,他对着所有人鞠躬,并流下了感激的泪水。没过多久,陈道生最终因"胃癌晚期"不久于人世。而这之后,刘思昌也让人从国外带来五十万元人民币的支票,可惜这对陈道生来说已经没有任何作用和意义了。陈道生只是个普通的不能再普通的下岗工人了,无职无权、无名无利,但是就这样一个小人物,却能坚守道义和诚信,甚至不惜牺牲自己,可歌、可泣、可叹,体现了工人的尊严和大义。

而《女工》中的主人公浦小提,虽然没有陈道生表现出来的那么崇高的大义精神,但作家毕淑敏却通过女性所特有的细腻表现出来小人物的那份对生活坚守的淡然,让人共鸣而为之动容。这部小说是以时代的大变迁为背景,描写了主人公浦小提——一个养猪工人的女儿从小学到中学,经历了"文革"浩劫,分配到机械厂做普通女工,随后经历婚姻失败,最后下岗在家,无奈之下做起家庭服务员的故事。浦小提本身是一个品学兼优的人,聪明、勤奋、好学,但时代的变化造就了她人生的一系列转折点,使她在爱情上,没有得到自己最爱的人;在婚姻上,被丈夫遗弃;在事业上,下岗后只能去做保姆。在一般人看来,这样的女人,是够苦难和不幸的了。而她昔日的伙伴在社会地位、物质生活上显然都比浦小提优越:好友宁夕蓝留洋并嫁了外国人,过着舒适的生活;同学兼昔日恋人高海群,则变成一个威武的将军;她的前夫白二宝,考了大学,成为一名商人。在伙伴们的面前,她不感到卑微,仍一如既往地、快乐地、从容地、高傲地活着。或许是天生的强硬,或许是生活的打磨,她从没放弃过生活,永远知道自己在做什么,应该做什么不应该做什么。如在工厂,当白二宝为了她而腿伤了,她一直去照顾,她觉得只有他完全好了,她才会心安。小说中这样写道:

> 只是浦小提生性善良,不如此就觉得良心不安。她总想等白二宝的伤彻底好了,自己的过失也就算赎完了。桥归桥,路归路,咱就井水不犯河水了。①

当白二宝向浦小提提出离婚时,她没有闹,答应了,并且以后一直靠着自己的力量支撑这个破碎的家庭。工厂工程师傅海斯非常欣赏浦小提,她拒绝继续变换餐点,她不喜欢"占人家的便宜"。面对年迈的恩师钟怡琴,浦小提愿意去照顾曾经厌恶的老姚。在艰难不幸的生活面前,她始终那样冷静、优雅,她朴实无华,但蕙质兰心,同她的伙伴相比,她更有着一份人格魅力。

三、工人群像

在这一时期工人题材的小说创作中,还有一个比较特殊的现象,就是作家通过以某一行业或家庭为背景,力图展示几代工人命运的起起伏伏,虽然这种题材的小说中会有一个男性或女性主人公,但这些主人公与其说是作品的主角,实则更像是一条"项链",通过他(她)串起了形形色色、性格迥异的工人们,展现了他们在不同

---

① 毕淑敏:《女工》,台海出版社 2005 年版,第 175 页。

时期的境遇,我们无法用一个准确的词语定位这群工人的类型,在这里我们姑且把他们称为"工人群像"。

例如,于泽俊的《工人》,以"我"的口吻描写了三代建筑工人的生活。第一代建筑工人充满了传奇,小说中的男主人公即"我"的父亲,当了几年羊倌又去当学徒,为了谋生还开过几天饭馆,他的一生经历了日伪统治时期、国民党统治时期和新中国成立以后三个时代,从给人当牛做马,到成为受人尊重的工人阶级,经过比较,决心跟着共产党毛主席走,去实现共产主义远大理想,他曾亲手在人民英雄纪念碑上刻下了毛主席的题词,认为自己的血液已经和共产党、和这个国家融在了一起,退休前又参加了三线建设,他对党、对共产主义的信念是不可动摇的,但是没有料到晚年竟然会亲眼看着儿女们一个个下岗,丢掉了饭碗,在内心充满痛苦的疑问中离开了人世。和父亲同一时代的还有傻老牛这样的劳动模范,赵尔丹这样的因杀俘虏害怕被枪毙而开了小差的老红军,刘天明这样的工人出身的整天用报纸卷旱烟抽的党委书记。这些形象或许不像以往的文艺作品中那些刻意打造出来的英雄人物那样高大,但真实而又丰满,个个栩栩如生。第二代建筑工人,主要是第一代建筑工人的孩子们,他们所面对的时代背景是三线工程结束后,需要支援地方建设,而在这一过程中,一些企业在市场经济的大潮中垮掉了,在社会转型中很多工人们纷纷下岗,自找出路。这些工人不仅为国家的建设做出了不可磨灭的贡献,也为改革开放承担了沉重的代价。其间有许多催人泪下的故事。如"我"的姐姐,自幼品学兼优,"文革"前夕以第一名的成绩考取了北京航空学校。就在这时,父亲带着五个未成年的弟弟妹妹去了西北,姐姐不放心,背着父母退了学来到了甘肃大川。姐姐的才华没有被埋没,来这后不久,才当了不到三年工人,还没出徒,军管组要选拔和培养青年干部,让她担任一车间900吨屋顶整体吊装的总指挥。后来,在总工程师马国栋、技术员梁晓川还有父亲这样的一批老工人帮助她完成了整体吊装的指挥任务。接着,姐姐便坐直升机一般被提升为革委会副主任。谁知,因得罪已经有四个孩子离了婚的军代表杨怀恩,姐姐又回去当工人去了。后来姐姐又回到了领导岗位,从工程队支部书记,到公司副书记、书记、经理。这一次不再是那种违背常理的蹿升,而是她一步步努力的结果。出乎人们意料的是,这位工人们以99%的选票选出来的经理,刚一上任就成了光杆司令;这位整天忙着向一线工人催要管理费、设备费的大权在握的经理,自己却常常拿不到工资;最后这位工人们选出来的经理又被工人们自己告倒了,调到大公司去当纪委副书记。当了纪委副书记以后,为查一桩重大案件又被莫名其妙地免了职,直到退休也没有得到彻底平反。第三代建筑工人,和第一、二代相比,他们的眼界更加开阔、素质和能力比父辈有了更大的提高,而且他们的机遇显而易见要好于他们的父辈,他们有机会参加鸟巢和水立方的建设,在和人民英雄纪念碑同一经度上接过了父亲手中的锤子、錾子,成为新一代建设者,用自己的努力实现祖国的强大。而在这一时期,改革的阵痛已经初步过去,第二代建筑工人的生活状况已经受到关注,如弟弟下岗十七年后,有了养老保险,二哥被提前释放了等等,这让人们看到了希望。

赵香琴创作的长篇小说《国血》,描写的是石油战线的生活。作家以饱蘸深情的笔墨,描绘了一幅大荒原上石油工人及其亲人们生活奋斗的画卷,突出了在艰难困苦中为祖国寻找热能和光明的献身精神。泰山钻井队副队长高喜扬是出色的一位。他勇于进取、敢做敢当、大公无私,深得人心。然而他的一生却坎坷而清贫。为了石油,他失去了来到世间才几十天的女儿,失去了结发妻子。为了石油,他始终奋战在第一线。在油气井漏气的危险时刻,他挺身而出,冒着生命危险遏止了更大事故的蔓延。他手下的人一个个都上了"新台阶",他却无怨无悔。不仅高喜扬,其他人也都经历着"苦难",工人尤民死去,扔下一个女儿无人抚养;老南前妻不想跟他遭罪,离他而去,带走女儿成了老南终生的心病;王顺老大不小,谈对象却成了老大难;迟建军和妻子两地分居,感情发生了危机……《国血》真实而动人地描写了一群石油人面对自我的勇敢以及寻找光明的艰

难过程,给我们展示了一群顶天立地的石油工人,正如作者在前言
所写:

> 凡生命皆由血液滋养,国家是一个复杂而巨大的生命体。
> 现代国家的血液就是石油。这是一群为国家造血的人。他们
> 用自己的生命、爱情、悲欢苦乐为国家造血。大气凛然、坚韧不
> 拔的他们,也成为滋养国家的坚挺血液。因为他们的世界在燃
> 烧,我们的世界才光明。[1]

另外,类似的小说还有被称为"中国铁路人成长小说"的《车头
爹车厢娘》(刘华著)和管新生、管燕草父女创作的长篇小说《工人》。
前者反映的是自 20 世纪 40 年代抗日战争时期的蒸汽机车时代至
90 年代末以内燃机车和电力机车为标识的"后蒸汽机时代"的铁路
生活,在跨越半个多世纪的时空背景下叙写了三代铁路人的成长历
程。小说以奶奶的人生命运为叙事线索,在半个多世纪的时空背景
下,细致呈现了几代铁路人的日常生活和情感伦理。后者反映的是
上海近现代工人阶级命运的,从第一卷 1906 年描述到 2011 年,叙
述的时间跨度长达百年,力求体现时代的风云变幻以及工人阶级的
力量和命运。前两卷中的父子两代主人公都处于复杂的社会关系
中,如与革命者、国共两党人士、资本家、帮会人物,以及情侣之间的
交往故事,生动地展现时代的风云际会和工人的命运遭遇。第三卷
"人之光"的重点是写国企改革,三卷小说写的是祖孙三代至第四代
的工人家族的生活和斗争。

上述列举的几部小说都是以行业为背景,展示了某一行业几代
人付出的艰辛和努力,通过纵向的比较塑造了不同时代的工人形
象。另外,还有一些小说以家庭为背景,通过横向的比较展示了同
一时期工人的不同经历,如榛子的小说《且看满城灯火》通过对工人
们在国有企业衰落过程中对自己身份的焦虑和质疑,揭示了当前工
人们的生存状态、身份转移和出路艰难的问题。国企工人叶国权一

---

[1]　赵香琴:《国血》,湖南文艺出版社 2007 年版,第 1 页。

家有着浓厚的工人阶级情结,他把四个儿女分别命名为"大生、大产、大模、大范"。但国有工厂在市场浪潮冲击下,由于管理和市场定位的缺失日渐走向衰败,四兄妹相继失去了国有工人的身份。有技术有名气的老大大生在工厂坚持了许久,但最终也难挡"民营企业家"可以赚大钱的诱惑,离开工厂,办起了私人工厂;老二大产早就看穿,跳出工厂,承包了酒店;老三大模下岗后只能靠卖馒头、摆书摊过日子;老四大范为人擦鞋,最后沦落到被人包养的境地。小说通过大生的回想产生了对如今工人身份的质疑。过去四兄妹刚参加工作时,父母领着他们去饭店聚餐庆贺,来到大桥上看城市景观,四兄妹相继喊出:"啊,且看满城灯火/敢问谁家天下/看我工人阶级。"那时的工人是何等自豪,被人羡慕,可如今的产业工人却在丧失身份,没有了光荣感与归属感。小说写得很有苍凉感,透露出了国有企业衰败和工人身份失落的某种无奈,但小说表现出来的质疑与追问都是令人警醒的,也反映了工人们对自我身份的焦虑与探求。

工人形象通过"群像"的形式来进行展现,使得这类形象更加丰富饱满,为读者呈现出了有关工人形象的视觉盛宴,更全面地了解了新中国成立以来各行各业工人们发展的不同状况,从而对新世纪以来小说中工人形象的类型和心理特质认识更为客观。

另外,在这一时期小说中的工人形象还有一些,如投机者——白二宝(毕淑敏《女工》),早在小学时,白二宝就是个好"来事"的孩子,果然"文革"中他是"最先造反的革命小将",鞭笞自己的老师。在工厂中,偷工厂的材料倒卖。与浦小提婚后,好吃懒做,当高考机会来临,逼浦小提放弃考大学机会从而为自己补习,而当考入大学时又抛妻弃子。如果说浦小提的一生是一步一个脚印,而他的一生,则是靠"投机取巧"和自己的小聪明来完成的;还有成功的奋斗者——"大哥"(于泽俊《工人》),他受家庭成分以及自身身体缺陷的影响,在就业、入学等方面都受到歧视,虽然后来通过照顾,在街道上有了一份工作,但他一直坚持学习,随着当地人口急剧增加、经济的繁荣,随之而来的各种刑事、民事案件的增多,大哥利用其所学为人充当辩护律师,后来在当地出了名,还考下了律师执业资格证书,等等。由于这类形象相对散见于各小说中,不再赘述。

第三节 转型中工人群体的差异化心理

中国正处在社会的转型期,中国的思想、文化也反映着转型期社会的现实状态,作家在小说创作中塑造了各种工人形象,呈现出工人生存状态的差异。不仅如此,作家并没有仅仅悲悯于工人生存境遇,也并未把视角单纯地放在工人参与轰轰烈烈的改革、转型对于社会的意义方面,综观考察工人形象时不难发现,作品中更多的是凸显各行各业的工人在转型中所呈现出的个体人格心理特征,这种特征或是一种艰难的心路历程,或者是过往阶级情谊的一种呈现和考验,抑或是无奈生存中的失落和彷徨。

一、失落感和不安定感

著名心理学家马斯洛曾提出过需求层次理论,将人的需要归纳为五个层次:第一个层次是人们衣食住行和婚配方面的生理需求;第二个层次是生存和职业等方面的安全需求;第三个层次是对友谊、对爱情的社交需求;第四个层次是在社会交往中希望得到人们的认可等的尊敬需求;第五个层次是希望自己的价值得到社会认可、希望自己的才华在社会中发挥作用的自我实现的需求。以上层次顺序是逐层递升的,其中任何一层次的需求得不到满足,那么作为个体而言,在特定的环境中都会产生心理压力,而且需要层次越低,其压力的程度就越大。社会转型中的国企改革是顺应时代的潮流,是大势所趋。但由于这股潮流来得太快、太急,许多工人还未做好思想准备,就可能要丢掉几十年的"铁饭碗",制度变革的高速率与价值观念变迁的相对迟缓形成很大的落差,这就会对工人产生极大的心理压力,形成强烈的失落感。如《我们夫妇之间》中的屠叔,他1958年进厂当学徒,自己带的徒弟都好几代了,还当过市劳模,算得上是锅炉厂的功臣吧,可改制一开始,一样一刀切。屠叔想不通,政策下达那天,工会在厂招待所包了十几桌酒席,请一部分骨干工人吃饭,实际上是想安抚一下大伙。

> 但工会主席的酒杯刚举起来,坐在我旁边的屠叔就一把鼻涕一把泪的,还不住地数叨,我想不通,咱干了一辈子,流血流汗从没叫过一声苦,这工厂凭么事一眨眼就变成私人的啦?要是毛主席他老人家还在,能出现这样的事情?同桌的几个老工人像讲多口相声那样,也随声附和,弄得工会主席举着酒杯,一脸尴尬。①

屠叔的牢骚实际上反映了一部分老下岗职工的心声,他们往往自青少年期就在工厂里工作,伴随着工厂的成长而成长。在他们看来,企业效益下滑不是自己的错,自己在企业干了几十年,没有功劳也有苦劳,没有苦劳有疲劳。再加上个别宣传媒体出现误导,将职工下岗视为对职工能力缺乏的惩处,往往引起一些人对失业人员产生一种偏见,认为失业就是无能。有的人甚至把失业人员比喻成"社会的累赘"等等。所以对待下岗,他们自然会有抵触情绪,产生强大的失落感。因此,在小说《杜一民的复辟阴谋》中我们看到了杜一民班组的成员们,当听说工厂要减员增效,一个个动足了脑筋、想尽了办法,以不让自己成为下岗职工。

另外,在计划经济体制下,职工生、老、病、死由企业"全包",企业成为职工赖以生存的家。现在一旦下岗失业,就会感到无依无靠,而对于务实而又守常的中国人来说,"老有所养,病有所医",是其传统的愿望,稳定性和安全感是其传统生活方式中最基本的内容。社会转型给人们带来的最大心理压力是稳定的生活方式被抛弃,这带来的不仅仅是失落,而且原有的安全感正在逐渐丧失。有的职工下岗前,长时间感受到主人翁的荣耀,一夜之间成为下岗者,

---

① 刘继明:《我们夫妇之间》,《青年文学》2006年第1期。

感觉自己生活将无所依靠。另外，下岗职工中部分人年龄偏大，文化素质不高，专业技能偏低，再就业有一定困难，在心理上产生强烈自卑感，悲观、消沉、丧失信心，不安定感自然产生。如《我们夫妇之间》的贾大春在下岗后的感觉：

　　说起另谋出路，我的心里就发怵。以前在厂里上班时，只顾埋头工作，连社会上的朋友都很少交，更谈不上什么过硬的社会关系，我和淑英两眼一抹黑，只好成天在报纸和电视上搜罗那些五花八门的招聘消息，然后寻着广告上的地址去报名和应聘，交给用人单位的报名费加起来好几百了，始终找不到一门像样的工作。有的还是劳动部门指定专门招收下岗职工的用人单位，可人家不是嫌你年龄偏大，就是嫌你学历低，横竖瞧不上咱们。

　　想想也是，跟我们一起去应聘竞争的大多数是一些二十郎当岁的年轻人，再不就是怀里揣着硬邦邦文凭的大学生，我们这个年纪在他们眼中差不多就是老骨头了，哪里是人家的对手？①

职工下岗前后收入反差大，生活水平大幅下降，担心生活没有着落，生活会受到明显影响，时刻有一种朝不保夕的危机感。

在《出门寻死》这篇小说中，男主人公即何汉晴的丈夫刘建桥，作者着笔处不多，但却有代表性地反映了下岗工人的心态，刘建桥在找到想要寻死的何汉晴时说过这么一段话：

　　告诉你，我下岗第一天就想死。我一个大男人，叫厂里一脚踢出了门，养自己不活，我有么事面子在这世上混呀？但是我没有死。因为我没得资格去死。我死了我老头老娘么办？没得儿子在他们身边孝敬他们能好好终老？我死了丢下你守活寡我不是亏欠了你？结婚时我答应你不管怎么样，我都陪着

①　刘继明：《我们夫妇之间》，《青年文学》2006年第1期。

你到老,我要死了你吃苦哪个来陪?所以我不能死。①
这段心理独白应该说是极具代表性的,和下岗工人缺少物质保障而
言,"面子""责任"等精神层面的东西也不容人们忽视,他们大多原
来是单位的骨干,是上有老下有小的一家之主,当失去了赖以生存
的"铁饭碗"和那份自豪感,从"主人翁"退居到"弃儿"时,其心理上
的失落感和压抑感欲说还休。

二、社会比较的失衡

转型前,工人长期在国有或集体企业工作,收入稳定,生活安
定,优越感较强。而经济体制改革大潮来临后,当我们一方面强调
工人阶级是国家的主人,另一方面又面临大量国企职工失业、下岗
的尴尬局面时;当我们大力主张劳动致富,并鼓励"一部分人先富起
来",而且确实在很短的时间内一部分人先富起来了但其中大部分
并非工人时。这自然形成了鲜明的对比,这种对比一是表现为工人
失业前后巨大的社会地位反差,当家做主的工人突然失业变成了无
业者,生活无保障,社会地位下降,物质利益受损。这种纵向比较,
会使失业工人产生一种被遗弃的失衡之感;二是工人和外面闯荡世
界的人,收入差距逐渐拉大;这种横向比较,使他们哪怕从主观上感
觉改革的社会分层结构是合理、公正的,而当前的社会现实会使他
们觉得受到了不公正的待遇,有相对剥夺感,从而产生心理压力。

这种比较的不平衡,会使其产生麻木、冷漠之感,甚至仇富、仇
官心理,如《那儿》中的工人们,当作为工会主席的"小舅"为职工奔
波、上访、维护利益时,但结果却让人寒心,他想联名 3000 多职工签
字保工厂,不但签字者寥寥无几,而且更让小舅伤心的是他师傅的
一番话。

老头对他说:你随它去吧,孩死娘嫁人,折腾也是瞎折腾。
我们是看你可怜,才来跟你说这个话。

---

① 方方:《出门寻死》,《小说选刊》2005 年第 2 期。

小舅哭了,说师傅啊,师傅我真是为大家好啊,我没有半点私心啊。

可老头们说,现在的话都好听得很了,听了也都好过得很了,可谁知道哪句话是真的呢? 搞不清啊,真搞不清。老头告诉他:你说你为大家好没有用,你算老几呀? 就算厂子不卖了,你就能保证搞好吗? 到时候不还是人家说了算?

小舅说,那他们也不能这样对我!

老头眼一瞪,说这样对你还是客气的,你坑了咱厂多少人啊? 你摸良心想想,工人都拿 128,你拿多少钱? 你早就不是工人啦![1]

一心为职工和企业利益奔波的"小舅"到这时才算真相大白,自以为代表工人说话的他,其实只能代表自己。工人们已经不相信所谓的组织了。另外,这种失衡所带来的不仅仅是工人们对一些事情的不信任之感,有时这种失衡所引发的是灵魂的蜕变。如在这一时期,一些作家还塑造了一些难以实现独立创业的梦想,便出卖肉体以积累原始资本的弱势女性形象,如林白的《去往银角》《红艳见闻录》,乔叶的《黑胸罩》等写出了女性在出卖肉体中心灵的挣扎。当生存面临绝境,而女性的肉体本身便是男性觊觎的对象时,出卖肉体成为女性求得物质保障的一条"捷径",也是对女性的一种考验,她们的灵魂在与肉体进行着持续的搏斗,逃离肉体买卖和精神压抑成为她们的最终选择。

三、角色转换的无奈

每个人在社会、家庭等方面都有一个定位,即角色问题。如在社会上,新中国成立后,"工人老大哥"的称呼一直响遍全国,工人在社会中的定位就是"国家的主人",大家以当工人为荣,认为进了工厂的门,就是工厂的人。既为工厂的人,就要工厂管。还有的认为,

---

[1] 曹征路:《那儿》,百花文艺出版社 2005 年版,第 72 页。

即使下岗,也是暂时的,工厂不会撒手不管。在家庭里,大家一般认为男主外、女主内,男人是家里的"顶梁柱"等等,这些定位一旦约定俗成、为人们所认定后,当角色发生转换后,势必会在人们心理上产生影响。在新世纪小说对工人形象的描述中,我们体味到了工人们无论是在职业定位还是家庭定位发生改变后的无奈。

如《我们夫妇之间》中的屠叔,一位当了一辈子先进、为厂里做出贡献的老工人,当下岗后,没有意识到自己拿到补偿后已经和工厂脱离了关系。所以当他本人的肝病已转成肝硬化后无力解决医药费问题,他仍然想到去工厂里解决医药费。屠叔的遭遇令人同情,但换一个角度而言,这时的屠叔其角色早已置换,他已经不是工厂里的职工了,即使在道义上可以去同情帮助他,但于规章制度而言又可以不予以完成,因此屠叔寻求医药费的结局是显而易见的:他在办公楼从上午一直等到下午,好不容易见到负责的科长,却没说上半句话,人家就借故溜走了;找到一位主管财务的副总经理,掏出自己的荣誉证书递上去,但人家根本不认识屠叔,更不会去听取他唠唠叨叨的申诉。最终的结果只能是,"当屠叔那荣誉证书被科长不小心碰到地上,他老泪纵横"。我们同情于屠叔的不幸遭遇,不满于经理、科长的冷漠,但换个角度而言,他们不打破屠叔的念想又如何。因为转制后,"等、靠、盼"的思想已经无法解决问题了,这种角色转换对一些老工人而言,更是难以接受。

在传统意识里,家庭中丈夫的成就体现往往与他们的工作、事业成功与否联系在一起,而妻子的自我观念往往与她们为人母和为人妻的角色相关。家庭成员就是按照这些顽固的传统规则来被期待的,但失业工人尤其是男性失业人员,失去工作,职业角色扮演失败了,男性工人失去了工作就失去了主要经济来源,将会直接导致在家庭中承担的职责无法很好完成,因而在家庭中也感到压力重重。因此,在《我们夫妇之间》里当贾大春作出种种努力、又经过种种挫折,最终无法负担孩子上学、家庭生活时,其妻子通过坐台保障了家里的正常生活,贾大春心里发生了极大的失衡,虽然他在努力调整,而且似乎我们也看到了这种关系的改善,但角色转换带来的阴影,势必会引发种种不良反应,最终导致惨剧的发生。

四、执着的坚守

文学的本性是给人以启迪,教会人们去看世界和理解人生。当人们在纷繁多变的现实中转向文学寻求答案时,作家面对新的复杂人生,应跳出业已接受的观念体系重新审视自我和世界,穿透生活表象而进入内在深层的认知。作家们把目光实实在在地落在下岗工人这样的小人物身上,不忘对真善美的赞扬以及工人骨气的呈现,歌颂小人物身上难能可贵的坚强不屈的品质。

《乔师傅的手艺》中的乔师傅,是李铁笔下的众多女工中最令人印象深刻的一位。故事以她闯入董事长的房间为自己争取一次直大轴的机会为开端,讲述了乔师傅和手艺紧紧相连的传奇一生。年轻时候的乔师傅对手艺就有着近乎疯狂的迷恋,她认为"手艺是一个工人的尊严",为此她偷偷练技术,主动跟名师学习,甚至为了学到绝技直大轴向好色的师傅献出了自己的身体并威胁他,可惜的是付出如此代价学到的手艺却一直没有用武之地。终于新一次的设备检修让她看到展示才能的希望,乔师傅终于得到了直大轴的机会。直大轴的场面是庄严的神圣的,乔师傅指挥着一切就像在完成一个仪式,然而,就在那最后关头,她却因为体力不支倒下了。在乔师傅身上闪耀着第一代产业工人的尊严和骄傲,她一生对技术孜孜不倦的追求,甚至不惜为此自我牺牲的精神令人喟叹。技术是一个工人的尊严体现,乔师傅对技术的追求也正是工人对其自我价值的追求和表达。

《男人立正》中的陈道生,其女儿的堕落让其陷入无法摆脱的精神围困之中,让他"活在一辈子都无法偿还的歉疚之中",这种精神上的痛苦固然深刻而真实,但他为基本生存而做的努力以及后来的八年还债无疑更加艰苦卓绝,惨烈异常。他不再选择死,他连死的权利都没有了:活着才有还债的希望,才有赎罪的可能。最终他以他的生命战胜了命运,维护了尊严。

德国哲学家阿多诺说过:"对艺术的正当有效的主体反应是一种惊愕。惊愕由伟大作品所激发。惊愕不是接受者的某种受到压抑并由于艺术的作用浮到表面上来的情绪,而是片刻的窘迫感,更确切地说,是一种震动。在这一片刻中,他凝神于作品,心旷神怡,感到审美意象中显现的人生真谛不再是虚无缥缈的,而是伸手可及的。"①乔师傅对"技术"、陈道生对"诚信"的坚守和执着,以至于奋不顾身,可以拿生命来换取,这不能不令人"惊愕",惊愕之余,带给人们的是一种感动。这种震惊效果的形成,这种对人生真谛的感悟,皆来自于作家深刻的内心困惑和感悟,在如今信仰缺失所造成的时代萎靡中,他们执着的坚守对于激发读者在困厄中思索,从而深刻地触及人之存在的意义和底蕴具有十分积极的意义。

---

① 转引自周宪等:《当代西方艺术文化学》,北京大学出版社 1988 年版,第 77 页。

第四章

转型期"小人物"形象之女性群体

在人类的生存空间里,存在着固定不变的两性:男性和女性。女性以其萃集日月精华、钟毓天地灵秀之美,成为宇宙间可爱的生灵。千百年来国内外作家对女性进行了非凡的关注,在他们的文学作品中塑造出了一系列形形色色个性迥异的女性形象,反映了当时人类社会的发展状况,因而"女性形象"作为古今中外文学殿堂里永不衰竭的创作主题,在文学创作中占有举足轻重的地位。进入新世纪以来,许多作家也承袭这个创作主题,塑造了一系列熠熠生辉的女性形象,形成了中国当代文学女性形象光彩绚丽的景观。对于新世纪以来小说人物形象的分析,如前三章所示可通过阶层的差异进行不同解读,但由于女性形象在性别以及由此带来的人格心理等方面的特殊性,不对其进行专题研究阐释,势必会在新世纪以来小说人物形象研究方面形成某种缺憾,因此本书在剖析工人、农民、知识分子这三类基本形象之外,通过第四章专题对女性形象进行分析。

目前对女性形象的创作中,稍加留意就会发现,根据作家性别的不同,其笔下的女性形象也呈现出不同风貌。女作家大都自觉地以鲜明的女性意识关照当代女性的生存处境和生存前景。她们以女性所特有的敏感的笔触、细腻的情感、抒情的语言探索了当代女性个体意识的觉醒、性别意识的觉醒、性意识的觉醒、女性内心的孤独和女性在当代自身解放的真正出路等问题，塑造了数量相当可观的复杂、真实而又绚丽多彩的女性形象。而混杂着中国传统男性的精神优越感和自卑意识进行创作的男作家，其笔下的女性呈现出神圣化、妖魔化和欲望化的几种倾向，对她们形象的不同塑造蕴含着作家对女性的审美理想，反映了社会思潮的变迁，从一定程度上呈现出女性的文化心理和社会地位发生的种种变化。在群星璀璨的中国当代作家群中，以女性形象书写为主的作家不在少数，其中毕飞宇是比较独特的一位，对女性审美特征的独特把握以及对她们千红一哭命运的冷静描写，显示了他对女性生存现状和价值取向的特殊关注和深入理解，"他被认为是当代男作家中最关注女性命运的人"①。所以本章内容主要以毕飞宇的作品为主来关照女性形象，兼论其他作家笔下的女性形象。

自 1991 年 1 月在《花城》上发表中篇处女作《孤岛》至今十几年来，毕飞宇为读者奉献了大量脍炙人口的文学作品。其中长篇小说三部：《那个夏季那个秋天》《玉米》(收入《玉米》《玉秀》《玉秧》三篇姊妹系列)和《平原》；中短篇小说四十六篇收入四卷本《毕飞宇文集》，另有数篇短篇小说散存于文学刊物中。其中《哺乳期的女人》《玉米》分别获得了首届鲁迅文学短篇小说奖、《小说月报》奖和冯牧文学奖。无论是长篇还是短制，毕飞宇笔下都有鲜活的女性形象。从最初《孤岛》中的那个不懂得做作也不会做作的纯真自然的小河屯，到《林红的假日》中因观念保守压抑本性而悲伤苦闷、挣扎绝望的城市白领林红，再到《青衣》中的那个只关心和感伤她自己的任性又执着的筱燕秋和《玉米》中那个理智早熟又精明坚韧的农村精英玉米，女性形象的塑造贯穿了毕飞宇的整个创作过程。毕飞宇的文学创作吸引了评论界的关注，特别是 2000 年以来随着鲁迅文学奖、

① 李敬泽：《看到三个人——〈玉米〉台湾版序》，2003 年 12 月 28 日，http://www.tianya.cn/webstory/article.asp? id=34.

冯牧文学奖等一系列文学奖项的获得,更使得毕飞宇小说研究炙手可热。《当代作家评论》《当代文坛》以及《名作欣赏》等杂志大量刊登研究评论和论文,甚至开辟专栏,形成了近年来少有的文学现象。《青衣》研究、《玉米》研究等成为研究热点。评论者们分别从不同的层面对毕飞宇及其作品进行了宏观的总体鸟瞰和微观的个案分析。对毕飞宇的作品进行总体鸟瞰的评论文章主要论述其小说创作的变化轨迹、个人化特征、叙事风格以及人性异化与命运遭际问题等等,对其作品进行了较为全面而具体地概括总结及分析评价。余玲在葛红兵、吴义勤研究成果的基础上将毕飞宇的小说创作轨迹分为三个阶段:一是对历史个人化的体验与传达;二是对都市人生存环境与现状的观察与思考;三是对人性深层心理的挖掘与探视。[①] 施战军认为"毕飞宇是一个非常懂得控制叙事节奏的作家","他在不同时期自觉变换叙述技巧和克制自己叙事激情并能够恒定地追求生活本质的写作状态,使他能够继续而更好地将文学之路向深远处延伸"[②]。吴义勤认为毕飞宇是"感性的形而上主义者",其创作的总体风格是"感性与理性、抽象与具象、形而上与形而下,真实与梦幻的高度和谐与交融"[③]。另外汤玲从"权力镜像中的人性异化"和"命运遭际中的自我迷失"两个角度评述了毕飞宇作品"形而下的感性经验叙事与泛悲剧气氛上的温情特色"[④]。对毕飞宇作品进行微观的个案研究的文章,主要集中在他的获奖作品《哺乳期的女人》《青衣》《玉米》上。这类评论文章林林总总,角度不一:有以叙事、话语和人物形象塑造等为主的文体研究;有以权力、性、欲望等为核心的社会文化层面上的女性悲剧命运的原因探寻;也有以人情人性为核心的时代心理的反思叩问等等;有些文章还运用了新的研究方法,这些评论文章丰富了对其作品的解读,取得了丰硕的成果。

① 参见余玲:《潮流外的写作——毕飞宇小说论》,《小说评论》2002年第2期。
② 施战军:《克制着的激情叙事——毕飞宇论》,《钟山》2001年第3期。
③ 吴义勤:《感性的形而上主义者——毕飞宇论》,《当代作家评论》2000年第6期。
④ 汤玲:《批判中的脉脉温情——毕飞宇小说论》,《当代文坛》2005年第3期。

　　无论是对其作品进行宏观的总体鸟瞰还是微观的个案研究,都有不少评论文章把他笔下的女性形象作为研究主体。例如,张洁认为"作者赋予筱燕秋'青衣'的命运,也就决定了她自恋的性格,随之而来的悲剧便顺理成章,是天生,是命定,所以不可避免"①。张洁把筱燕秋的悲剧归结为她把自身那"自恋"的性格推向极致并赋予行动所致。宗元认为:《青衣》《玉米》《玉秀》三部中篇小说中,极其细腻地展示出一部分中国当代女性的生存景观及心灵的历程……表现出一些女性面对生活的诱惑,在无助的挣扎中身不由己地跌入人生欲望的陷阱,最终导致人性的扭曲与自我价值的失落。"②赵谦认为:"毕飞宇用心塑造的并非是单纯的小说人物,而是当今社会中人们对自我生存困境的焦虑。"③等等。但这些论文主要是针对他的几部有影响的小说中的几个主要女性形象进行评析,还缺乏对其绝大多数作品中女性形象进行分类梳理、综合评价以及深入地分析探讨,还缺乏在与其他作家比照下对女性形象塑造的艺术剖析。

　　基于这种研究现状,本章试图选取毕飞宇新世纪以来创作的小说中的女性形象作为研究对象,并以期通过细读文本对其笔下的女性形象有一个较为全面、深刻、独到的把握;然后从女性人性的角度入手,通过对女性命运的研究,引起人们对女性复杂的生存处境、人格心理等方面的关注和思考。毕飞宇笔下的女性描写大体可认为是从三个角度展开的:一是农村女性形象书写,主要作品有《玉米》《玉秀》《平原》《哺乳期的女人》和《怀念妹妹小青》等,着重表现了农村女性艰难求生的顽强生命力以及追求过程中人性的异化和悲惨的命运;二是城市女性书写,主要作品有《林红的假日》《青衣》《生活边缘》《家里乱了》《唱西皮二黄的一朵》《与阿来生活 22 天》《睁大眼

---

　　① 张洁:《女性宿命的判决书——读毕飞宇的〈青衣〉》,《名作欣赏》2006 年第 5 期。
　　② 宗元:《无望的挣扎　人性的扭曲——论毕飞宇近作中的女性世界》,《小说评论》2002 年第 4 期。
　　③ 赵谦:《欲望与疼痛——解读毕飞宇作品中的女性形象》,《周口师范学院学报》2004 年第 4 期。

睛睡觉》和《是谁在深夜说话》等,着力表现的是无事悲剧,不是生存受到威胁而是在物欲、性欲、名欲等诱惑下人性的变异;三是对风尘女性的书写,主要作品有《叙事》《楚水》和《上海往事》,这类作品精细地捕捉并凸显了风尘女性心理的嬗变与屈辱的命运。

第一节　命途同悲的农村女性形象

从《哺乳期的女人》《怀念妹妹小青》,到《玉米》《玉秀》《玉秧》,再到《平原》等,毕飞宇的乡村书写,为我们刻画了一个个生动鲜活的农村女性形象,这些栩栩如生的人物形象,丰富了当代文学女性形象的画廊。

生活在农村的她们,光彩照人、个性迥异,但却命运同悲:理智早熟、工于心计的女强人玉米,漂亮聪明、要强风流的小妖女玉秀,聪颖娇媚的红颜祸水柳粉香,她们都匍匐在男权阴影下艰难求生;在空洞的政治信念中失去女人幸福的女干部吴蔓玲,闪耀着母性光辉却遭遇传统理念质疑的"哺乳期的女人"惠嫂,善良美丽却不幸夭折的纯情少女小青,勤奋努力、狡黠敏感的"笨丫头"玉秧……她们都在不如意的生存困境中奋力抗争,最终却不能改变自己悲惨的命运。本节主要以玉米、玉秀、玉秧、吴蔓玲、三丫、红粉等农村女性作为切入点,解读在社会生活中面临残酷的生存压力时女性的无望与心灵的扭曲,从人性和命运的角度梳理、观照毕飞宇笔下的农村女性形象。

一、匍匐在男权阴影下的精灵

"自古至今,妇女的解放,从来就是人类文明的标尺。千百年来,人类社会进行了一次次的努力。西方世界,已经颇见成效地大致实现了男女平等,实现了民主与自由在两性间的公正施与。而在中国,尤其在中国广大乡村,这几乎还是纸上谈兵。"①因为男人的世界很大很大,而女人的世界却很小很小。在这特殊的男权至上的乡村环境里,毕飞宇《玉米》系列中的玉米、玉秀、柳粉香这些农村精灵,在如沼泽的现实中一次次地跌倒,为了生存,为了卑微的面子,她们一次次勇敢地爬起来,坚韧地追寻着自己的梦想。而她们只能以自己的幸福、婚姻甚至性来交换这一切原本简单而合理的人生需求。她们原本善良的人性在这充满荆棘的环境中不断被异化,她们的人生梦想在现实中跌得粉碎。

(一)理智早熟、工于心计的女强人玉米

20世纪70年代,处于"文革"时期的中国是一个"权力一手遮天"的荒唐时代,王家庄就是当时中国农村的一个缩影。玉米,这个小说《玉米》中的早熟伶俐的农村少女,正是从男权桎梏之下的王家庄,带着她对生活的憧憬与奋争,带着她的血和泪,一路向我们走来。

父亲的荒唐,母亲的平庸使王家的长女玉米过早成熟了,她先以恩威并济的手段,早早执掌了家庭大权,并老道地持家处事。诚如作者所言,"成长是需要机遇的,成长的进度只靠光阴有时候反而难以弥补"②。正是特殊的家庭境遇和长女的位置,成就了玉米与年龄不符的成熟理智和沉着冷静。

对于父亲一再的荒唐花心,小小年纪的玉米不仅能觉察到父亲与哪个女人有染,而且有她自己的处理办法:其一,对父亲采取冷漠的态度,"玉米从那个时候开始不再和父亲说话了"③。其二,对和父亲上过床的女人则采取用眼睛盯着看;有事没事地到这妇女门口转转或者踢踢毽子,再说些让人受不了又恼不得的话等方式震慑对方,使得她们只好远离王连方。这些无不显示了玉米的成熟理智,

---

① 张宗刚:《诗性的坚守 深度的探求——毕飞宇〈玉米〉三部曲解读》,《名作欣赏》2005年第3期。

② 毕飞宇:《玉米》,作家出版社2005年版,第6页。

③ 毕飞宇:《玉米》,第8页。

但玉米的成熟理智在让人叹服的同时更让人心酸。因为小小年纪的她就懂得为母亲的屈辱抗争，只是让玉米挺直腰杆理直气壮地抗争的武器却不过还是弟弟——王家的这个传宗接代的小男人！这又让人感到深深的悲哀——女性利用男性争取所谓尊严的悲哀。此时的少女玉米，是无意识地皈依男权的统治。

尽管玉米的出场很光彩：在家为一家之主，在外是乡村土皇帝——村长王连方的千金。但是玉米这靓丽的出场，实则也不过是男权盛宴里的一杯羹而已，这并不是真正属于她的女性的美丽，也不是属于女人自己的尊严与权利。相反，她的高姿正是以她父亲王连方在村中的男权专制为支撑平台的，她的相对优越地位与王连方的男权处于一体同构的状态，也就是说她要维持自己的这种"女性尊严"，就需要男权压制的继续进行。然而，精明也好，强干也罢，说到底心比天高而命比纸薄的玉米，也只能在有限的小天地里锻磨自己的能力，拓展自己的天空。

长大后的玉米有着少女对爱的饥渴和诉求，也盼望靠自己的聪明和努力过上幸福的生活。飞行员彭国梁一度成为玉米的阳光。玉米迫切渴望一片自由的天空，去享受爱的甜蜜和情的吟唱；然而父亲因触犯军婚而倒台，玉米只能埋葬心底的最后一抹彩虹，选择了与权力媾和，下嫁郭家兴，借此实现一己的升值，而且将之视为光耀门楣的唯一捷径，并天真地以为这样就可以弥补父亲这个浪子带来的耻辱。就这样"玉米怀着'视死如归'的悲壮，心甘情愿的屈从了依附政治权力的男性霸权，最终走向了女人隐忍屈辱的命运"①。可是在人性被扭曲、物质与权力决定一切的时代，她还能怎样，她脱不了世俗，而且她本来也世俗，于是她只有如此了。

这就是我们的玉米，有些泼辣精明，也有少许阴鸷柔情，既可怜又可敬的玉米啊！"从小到大，玉米都在奋斗，都在抗争，而这只不

---

① 李生滨：《叙述带给我们的亲切精致和心灵伤痛——细读〈玉米〉》，《名作欣赏》2004年第7期。

过是为了争得一个'女儿',一个'恋人',一个'妻子'——总起来看是一个'女人'的基本权益和应有的尊严与地位,而这对于她们竟是那么的艰难,那么的遥远,那么的不可企及。"①在中国这样源远流长的男权社会,在一个男性话语占绝对统治地位的语境中,玉米的挣扎,玉米的渴盼,看起来是那么的卑微而无助、可怜又可叹。

尽管当女人沦为男权世界的附庸、商品和点缀时,终难逃脱红颜薄命的悲剧结局;尽管玉米奋斗一生的终点,也许远远不及一个城市女子的起点,可她仍在不屈不挠地奋斗着,前行着,这已足够可歌可泣。

(二)漂亮聪明、风流要强的小狐狸玉秀

如果说少不更事的玉米是无意识的归依男权的统治,长大后的玉米是无奈的屈从男权的统治,那么玉秀则是男权统治的懵懵懂懂的牺牲品。

在《玉秀》中,毕飞宇继续以悲悯的情怀关注着女性的悲剧命运。玉秀是王家长得最美的一个,本来漂亮是女人获得幸福的资本和武器,但是玉秀的漂亮不仅没给她带来任何幸福,却使她遭受到最残酷的打击。

荒唐的时代,有着与之相应的荒谬的生活逻辑,王连方——这个王家庄的土皇帝因为触犯军婚而倒台了,那些曾经沉默的村民竟把父亲的账记在了他的女儿身上,可怜又漂亮的玉秀就这样成了父亲荒唐行为的牺牲品——在麦场被村民轮奸。

玉秀漂亮,她是村里公认的"村花",漂亮是她在父亲面前发嗲求宠的资本;玉秀聪明,她的聪明是那种"来自单纯的狡黠"②。她凭借这种狡黠不仅博得父亲王连方的偏爱而敢于与众姐妹作对,还在被人糟蹋受尽嘲弄不得不离开王家庄,到镇上投靠姐姐玉米后,在郭家饭桌上装傻卖乖博得姐夫一笑,换来郭左的怜爱和郭巧巧的欢

① 白烨:《营造女性形象的能手——毕飞宇小说印象》,《中国青年》2004年第7期。
② 毕飞宇:《玉米》,第143页。

心,从而求得了她在郭家的生存空间,但这并未能真正改变她的命运,因为她的命运在她遭受男权报复的那一刻起就决定了,此生也改变不了。

不谙世事的玉秀还风流,"玉秀是天生的风流种,步子软、骨头轻,一见到男人就走不动"①。虽然遭人轮奸,受到重创,但玉秀的妖气却未因此而改变。郭左回到郭家没几天,她就精神焕发、浪里浪气,怀着对"理想"的憧憬,再度失身,并怀上了郭左的孩子。但事情很快败露,已知内情的郭左选择了逃避,把一切苦难的后果都留给了玉秀,妖气使这个已伤痕累累的小狐狸的生命再次遭受重创。

玉秀她还要强,十分向往美好的生活,尽管道路布满荆棘坎坷,但玉秀却要闯一闯。从她小时候跟姐妹斗气的那股劲中,就可以看出她的确是心比天高,"玉秀虽说是一个乡下姑娘,心其实大得很,有点野,是那种不甘久居乡野的张狂"②。即使在遭强暴后她也不甘沉沦,也没有失去对美好生活的渴望。为了过上好日子,她要了好多小聪明,拿自己的青春赌明天,这包括她曾把与郭左的爱情视为救命稻草,看作通向美好生活的桥梁。

在生活中屡遭挫折的玉秀总想找到男人作为"依靠",来维持脆弱的女性自我,但她最终却遭到了来自男权世界的粗暴践踏和遗弃——在麦场上被奸污、与高伟相亲失败、惨遭郭左抛弃。在积淀深厚的男权至上的环境中玉秀"自始至终在凭着弱者的本能谋求着生存权、恋爱权、生育权,而且她从未成功过"③。

(三)聪颖娇媚的红颜祸水柳粉香

柳粉香是小说《玉米》中的另一个重要的女主人公,尽管她不是乡村土皇帝的千金,却也绝不是农村的普通女性,而是和玉米、玉秀一样同属于农村女性中的佼佼者,同为"心比天高,命比纸薄"的悲

---

① 毕飞宇:《玉米》,第 154 页。

② 毕飞宇:《玉米》,第 144 页。

③ 李敬泽:《看到三个人——〈玉米〉台湾版序》,2003 年 12 月 28 日,http://www.tianya.cn/webstory/article.asp? id=34。

剧女性。

还在乡宣传队时,少女柳粉香就被数不清的权力睡大了肚子,成为男权伦理所不齿的下贱女人,命运从此露出了狰狞面目。怀有身孕的柳粉香,别无选择只能匆匆嫁人,成了陷入无爱婚姻的不幸女人,永难逃脱厄运的魔掌。先是柳粉香的婆母——有庆的母亲因为自己的儿媳怀着的不是自己家的"种"而处心积虑地把她从桥上推下,致其流产。

一直深受男权伤害的柳粉香,只能在艰难的环境中顽强地求生,但她没有像玉米一样以自戕表示对男权的愤怒与反抗,而是选择了与权力的认同和依附,因为她明白自己的命运早由男权社会所决定,毫无更改的可能。尽管她身上也不乏高贵质地,但既已失足,就再也没有获得尊严的权利,只有自轻自贱一路堕落,从对王连方半推半就开始,她很快像一台发电机一样控制了王连方,成了村支书最喜欢的"骚狐狸",这都表现了柳粉香对男权有意识地认同与屈从,而且还懂得利用这种性关系,为自己谋取一些利益。王连方上了那么多的女人的身,为什么偏偏她让"王连方胃口大开,好上了这一口"。这足以说明柳粉香的确与众不同,而且她见过不少世面,是走过南闯过北的人,懂得男人与女人的微妙关系。"有了一官半职的人喜欢这样,用亲切的微笑来表示他想上床。"[1]柳粉香有这方面的心得,而且会拿捏分寸,既不让王连方绝望,又不让他想咋地就咋地,柳粉香的确算得上是个聪颖的女人。

聪颖也好,与众不同也罢,都未能改变柳粉香颓败的悲剧命运。当王连方最后一次来找柳粉香,而粉香因为怀孕而拒绝时,王连方为了发泄自己的落魄和郁闷,竟然气急败坏地在床上吼唱样板戏,响锣响鼓地把见不得人的事暴露在光天化日之下,以此来羞辱一个用自己的身子尽心尽力巴结过他的女人。柳粉香在道德与爱欲之间摇摆,最终还是被纳入乡村的伦理体系,完成替有庆传宗接代的

---

① 毕飞宇:《玉米》,第39、36页。

义务,她的婆婆也令人惊奇地接受了这个野种。在男权社会里,女性总无法主宰自己的命运,更何况是"文革"时期的乡村女性,柳粉香别无选择,她只能沦为男性霸权的受害者。

(四)以贞操赌回城的下乡知青李小琴

王安忆的《岗上的世纪》写女知青李小琴为了能调回城,不惜向农民小队长杨绪国奉献贞操,杨则利用手中的职权在李小琴身上满足男人的本能。他们在进入这场游戏之前都是有所企图的,而且在这场游戏中李小琴一直是占主动地位的。

在路边的野合里,女主人公一时竟成了男人眼里的英雄,她正以一种无穷的力量向男性世界证明着女人的伟大魅力和勇敢,而男主人公则陷入了一种深深地被阉割的恐惧之中。尽管"性"为男人和女人提供了平等做人的权利,甚至在性面前,女人更为主动。但李小琴的女性魅力并没有使她达到调回城的目的。虽然当初那个农民小队长对自己的生命一片模糊,他从女知青身上得到了生命的再造。但最可悲的是他从此也学会了使用权力或干脆他始终就没放弃过对女人的控制欲。李小琴始终无法挣脱男人权力的法网,她是在男人的权力下活着,而且是长久地活下去。女人在男人面前、在男权社会面前的抗争,始终是以失败告终的。

一个没有被社会赋予任何合法权力的女性的生存,首先依靠的是男性权力者的"爱和同情"。但貌似强大的男性,如果剥离男权伦理和专制的权力支撑,个体的男人是更加的卑鄙懦弱。在日常的生活里,这些男人恰恰以他们的卑鄙伤害与他们有着种种关系、有所依赖的女性。

(五)《妻妾成群》里的女人们

苏童笔下的女性常常是甘于被歧视和被虐待的生活。在那阴暗复杂的环境中,她们虽然抗争,但却总把斗争的锋芒和阴谋实施到自己姐妹身上。她们既被奴役也被改造,既被压抑也被迫反抗,这是女性的狭隘,也是女性的悲哀。

苏童的《妻妾成群》"关心的是四个女人怎样会把她们一齐拴在

一个男人的脖子上,并且像一棵濒临枯萎的藤蔓在稀薄的空气中互相绞杀以争得那一点点空气"。①

在《妻妾成群》中,颂莲虽然是大学生,却没有走上"林道静"式的革命抗争之路,她在陈家的生活充满了曲折与迷茫。年仅十九岁的她接受了家道中落给她带来的命运的改写,嫁进了陈佐千的家,成了他的四房姨太太。为了获取在陈佐千心中稳固的中心地位,她与卓云、梅珊争风吃醋,而从来没有把矛盾的中心指向陈佐千。她对男人只是妥协、迁就、讨好。陈佐千对待别的姨太太的冷漠迎合了她的心理。她对待陈佐千也是百般依顺。在陈佐千的生日上,她在众人的面前受到了老爷的冷落与讽刺,还有别人的鄙夷与嘲笑,她都只有忍受,她还是尽可能地讨老爷的欢心。而女人之间的斗争在陈家大院里却在天天上演,而且愈演愈烈。卓云笑里藏刀,给颂莲的第一印象亲如姐妹,笑脸相迎,送苏州真丝给颂莲,对颂莲嘘寒问暖,但她所做的一切只是为了笼络颂莲的心,为她在与三太太梅珊的斗争中增大成功的几率。梅珊作为三太太,从一出场就显出了斗争的心理。在颂莲刚嫁进陈家的第一夜,她就称病,要与陈佐千同房,她和其他几位姨太太针锋相对、斗争是表面化的。颂莲在陈家大院很快就洞察到了四个女人之间微妙的关系。她在这场持久战中也毫不示弱。她善于运用卓云与梅珊之间的矛盾挑拨离间,当她被她们伤害时,她从不在陈佐千的面前表现,只是用更多的手腕去打败她们。她对待与自己地位相当的几位姨太太如此,对待下人更是肆无忌惮。初次踏进陈家大门时,雁儿对她无意中的伤害是她对下人报复的起点。她一开始就以家长的身份呵斥指使下人,"你傻笑什么,还不去把水泼掉?"当她发现自己的箫不见了时,对雁儿更是百般刁难。在苏童的笔下,女人与女人的斗争是没有身份和界限的。颂莲对雁儿的横加指责招来了雁儿对她的报复。她乘后花园无人之时,朝颂莲的白衫上吐了一口唾沫,朝黑裙上又吐了一口。下人的报复只能是简单的发泄,但女人与女人之间的矛盾并不因为身份的不同就可以抹杀的,只是斗争的方式与手段不同而已。

苏童在写她们的相互斗争中审视女性身上的悲哀,她们从来没有试图联合起来与自己对立的男性、不合理的社会制度进行较量,而只是在女人之间窝里斗。作为一名男性作家,苏童以更加客观的目光去打量、审视女性身上的弱点,揭露人性的脆弱。同时,也颠覆了从前同题材小说中反封建反夫权的主题,而将女性矛盾写出了人性的深度:人与人之间的永恒斗争。

(六)隐忍屈从是男权阴影下女人生存的唯一选择

"权力就是这样,无论对男人还是女人都有着深刻的渗透力,使人的思想和行为在不自觉间产生认同和依附"①,玉米、玉秀、柳粉香和李小琴们就是被权力意识浸淫的不幸的农村姐妹,毕飞宇等作家正是以权力为切入口写出了部分农村女性的悲剧命运的。正如李生滨所言:"毕飞宇的《玉米》系列看似凡人小事,故事也不过日常生活的琐碎与变故,但在隐约其后的权势和社会差别的阴影里很细致地写出了女性的命运,特别是农村女子曲折微妙的心性,串联起来则见内在统一性,隐喻了女性共同的悲剧。"②

《岗上的世纪》《妻妾成群》和《玉米》系列小说正是透过男权伦理的专制,穿越日常生活的庸常,揭示了女性生存的真实状况和悲剧根源。生活在农村的这些女性,其悲剧的深重触动了我们内心的伤痛,我们不难看出女性悲剧深层的动因首先来自于男权伦理和男权专制的残害,来自她们周围的社会压力和男性霸权。尽管玉米为母亲伸冤的办法是羞辱被她父亲睡过的女人,而不是指责真正造孽的父亲,但是玉米她们生命最大的阴影和悲剧都来自她们父亲和父亲的所作所为,其父是最卑微的男性话语和政治权力的代表与象

---

① 钟琴:《"鬼"的纠缠与挣脱的可能——毕飞宇"玉米"系列解读》,《当代文坛》2003 年第 3 期。

② 李生滨:《毕飞宇〈玉米〉系列小说的多重悲剧意蕴》,《北方论丛》2004 年第 1 期。

征。王连方敢于霸占王家庄"老中青"三代女人,郭家兴能够命令玉米一个大姑娘上床"休息",男权发展到了极端——政治上的绝对统治造成了对女性的绝对支配和占有。所以说,《岗上的世纪》《妻妾成群》和《玉米》在新的历史时期、新的时代背景下,揭示了中国几千年来男权伦理影响造成的、深受男权专制残害的、仍然没有改变多少的女性真实生存状况。

面对男权专制的残害,隐忍和屈从是玉米和玉米一样善良的女人们的痛苦选择。这种深层的女性悲剧不是前卫的城市女性的私人写作所能触及和涵盖的,也不是西方女权主义的学理所能简单解释的,更不能以"旧式女人"的批评就能让我们推卸责任。《岗上的世纪》《妻妾成群》和《玉米》以李小琴、施桂芳、柳粉香以及玉米等女人们改变生存处境的努力为契机,以政治权利的最基层的腐化专制为切入点,直接关照女性的生活;以"性"(还有生育)为焦点,透视了女性的命运和男性的专制,以呈现生活原态的叙事不动声色地触及女性悲剧的生活本质和社会本质,同时把批判审视的眼光投向了几千年来的中国伦理文化和男权思想。

二、形色各异的母亲形象

母亲是古今中外一直就为人们所歌颂的慈祥伟大、温馨可爱的女性形象。在中国现代文坛上,第一位写母亲的作家是冰心,她一生信奉"爱的哲学",她认为"有了爱,便有了一切"。在《繁星》里,她不断唱出爱的赞歌。她最热衷于赞颂的是母爱,她笔下的母亲形象是圣洁而伟大的。

新世纪以来作家的笔下也不乏母亲的形象,而且呈现出不同的特色。比如《哺乳期的女人》中的惠嫂、旺旺的母亲,是充满活力的却被异化的年轻母亲形象;《玉米》中三姐妹的母亲施桂芳、《平原》中红粉的后妈沈翠珍和三丫的妈,是疲惫不堪、忍辱负重的母亲形象;《婶娘的弥留之际》中的婶娘、问彬的《心祭》中的寡母是孤苦无依的母亲形象;王安忆、毕淑敏笔下带有"圣化"色彩的母亲形象。

作为人类生命的繁衍和养育者,在以男性为中心的文化环境中,母亲形象是充满了矛盾的,她们力求在自己的世界中如愿,最后却都黯然神伤。

1. 母性被异化的母亲形象

母爱,即母亲对孩子的爱,分为物质和精神两种。毕飞宇的《哺乳期的女人》为我们塑造了两个年轻母亲的形象,她们年轻有为,活力四射,她们有能力而且也尽自己所能爱着自己的孩子,只是她们对母爱层面的取舍有些不同,"旺旺母亲对儿子的爱侧重于物质,惠嫂对儿子的爱是物质与精神兼有,惠嫂对旺旺的爱侧重于精神"①。

小主人公旺旺的母亲,是改革开放时期母性异化的女性形象。尽管她没能给孩子以母乳喂养,但还是给了孩子富足的生活保证,因为"旺旺长得结结实实的,用奶奶的话说,比拱奶头拱出来的奶丸子还要硬铮"②。在每年只一次、为期六天的团聚之时,"爸爸妈妈就会取出许多好玩的好吃的,都是与电视广告几乎同步的好东西,花花绿绿一大堆,旺旺这时候就会幸福,愣头愣脑地把肚子吃坏掉"③,常年在外地拖挂船上跑运输的妈妈,对旺旺的爱侧重的是物质给予,"挣了不少钱,已经把旺旺的户口买到县城里去了"。而且"旺旺的妈妈说,他们挣的钱才够旺旺读大学,等到旺旺买房、成亲的钱都回来,他们就回老家,开一个酱油铺子"④。旺旺的母亲不是不想回家,不是不爱自己的儿子,只是贫瘠的生活让她只能常年奔波在外而用一张张汇款单这样的物质补偿来表达对儿子的爱,却不可避免地遗漏了对儿子精神上的呵护与滋润,这是个两难选择。

开杂货店的惠嫂,是一位爱心丰盈的年轻母亲。"女人的天性中有母性"⑤,而这种"女人的天性中的母性"在惠嫂身上得到了充分

① 陈玉蓉:《试析毕飞宇的〈哺乳期的女人〉》,《语文教学与研究》2006 年第 12 期。
② 毕飞宇:《毕飞宇小说》,中国社会出版社 2006 年版,第 2 页。
③ 毕飞宇:《毕飞宇小说》,第 6 页。
④ 毕飞宇:《毕飞宇小说》,第 2 页。
⑤ 《鲁迅全集》第 3 卷,人民文学出版社 2005 年版,第 555 页。

的体现,不仅养育着自己的孩子,而且惠及精神干渴的旺旺。

惠嫂是一个充满母亲气息的女人,她健康厚实浑身洋溢着产后母亲的幸福,惠嫂给儿子喂奶的细节深深吸引了旺旺:

> 惠嫂不解扣子,直接把衬衣撩上去,把儿子的头搁到肘弯里,而后将身子靠过去,等儿子衔住了,才把上身直起来。……她总把脖子倾得很长,抚弄儿子的小指甲或小耳垂,弄住了,就不放了。①

这个光彩照人的哺乳期的女性形象,仿佛通体笼罩着母爱的光环,而正是其身上闪耀着的母性光芒,照亮了小旺旺懵懂的世界,唤醒了潜藏在其幼小心灵里对母爱的强烈向往和热切企盼;当善良温情的惠嫂终于理解了忧伤的旺旺时,她"蹲下身子撩起上衣,巨大浑圆的乳房明白无误地呈现在旺旺面前"②,这又表现了惠嫂博大慷慨的动人的母爱。尽管她的母性想在孩子的身上施展,但却并没有得到断桥镇人世俗的认可,惠嫂母性的光辉最后被断桥镇禁忌、蛮横、画地为牢的卑琐的文化氛围摧残。

2.忍辱负重的母亲形象

玉米的母亲施桂芳作为一个女性,虽然在《玉米》中没留下多少痕迹,但却代表了千年男权阴影下中年母亲的特质:忍辱负重,逆来顺受,其作为女性的"自我"完全被丈夫同化、归并。《玉米》一开始,就定下一个男权至上的基调,玉米的母亲以前一直生女儿,现在终于生了个儿子,心态就发生了变化,变得有点傲慢了。

小说以施桂芳倚着门框嗑瓜子开始:

> 施桂芳一只手托着瓜子,一只手挑挑拣拣的,然后捏住,三个指头肉乎乎地翘在那儿,慢慢等候在下巴底下,样子出奇地懒了。施桂芳的懒主要体现在她的站立姿势上,施桂芳只用一只脚站,另一只却要垫到门槛上去,时间久了再把它们换

① 毕飞宇:《毕飞宇小说》,第3页。
② 毕飞宇:《毕飞宇小说》,第8页。

过来。①

　　施桂芳在终于生下儿子后自足了、傲慢了,通身传达的都是大功告成的喜悦与懈怠,这不是做母亲的幸福与快乐,而是终于完成传宗接代重任的喜悦与轻松。

　　施桂芳曾一连生了七个女儿,这在讲究"传宗接代""延续香火"的男权文化气氛中,实在是一种难言的耻辱和致命的缺陷,因而她在庄里人尤其是在王连方面前早已抬不起头,从"半推半就"到"半就半推"的转变,表现了她内心对房事的真切恐惧。但作为王连方购买的一部廉价的生产工具,加之自身的懦弱与无能,促使她只能接受丈夫"两个嘴巴,正面一个,反面一个"②的征服,只能无声地咽下生活的苦水。对于丈夫在外的放荡更不敢有丝毫怨言,对此她几乎没有说过话,即使说了也等于没说,她只是个令人忽视,让人漠视其存在的人。法国女性主义者西苏曾说:"女人在父权制中是缺席和缄默的……"③这样一个自身难保的女人,你能期望她母性的光辉普照儿女吗?施桂芳在生活中是缺席和缄默的,她的缺席和缄默是正常的,因为隐身人的身份几千年来早已成为农村妇女自觉接受的心里暗示,也是她们应当具备的品行,她们只能按身份规定的内容去生活。因而施桂芳除了在夫贵妻荣时嗑嗑瓜子,在丈夫倒霉时打一连串的馊嗝,已经没有别的希望了。正因如此,作者才好安排精明强干的小母亲玉米出场:"出了月子施桂芳把小八子丢给了大女儿玉米,除了喂奶,施桂芳不带孩子。"④施桂芳如今只是个倚靠在门框上嗑着瓜子的女人,因为在她看来作为一个生产机器,其"实现自我价值"的唯一途径就是"生儿子",当她最后的产品——王红兵落地后,也就意味着她行使完了自己的使命了。

　　① 毕飞宇:《玉米》,第 2 页。
　　② 毕飞宇:《玉米》,第 4 页。
　　③ 转引自张京媛:《当代女性主义文学批评·前言》,北京大学出版社 1992 年版,第 3 页。
　　④ 毕飞宇:《毕飞宇小说》,第 2 页。

在男权社会中封建礼教的压迫使女性被置于家庭边缘地位,男性长期的奴化灌输造成女性的人格缺失,最终导致女性的异化和悲剧的命运。

3.孤独凄清的寡居母亲形象

毕飞宇的《婶娘的弥留之际》以一种十分柔软的笔调抒写了聋哑教师婶娘不能当母亲的悲哀与无奈,以及她孤独凄清的晚年生活。

"婶娘没有子嗣,一个人在世上寡居。"因此婶娘不是一个完整意义上的母亲,但是,"那么多年来婶娘一直拿我当儿子,只是不好说出口";而且,"婶娘曾是一个好老师。那些可怜的家长都愿意把孩子交给她。这样的时候婶娘总是很欢喜。家长们都说得出婶娘的好。其实家长们不懂得婶娘,婶娘不是给孩子们当老师,是当妈妈"①。所以尽管没有自己的子嗣,婶娘其实不乏母亲的母性,而且曾在学生身上播撒动人的母爱。鲁迅曾说:"女人的天性中有母性,有女儿性,无妻性。妻性是逼成的,只是母性和女儿性的混合。"②这或许可以对没有子嗣的婶娘的母性作出较为合理的解释。"婶娘胖胖的,双眼皮双得很宽,笑起来她的好心肠总能钻到人的心里去。孩子们都懂,人前人后用大拇指夸她",那幸福温馨的笑容,那期待的眼光比母亲还母亲。然而"这种时候婶娘的表情格外复杂,粗一看是幸福,细一看却是忧伤"③。因为有着丰盈母性的婶娘没有自己的子嗣,这对一个女性而言是何等的痛苦啊!

寡居在家的婶娘把自己各个时期的照片都放大了,挂在墙上,用老老少少一屋子自己的黑白照陪伴自己,她晚年无所归依的悲凉从中足可见一斑。病后住进医院的婶娘也未停止过传送她的母爱,"婶娘一心想着关心别人,这不是她的记忆,是母性的天质。她得了痴呆症,再也不会掩饰了,一心一意往别人那里送母爱"。但是在敬

---

① 毕飞宇:《是谁在深夜说话》,春风文艺出版社 2007 年版,第 35 页。
② 《鲁迅全集》第 3 卷,第 531 页。
③ 毕飞宇:《是谁在深夜说话》,第 35 页。

老院这个特殊的环境里,每个人都活在自我封闭的世界中,由于长期缺少爱的关注,使他们对于婶娘的爱给予了冷漠的回应。"没有人听得懂她的话,人们都说,那个疯婆子又在装神弄鬼了","没有人领她的情,她的爱也就无处落实,她就是这样疯掉的"。① 婶娘的晚年就是这样孤独,这样悲惨。

婶娘对待别人的所作所为只是母性的自然流露,她对别人的爱没有索取也不求回报,满怀着与人沟通的愿望,却遭到人性的冰冷和世态的炎凉,只能沉浸在自己的幻境之中,在世人的摈弃中悲惨地离开了这个世界。

问彬的《心祭》以优美凝练的语言、深沉细腻的笔调、如泣如诉地追忆了一位母亲不幸而清苦的一生,也同样尖锐地指出了传统伦理道德观念对人的感情的扼杀。当年,身为寡妇的母亲要改嫁,遭到了子女们的一致反对。直到子女们也到了中年的时候,在十年浩劫之中,由于忍受不了当时那种对人的感情、人的信念、人的凌辱和践踏的可耻行径,才在痛苦之中想到了母亲的悲剧,看到了隐藏在他们自己内心的封建节烈观,以及这节烈观背后那种不懂得尊重人和人的感情的愚昧。

毕飞宇笔下的旺旺的母亲、惠嫂,施桂芳和婶娘这几位不同年龄段的母亲身上呈现出不同的特质,有的在经济大潮中紧追时代步伐之中无暇顾及对孩子的精神之爱;有的充溢着母性的特质却在特定文化和生活环境中无法施展自己的母爱;还有的在传宗接代的重压下自身难保无法对儿女播撒自己的母爱;更有不求索取只是给予却遭摈弃的母爱。

4.带有"圣化"色彩的母亲形象

王安忆擅长写女性,像《流逝》中的欧阳端丽、《荒山之恋》中大提琴手的妻子等,都是她笔下典型的上海弄堂里的传统女性,她们尽管过着普通日子却骄傲、优雅的像水一样,永远带着感伤和怀旧

———
① 毕飞宇:《是谁在深夜说话》,第35~36页。

情调。这些女性本来骨子里都潜藏着浓重的弱者意识,寻找一个能保护自己、热恋自己的男性是她们孜孜不倦的梦想和追求,然而一旦遇上她们所倾心、所爱慕的男性,她们身上的神圣、纯洁的母性的一面便会刹那间被唤醒。

《荒山之恋》中的女文工团员与大提琴手之间的关系就是这样。大提琴手以其忧郁格外地打动了她的柔性,唤起了她那沉睡的母性,她表面上柔弱文静,而内心却很强大,有着广博的胸怀,可以庇护一切软弱的灵魂。心中洋溢着的那股激情,是爱情还是母爱,永远也分不清……而由于母性的觉醒,在接下来的爱情或婚姻的日子里,她们便一改少女时期的矜持和胆怯,而变得主动、坚决、成熟甚至勇敢起来。似乎,生活中没有她们适应不了的环境,磨难中没有她们面对不了的现实,他们脚踏实地地、专一执着地营造着自己的幸福,他们义无反顾的迎接着爱情的风雨洗礼。《小城之恋》中的女文工团员在经过了一场混混沌沌的情欲激战之后,面对着不该出生的私生子,她的精神却仿佛得到了洗礼一般,"日子虽然艰难,可是她却十分的愉快,心里明净得像一潭清水,她从没有这样明净清澈的心境",新生命的声音瞬间唤醒了她身上的母性,对她而言,"孩子耍赖的一迭声的叫,犹如来自天穹的声音,令她感到一种博大的神圣的庄严,不仅肃穆起来"。①

王安忆总是把这些女性写得很美、很自然,而她们这种美、这种自然又均源于她们天生的母性的呼唤和皈依,在她看来,这才是女性的自然属性,也是所有传统妇女终生所能奔向的最高境界了。

毕淑敏的《生生不已》中的乔先竹作为母亲,对孩子倾注了全部的情感,在悲壮的血祭中显现着圣洁的光辉。"女人被悲哀蒸发了。残存的躯体坚硬如铁,包裹着避孕环,如同一口保险箱。"②女人所有的感觉都放在了小生命身上,对生命孕育的体会成了她唯一关注的

---

① 王安忆:《小城之恋》,作家出版社 1996 年版,第 239、241 页。
② 毕淑敏:《生生不已》,河北教育出版社 1995 年版,第 345 页。

事情。独特的孕育经验在毕淑敏的笔下得到了细腻的铺展,使人们对母性多了一份敬意。对乔先竹来说,整个生命孕育的过程其实就是她自己生命一点一点沦丧的过程,她可以感受到自己身体的疲惫,但是崇高的母性彻底地瓦解了她对自己生命存在意义的关注,她所有的一直都不遗余力地凝聚在这个新的小生命上,这样的疲惫让她感受到了一种发自内心的神圣。

三、特殊时代的不幸少女

女性的黄金时代当属她们的少女阶段,生命的美丽与绚烂都该在这金色年华里绽放。少女天真活泼,如蓓蕾初绽;她们清纯伶俐,如黄鹂婉转啼鸣;她们本该沐浴和风丽日,没有生活的痛苦;她们理应享受春风秋雨,没有人生的惆怅。可是,毕飞宇们却通过作品告诉我们:在那个特殊的年代里绝难寻觅少女的笑脸,更难听闻她们婉转的歌喉。他们笔下的少女有的尚未怒放却已凋谢,如《怀念妹妹小青》中的小青;有的绚烂无比却马上沉寂,如《平原》中的三丫;有的正待抽穗扬花,却不幸夭折,如《玉秧》中的玉秧;有的为政治理念所害,贻误了终生幸福,如《平原》中的吴蔓玲、葛广勇的《解瑛瑶》中的解瑛瑶。

(一)美丽敏感的含羞草

《怀念妹妹小青》中的妹妹小青是"文革"时期的一个美丽善良的孩子,"是一个意欲'美好'又没能活下来的女孩子"[①]。她悲惨而短暂的一生,真实地再现了那个特殊年代中国农村荒诞、愚昧和冷漠的生存状态。

妹妹小青是一个与众不同的具有艺术气质的女孩子,她极少参与一般孩子的普通游戏,常常陶醉在用自己灵巧的小手编织鸟类与昆虫的游戏中,抑或一个人来一段少数民族舞,那灵巧的小手在头

---

① 施战军:《"美"与"痛"的关联性抒情——〈怀念妹妹小青〉兼及毕飞宇的少男少女》,《莽原》2007年第3期。

顶上舞来舞去,表演得十分动情十分投入。

　　这样一个热爱生活、富有艺术气质的小女孩本该是父母的骄傲与掌上明珠,可是在那个疯狂的年代里"整天都奋斗在村北的盐碱地里的"父母在"要稻米,不要蒲苇"的死命令面前,忙于"挖地三尺,再挖地三尺,填土三尺,再填土三尺"①,根本无暇顾及年幼的女儿。而这个小舞蹈天才,也喜欢一个人自娱自乐,而且美丽极了。当地农民在偷看了小青舞蹈后总会情不自禁地用起哄表达对她的赞赏,于是,这个敏感害羞的小姑娘"会像一只惊弓的小兔子。她从自我沉溺中惊过神来,简直是手足无措,两眼泪汪汪的,羞得不知道怎么才好。然后小青就捂住脸一个人逃走了……"②可是妹妹小青那双美丽的小手不久就在铁匠铺子里头伸向火热铁砧的顷刻之间变得面目全非,她人生的悲剧从此拉开了序幕。

　　这个自尊心极强的小姑娘,从此便把她的小手放在了口袋里,变得更加寡言,在沉默中开始了她满怀着希望却又遥遥无期的美好期盼。在这悲伤的日子里,小青做了一件她以为可以换回自己对生活自信的好事:她挽救了一位"牛鬼蛇神"的老女人的命。"妹妹小青救了这个女人的命,应当说,在妹妹短暂的一生中,这是她做得最成功的一件事。"③但是在那个生不如死的特殊年代里,好事却是会变成灾难的:自杀未遂的老女人遭到批斗,蒙羞受辱,最终把账记在了救命恩人小青头上,并向小青伸出了罪恶的手。小青因善良促成的善举,却使得她失去了半条命,从此便活在自我封闭的世界里。

　　胆小怕羞、惹人怜爱的小青幼小的生命最终被饥荒年代中一场无中生有的村庄械斗夺去。至此我们"看到在一个疯狂无序的年月生命的真切处境,尤其是看到小小的美好被摧残—扭曲—毁灭的全

<hr>

① 毕飞宇:《毕飞宇小说》,第 228 页。
② 毕飞宇:《毕飞宇小说》,第 227~228 页。
③ 毕飞宇:《毕飞宇小说》,第 232 页。

过程"。"从小青善舞的'手'着手,一直到命运的魔掌对小青下了狠手"①,妹妹小青充满悲剧性的几个重大人生转折,明确地凸现出历史深处的残酷、悲壮和劫难。毕飞宇用低调笔触再现了当时无人性的时代,是怎样一步步残酷地戕害了一个鲜活可爱的少女的生命。

（二）特殊年代的畸形之树

《平原》的故事发生在上个世纪那段不平常的岁月里。和毕飞宇其他作品一样,在《平原》中他再次将女性人物的命运写得十分极端而悲剧。"知青"是中国特殊历史的一个怪胎,它葬送了整整一代人的青春,而吴蔓玲这个来自南京的王家庄知青,就是那个时代的牺牲品,她是权力场上人性被扭曲了的悲剧女性形象。

被命运偶然抛到王家庄的下乡知青吴蔓玲,热情地投入到"再教育"中,为了与村里人打成一片,她学他们说土话,皮肤晒成漆黑,又着腿走路,蹲在地上吃饭,甚至一边吃饭一边高声大气地说话。她终于变成了一个人人尊重、前途无量的村支书,而且"在那种畸形的历史空间里,她依然能够通过自己的智慧,将王家庄管理得井井有条,甚至让王家庄获得了别的村庄所没有的实惠"②。她也因此在王家庄拥有着"至高无上"的权力,庄上的人都怕她,不敢得罪她。

可是,吴蔓玲却为此付出了惨重的代价,因为她在奔向目标的过程中拼命地压抑着自己,压抑自己一切的本能,俨然成了一只丧失了"人性"的政治动物。在这个过程中她早把自己整个人献给了她自己或许都不知什么的所在,她麻木得不知自己已麻木,她真的达到了"大公无私"的地步,当她残存的人性有一丝反抗时,她都要极力地压制。但是,她终究是人,而且"是一个处于青春期的女性,当她渐渐地省悟到自己为了空洞的政治信念而失去女人幸福的机会时,她开始陷入了两难境地"③。出于前途的考虑,她不敢对端方

---

① 施战军:《"美"与"痛"的关联性抒情——〈怀念妹妹小青〉兼及毕飞宇的少男少女》,《莽原》2007 年第 3 期。

② 洪治纲:《1976:特殊历史中的乡村挽歌》,《南方文坛》2005 年第 6 期。

③ 洪治纲:《1976:特殊历史中的乡村挽歌》,《南方文坛》2005 年第 6 期。

表白,只能不断压抑内心波涛汹涌的"潜意识",但是其正常的身体欲望得不到满足,因而在"混世魔王"强奸她时,她并未反抗,反而变相地满足了自己的性欲。尝到了床笫之欢的她,由于抵制不了生理欲望的驱使,竟然与狗"黄四"发生了暧昧、变态的关系。

这个政治上无比先进,王家庄人心里无所不能的女强人,最后却被"混世魔王"——这个王家庄人最鄙视的懒惰、落后的知青,给毁掉了。一切就是如此阴差阳错,在各种欲望的蹂躏下,被狂犬咬伤了的吴蔓玲疯疯癫癫,就这样了结了她可悲可怜的人生。

无独有偶。葛广勇的《解瑛瑶》中的主人公解瑛瑶原是个纯洁幼稚的女青年,是个崇拜勇敢坚强的牛虻的工作仔细认真且自尊心极强的姑娘",可是由于"四人帮"实行的愚民政策,搞乱了人们(特别是青年)的思想,颠倒了是与非、美与丑的标准,使得她抛弃了老实巴交的小陈,爱上了夸夸其谈的政治流氓刘孺剑,横遭凌辱而死。我们不禁要问:是谁扼杀了瑛瑶美丽的青春? 是谁毒害了瑛瑶纯真的灵魂? 是谁玷污了瑛瑶清白的身体? 作品的矛头直指那个年代对人性的摧残。因为正是由于"四人帮"的包庇、怂恿,刘孺剑才能胡作非为,践踏别人的青春而逍遥法外。解瑛瑶的悲剧从一个侧面比较深刻地揭露了"四人帮"一伙推行假左真右路线对于青年一代精神上的毒害和摧残。因此,从本质上讲,解瑛瑶不是自杀,而是他杀,凶手就是刘孺剑,就是那个年代的极"左"政治。

(三)地主后代花痴少女

似乎每部文学作品中都有这样一个女人,天生为爱情而生,必然为爱情而死。《平原》中三丫的戏份不多,却是整个故事中最光彩夺目的一笔。

情窦初开的少女三丫爱上了端方,爱他身体的力量,也爱他在王家庄的地位。高中毕业生端方是看不上她的,可她偏偏要迎难而上。身为地主后代久处权力压迫,为了能扬眉吐气,三丫只有征服了端方,才能征服庄上的其他人。尽管低微的身份让她有一丝隐隐的自卑,然而漂亮又有主见的三丫倔强地决定拿青春赌明天,主动献上自己的爱情和身体,结果她赌赢了——她终于如愿以偿,成了端方的人。端方也没有辜负她,麦收后的夏夜,两人在小学教室里酣尝爱情的甜蜜,全然不顾身上被蚊子咬了几千个红疙瘩。爱情来了,幸福本应与两个年轻人如影相随。但是因为成分等问题,他们的爱情不被祝福,双方父母都反对他俩好。倔强的三丫为此做了许多烈女做过的反抗:绝食、发花痴,最后上演了喝农药殉情的自杀秀。端方和医生兴隆都看出三丫只是假装喝药向妈妈示威,但为了维护她和大家的面子,还是决定送她上医院洗肠,并在她胳膊上挂了安慰性的吊瓶。可是没成想慌乱中拿错了装有用小苏打做成汽水的输液瓶,三丫因身体输入汽水而死。

三丫的爱情悲剧看似偶然,实则却是必然的,因为她和端方触犯了不同等级的青年男女不能恋爱这一当时的道德"天条",付出的代价便是爱情的毁灭和生命的丧失。小说中,端方与兴隆在三丫死后再次相遇时,颇为感叹地说:"她没那个命。你救不了她,我也救不了她。"①三丫的命运在背上那个地主家庭成分时便已呈现,而且她和端方的爱情是从原始的吸引开始的,她们之间的爱,只是一种冲动,冲动的结果是惩罚,以三丫的死为代价,了却一桩糊涂的爱。

（四）不甘沉寂的初生牛犊

《玉秧》中的玉秧是个极其普通的农村女孩,就像农村里人们司空见惯的牛一样,单纯又老实,而且作为王连方"奋斗"儿子过程中的附带品,出生不久即被弃置——她被送到奶奶家。从出生起玉秧就缺少应有的关爱、肯定和尊重,并很快就被遗忘在孤独的空间里。

不肯屈服于默默无闻的命运的玉秧,凭借她的勤恳踏实考取了城里的师范学校,成了王家庄的第一个秀才,这似乎是玉秧艰难突围路上的一线曙光。但遗憾的是玉秧的平庸无能,使这道曙光很快便黯淡了下去。因为木讷在被同学戏称"馒头"时,她不能针锋相对地出击反攻;因为老实,她不顾身体的特殊情况坚持长跑,在运动会

①　毕飞宇:《平原》,江苏文艺出版社 2005 年版,第 355 页。

上无功而终并导致了随之而来的"中伤";因为平庸在学校歌咏比赛前的排练时她被"枪毙";因为幼稚,她的爱恋来也匆匆,去也匆匆。玉秧在新的环境中真正成了"长江里的一泡尿,有你不多,没你不少,好事和坏事都轮不上"。"落魄、悲伤的玉秧又一次遭受到了被冷落后透彻心骨的孤独。"①令人可喜的是庞凤华的一巴掌终于打出了玉秧的敏感与机警。但她的机警只表现在对同学的防范上,所以这个"傻丫头"走出了"中伤",却遭受了来自魏老师的变态摧残。

在这更混乱复杂,压力更大的生存环境之中,伤痕累累、平庸木讷的玉秧一步步走向了压抑、紧张和黑暗的泥淖,并逐渐看清了自己的渺小和卑微,看清了一个弱者在与险恶环境抗争中的艰难,更看清了权力的神圣和尊严。为了拯救自己,为了远离生活中更多可能出现的伤害,玉秧把希望寄托在了依附权力上,渐渐失掉了本真、失掉了自我,"在一种身不由己的惯性中,以被侮辱、被损害的牺牲者和侮辱、损害他人的双重身份,走上了一条不归之路"②。

四、任人宰割的沉默的群羊

前面我们论述了"三玉"系列中的玉米、玉秀、玉秧、柳粉香,剩下了王家庄那些被王连方横跨过的老中青三代女人,如女会计、富广家的、裕贵家的、秦红霞等,她们都抵挡不住封建思想的浸染,更难逃权力观念的侵蚀。因而她们被层层禁锢,忧思沉重,是真正的悲剧。对于自己的被蹂躏她们不懂得怎样处理:她们不敢像柳粉香那样说出心中的欲念,做了却又因充满恐惧而不能尽兴;她们只知道王连方是支书,她们不敢抗拒她们怕;同时她们更知道自己是另一个男人的女人,她们又害怕玉米,"那些和王连方睡过的女人一看

---

① 徐安辉:《生存挣扎中的人性异化——毕飞宇中篇小说〈玉秧〉的一种解读》,《当代文坛》2005 年第 3 期。

② 徐安辉:《生存挣扎中的人性异化——毕飞宇中篇小说〈玉秧〉的一种解读》,《当代文坛》2005 年第 3 期。

见玉米的背影禁不住地心惊肉跳"①,于是她们只能留下一堆肉摆在王连方面前,这种畸形心态甚至还延续到了自家男人的身下。但是倘若她们真的不肯,抱着一死的心态王连方又能怎样呢?就算郭家兴又能怎样呢?说透了她们的悲剧其实是女人因禁锢而软弱的混乱心理所造成的,而她们的这种软弱混乱的心理正是男权统治导致的必然结果。

王家庄的最高统治者无疑是村支书王连方,他有着对全村女性的支配权,可以随心所欲,为所欲为。其实男人对女人的这种统治是进入阶级社会以来一直就存在的现象,男人是世界的主宰者,几乎所有的文化体系都体现着男人统治的需要,这也就是为什么王家庄的人都把传宗接代作为头等大事的原因。在这个统治秩序中女性的屈辱,甚至表现在对她们的称呼上:裕贵家的、有庆家的(柳粉香)。在这个体系中,女人只是男人家里的一个物件,在婚姻中的主要任务就是为家庭生一个儿子,女儿是不能作为这个家庭的继承者的,只有儿子才有可能使这个家庭延续下去。这种观念是如此的强烈,像一只看不见的黑手侵入到每一个灵魂的深处,谁都不能幸免。

王连方有着对全村女性的支配权,他还与自己的老婆施桂芳"干那事",这其中没有什么情爱在里面,完全是因为他还没有完成生儿子的宏伟目标。有庆的母亲曾经因为自己的儿媳怀着的不是自己家的"种"把儿媳从桥上推下,使其流产。在得知自己的儿子没有"种"时痛哭流涕,却在儿媳怀上了王连方的"种"以后,异常兴奋地默许了儿媳的行为。难怪徐仲佳会叹息道:"对权力的渴望深入到生物性的行为中。作为社会的人还能得到人的资格么?"②

在王家庄这群女人中,值得一提的是秦红霞的婆婆。这个女人出场一次,台词一句——"杀人了"。但她所起的作用无人能替,正是因了她,王家庄的男人们才得以找到时机,一举推翻久居高位的

①　毕飞宇:《玉米》,第16页。
②　徐仲佳:《权力与性——〈玉米〉解读的一种可能》,《名作欣赏》2004第7期。

王连方。在当时的时代背景下,仅破坏军婚一条就足以使王连方垮台。这个聪明的女人正是运用了自己手中的这个权力——儿子是当炮兵的。然而,她的所为其实也是对其他女人的强有力讽刺,预示了其他女人的悲剧是一生的,并不会因为王连方的垮台而结束。

因而,《玉米》"这篇看似批判现实主义的小说,是对上世纪七十年代国家农村劣根性的揭露,其实笔墨更多的是指向人心的变化和人心复杂的深处。所以,我更倾向于将这部小说看作是'精神分析小说',揭示的是在一个男权时代,在充满男性欲望的背景下,女性作为弱势的生存"①。

第二节 物欲挤压下的城市女性形象

生活在城市,或者接受过良好的教育有着不错的家庭背景,或者有一份较为体面稳定的工作和丰厚的收入。换言之,城市里所谓的"小资"和"中产"阶层的女性或女孩,她们是最具有代表性的城市女性。她们一般衣食无忧,但是往往对身边刻板沉闷或单调板滞的生活感到厌倦;在感情上,她们更为细腻与挑剔:已经走进婚姻围城的往往会对一成不变的婚姻生活丧失新鲜感,渴望着城外的好风景,又很难真正有勇气破城而出……她们只能在城市的生活漩涡中迷失着自己,伤感着自己。

无论是《青衣》中那个因事业而痴狂的执着又任性的筱燕秋,还是《唱西皮二黄的一朵》中的那个在欲望诱惑下堕落的一朵,也无论是《林红的假日》中那个因刻板生活而迷失本性的委屈、痛苦、挣扎、绝望的城市白领林红,还是《飞翔像自由落体》中卖淫的女学生阿贞,毕飞宇通过笔下的这些城市女性写尽了城市中在物欲挤压下人的异化现象:人性在物欲和现实的夹缝中被挤压撞击,扭曲变形,女

---

① 马知遥:《为男欲掌控下的女性悲歌——读毕飞宇中篇小说〈玉米〉》,《名作欣赏》2005 第 3 期。

人们在焦灼不安、矛盾困惑之下放逐理想、信仰和精神追求,所剩无几的良知、人格和尊严也都被无情地阉割。

一、渴望逃逸的白领女性

真正幸福的人不是活得优裕的人,而是活得满足的人,但现代文明给人们带来了匆忙和困惑,使她们没有足够的时间去领会自己的心灵需求,在不知不觉间成了现代围城里的困兽,无法逃脱,只能发出绝望的哀号。

《林红的假日》中的林红是一个事业家庭都很圆满的报社总编。她是一个被幸福包围着的女人,拥有优裕的生活环境,拥有名誉、地位集于一身的丈夫。"好"字充斥了她生活的空间:好小学生、好中学生、好知青、好大学生、好记者、好妻子、好总编,但也给她带来了心理上的束缚,在"好"的背后隐藏的是对自我的放逐,本性的迷失。

在对女下属青果与香港"著名歌星"上床一事进行教育时,林红意外地发现了一种与己不同的生活态度。青果的一句"你这样活着累不累"①触动了林红身体上被日复一日的事务麻痹的某种组织中的神经,她开始意识到自己每天都生活在各种各样的责任与义务中,意识到自己的每一步都是身不由己,自己只是一个睡着的自己,人的性征被职业称谓阉割,生活内容变得单调乏味,从而失去了本身的丰富多彩,抑闭性心理使她无法回答是在做别人还是在做自己,到底生活在哪里,究竟为谁而活?

于是,林红决定给自己放几天假,寻找真正的"我"的自我拯救之旅开始了。林红给自己提出的口号是:"再见了林总,林红我来也。"②这表明林红意识到了自己被社会地位和身份异化的现实。她在假日里所要做的,就是寻找作为一个女人所应该拥有的生活:不停地换衣服,不停地转换角色,而且无论是衣着还是化妆她都"近乎

---

① 毕飞宇:《毕飞宇小说》,第 182 页。
② 毕飞宇:《毕飞宇小说》,第 188 页。

放浪",随意的逛街,自在的胡思乱想,海滨浴场的意外又唤醒了她的某种欲望,像啤酒白色的泡沫争先恐后地向上升腾,甚至洗澡时不能自抑……这些以前不敢想的行为方式在一个陌生的城市里却显得自然舒展。在象征着生命本真的大海中,他们暂时忘却了现实生存背景和过去的心态、习惯,进入了生命本体的欢愉状态,但生命激情的燃烧只有开始没有结果——张国劲在意乱情迷中还是清醒地感到他所面对的是"林总",而不是长久被压抑情欲正在燃烧着的女人林红,他的畏惧退缩使林红深感无枝可依,痛心失望,爱情被权力扭曲,没有提供幸福和欢乐。

在假日里,林红体验到放纵自己的快感。她时有堕落的愿望,不过又总是保持着最后一丝清醒。堕落并未"成功",使林红既如释重负又怅然若失。当然,如果寻找自我就是为了放纵和堕落,那这种寻找不仅不是自我拯救,而且还会走向拯救的反面。林红在这场理性、情感与欲望相互交织的复杂搏斗中,最终发现:她"只是想证明一下自己","可是我们都没有什么需要证明"[①]。这说明:林红认识到自己这种寻找自我的方式是荒唐的。但她也没有后悔这次旅行。小说的结尾,作者让主人公和一群陌生人在泥浆中疯狂玩闹,或许是为了显示人性的放纵欲念之力量的深不可测,但与此同时也表明,人性可以将堕落的欲望转化成合适的方式发泄出来,而这正是理性光辉之所在。

二、独立自强的事业追求者

为了理想和信念,执着而顽强地追求甚至不惜牺牲生命的人,在人类历史上以及文学长廊里都多得不可胜数。随便翻开一页,便会发现许多耳熟能详、光彩熠熠的高大形象。

新时期的女作家们尽情地挥洒着自己的才情,她们通过自己或诗意、或绝望、或生动、或晦涩的文字张扬女性意识,书写着独立自

---

① 毕飞宇:《毕飞宇小说》,第 210 页。

强的事业女强人,在历史上留下了自己的声音。下面以张洁的《方舟》和《青衣》中的筱燕秋为例分析她们笔下独立自强的职业女性形象。

(一)个性刚硬的知识分子

《方舟》的主人公是三个中年女性知识分子,一个是电影导演,一个是翻译,还有一个是理论工作者。尽管她们比起当时中国的大多数妇女有更大的才华,更优越的社会地位,可是遭遇却是这么的相同,无论怎样努力都摆脱不了凄惨的命运。为什么呢?

小说卷头标出醒目的警语:"你将格外地不幸,因为你是女人。"①这就定下了小说的基调和所要揭示的内容。从古代到新中国成立,社会对女性有一种传统的观念,女人是男人的附属品,"三从四德",不知毁灭了多少女性。即使从新中国成立到改革开放的今天,旧的传统道德仍然尸倒魂在,男性是主体,使一些富于思想有事业心的女性也无法避免悲剧的产生。

小说中的荆华、梁倩、柳泉是 20 世纪 60 年代的大学生,也是个性刚硬、独立自强的知识女性,这三个独身女人在事业和个人生活上都非常不幸。她们都真诚地爱过,但最后无一不感到彻底的幻灭。她们不能接受没有爱情的婚姻,于是同丈夫分居或离婚,这种举动使她们受尽了世人的嘲弄、冷眼和侮辱。可以说,她们的悲惨命运都是作品中某些男性强加的。请看,为了争夺儿子蒙蒙的抚养权,柳泉和丈夫的离婚案拖了五年之久,几乎没把柳泉折磨出神经病。可最后把孩子要到手之后,他却对孩子不闻不问,孩子的一切全推到柳泉身上。因为还有几分姿色,柳泉又成为魏经理这个色狼猎取的对象。更不用说荆华那位不让她寄钱养家的"他",和梁倩那个卑鄙无耻、精神空虚、生活放荡的白复山了。当她们终于挣脱了没有幸福可言的家庭束缚时,坠入的却是一张试图将她们吞没的世俗与偏见的罗网,而这张网更结实,更阔大,她们已无路可逃。她们

---

① 张洁:《方舟》(修订本),北京十月文艺出版社 1988 年版,第 1 页。

与环境的矛盾是紧张而持久的,几千年传统的封建道德观念成为束缚她们的最沉重的枷锁。因为在魏经理的眼中:一个离了婚的女人,不属于自己的丈夫,那就属于所有的男人。

张洁用她犀利的笔将罩在男人身上的那层温情脉脉的虚伪的面纱揭去了,使我们可以对白复山们的肮脏灵魂一览无余。——"你会在男人怀里撒娇吗?""你知道什么是男人的虚荣?"①白复山这么问梁倩。他不希望这个电影学院导演系毕业的高材生去"拼死拼活"拍片,她"可以安心在家里当个太太,养得再胖一点"②。梁倩提出离婚,白复山却说:"离婚?何必呢?咱不兴离婚这一套,不如来个君子协定,各行其是,互不干涉。对外还能维护住你我的面子,岂不实惠?"③白复山说这些话的时候没有激动,似与自由市场上卖活鱼的小商小贩讨价还价一般,不禁令人想起安娜的丈夫,虚伪的卡列宁。当这个道貌岸然的伪君子在公共电话亭里向有关部门诬陷妻子梁倩用全部心血拍成的电影片子后,遇到等在电话亭旁打电话的柳泉和荆华时,他不仅没有对自己的行为有一丝愧色,反而露出了狰狞的面目:

> "知道了又怎样?狗屁!这些个奶子像空布袋一样吊着的老母狗,牙口都不顶用了,敢上来咬一口?"白复山恨不得踹她们一人一脚,像踹开一切挡他的路障一样。这叫一报还一报,梁倩要是不管他死活,他照样给他一脚。他像不认识她们,或是没看见她们一样地走了过去。④

面对这样一位伪善、凶狠的对手,她们一面感到愤慨,一面感到绝望。这里已没有人性可言,只有赤裸裸的以强凌弱,邪恶很轻松地占有着优势。我们看到离婚女人所处的尴尬境地,因为她们所受的侮辱谩骂是无形的,这个男人的良心已经死去。

---

① 张洁:《方舟》(修订本),第23、24页。
② 张洁:《方舟》(修订本),第26页。
③ 张洁:《方舟》(修订本),第24页。
④ 张洁:《方舟》(修订本),第91页。

男权社会,男人可以以侵略者和野兽的身份出现,并以凌辱弱女子为快,请看下面这段描写:

> 魏经理斜躺在那张罩着大红平绒套子的沙发上,一条腿跨骑在沙发的扶手上,裤门的扣子一粒也没扣,露出了女人们才穿的那种花哨的内裤,手里拿了一份材料似看非看。[①]

而柳泉对这种侮辱,起初"还尽力地抗争过,可是那点心力,慢慢地耗尽了。现在,她乖了,她懂得她越是挣扎,那个套子就会拉得越紧。说到底,那些面子、尊严,都像不堪一击的鸡蛋壳"[②]。为什么魏经理可以这样肆无忌惮呢?因为柳泉是一个失去了男人保护的离婚女人,因为魏经理后面有几千年的封建道德这堵墙来依靠。

(二)事业痴狂的追求者

《青衣》中的筱燕秋虽然仅仅是一个唱戏的角色,没有改变国家、民族、社会命运的伟大理想,但在对信念的追求上却与那些大政治家、大科学家、大英雄、大革命家、大艺术家一样的执着,一样的顽强。

《青衣》讲述了女艺人筱燕秋执着而惨烈的艺术生涯。筱燕秋对艺术有着异乎寻常的执着与热情,"嫦娥"身上寄托着她全部的哀怨、喜悦和生命体验,以至于她分不清真正的自我与戏里的"嫦娥"。她为"嫦娥"而生,也为"嫦娥"而死,她伴随着《奔月》的起落沉浮,在命运这只翻云覆雨的船中颠簸、游离以至于迷失。

二十年前的筱燕秋因为演出《奔月》一炮走红,此后更常常沉浸在戏中无法自拔,在她心中"她就是嫦娥,嫦娥就是她";当她的师傅李雪芬为了迎合部队的口味用政治思想标准对"嫦娥"进行修改时,为了维护心中神圣不可侵犯的艺术,她竟然在难以解释的情绪状态下,把开水泼到师傅李雪芬的脸上,从而也自毁了前程;离开舞台后的她是不幸的,在面对丈夫面瓜的愚钝、女儿的丑陋这样枯燥无望

---

① 张洁:《方舟》(修订本),第37页。
② 张洁:《方舟》(修订本),第37～38页。

的家庭生活中消磨着她的青春与艺术梦想；二十年后，当她重新获得出演《奔月》的机会时，为了再现嫦娥的形象，她付出了沉重的代价：为登上舞台她自虐性减肥在先，千方百计地巴结讨好烟老板，直至与老板上床奉献出自己的贞操随后。为霸占舞台不仅不顾生命的危险去医院流产，甚至作为 B 角，竟然不给 A 角上台的机会：

> 筱燕秋一口气演了四场，她不让，不要说是自己的学生，就是她亲娘老子来了她也不会让，这不是 A 档 B 档的事，她是嫦娥，她才是嫦娥。①

此时舞台上的嫦娥，不仅成为她生命中的全部欲望，也是她整个生命的化身。当她因治病延误了演出时间，看到学生春来业已上场并且听到了满场观众的喝彩声时，她意识到自己的艺术生命至此已宣告终结，在彻底绝望中精神崩溃，一代青衣就此香消玉殒。筱燕秋的悲剧就在于她对信念的过分执着，以至于不能从舞台和命运的交织中挣脱出来，无法在幻觉与现实的迷宫中自由进出，继而成了众人中的异类。

尽管"作为一名优秀艺人合理而正当的人生理想与价值追求，筱燕秋的艺术梦想并不过分"②，但是筱燕秋为了艺术生命，采用一切手段，甚至不惜运用屈辱、卑劣的方式叩响欲望的大门，从而在生活中逾越了作为一个人应该坚守的道德底线，丢掉了人格和尊严，显然是不足取的。

三、欲望诱惑下的堕落者

商业化时代是一个充满梦魇和荒诞的时代，在商业文明的气息无孔不入的今天，欲望这种人的天性已经变得十分张扬，不少都市女性在繁华与奢靡之中，不断地被一个又一个更高更远的欲望所吸引，物欲、性欲和金钱欲成了城市女性人生追求的主色调。精神分

---

① 毕飞宇：《毕飞宇小说》，第 59 页。
② 汤玲：《批判中的脉脉温情——毕飞宇小说论》，《当代文坛》2005 第 3 期。

析哲学家拉康遵循斯宾诺莎的思想认为:欲望是人的本质。人人都有欲望,欲望不过是对既定的现实生活状况不满,并渴望通过努力进入一个更高的生存境界而已。这原本无可厚非,但在抵达欲望的过程中,城市女性所表现出的自私、阴暗、卑劣与污浊的一面,却使她们难逃堕落的可悲选择。

(一)狂热的金钱追求者

《家里乱了》中的幼儿教师乐果是一个土生土长的典型的小市民形象。她生在城市,长在城市,一直想找个城里人做伴侣。历经挫折的她最终无奈地认同了从乡村来的苟泉的城里人身份。婚姻虽然开始了,可城市生活的现实却让她对家庭收入的不满,尤其是在"赚钱"这个问题上,两人的分歧愈来愈大。一想到金钱,在乐果眼中,自己与丈夫苟泉之间的关系就成了鲜花与牛粪,一种浅薄的小市民意识就由潜伏而游出水面。

在家庭已稳当、孩子也脱手之时,三十一岁的乐果终于走出了家门,"做了头发,修了指甲,文了眉,施了胭脂,抹了粉,向生活讨还生活了"。初进歌舞厅,尽管她坚持卖唱不卖身的原则,却依然初战告捷——获得了精神和物质的双丰收,"第一个月乐果挣回了一千二百五十五元,这是一次丰收,蕴含了解放的感觉和时代的感觉"。①对金钱的执迷不悟让乐果忘记了自己的身份——幼儿教师,忘掉了自己还为人妻为人母,甚至连最后的道德底线也最终被自己打破。

在金钱的诱惑下,乐果逐渐被环境同化,"卖唱不卖身"的坚持极其脆弱,"乐果第一次招待客人是阿青一手操持的,整个过程乐果都在自由落体。那种坠落的感觉令人迷醉,夹杂了致命的耻感与快感,夹杂了汹涌澎湃与彻底损坏"。此时的乐果追求的不仅是金钱,也还伴着些许性的快感。这样的追逐使得乐果越走越远。而且,现有的婚姻与家庭就成了她追逐理想路上的羁绊。"女人一有外遇就会用批判眼光对待生活的。家里很寒碜,厨房里又乱又丑,洋溢出

① 毕飞宇:《家里乱了》,《小说界》1996 年第 5 期。

一阵又一阵煨糟气。"①她早就忘记了她作为家庭主妇该有的责任，只是一味地挑剔抱怨、不满丈夫、厌恶家庭。

对现实的不满导致乐果对命运的进一步抗争，这种抗争在她狭隘的局限中很快就幻化成为对金钱的不顾一切、前赴后继的追求。最终，乐果堕落为一个彻头彻尾的出卖肉体的商人，"扫黄"行动便成了她美梦的终结，她原本所拥有的一切也很快在眼前消失殆尽，即使是苟泉的竭力挽留也无济于事。家散了，苟泉只能带着女儿回到乡下，乐果则带着无尽的伤痕又回到了婚前。

乐果因为不满现实生活而被欲望牵引，为实现自己的追求，只能以牺牲自己的身体、尊严和家庭的和谐为代价，去满足马扁等其他男人对花花世界的迷恋，从而换取金钱。她在为命运挣扎和追逐欲望的时候，只能被深深伤害，生存的突围也变得苍白无力。

其实，对生活、生命有所追求本无可厚非，正是在某些欲望的牵引下，人类才有了今天的升华与超越。但是，一旦生活的欲望变得单一，就会导致欲望的极度膨胀，以至于个人思想与行为的盲目、疯狂和忘乎所以，追逐也很快在瞬间结束。

（二）城市生活的不懈追逐者

《生活边缘》中女大学生小苏，毕业后不愿回千里之外山沟沟的家乡教书，怀着对美好未来的憧憬，和画家夏末一起放弃分配，留在了城市。未婚同居又要上了孩子的他们没有工作，没有经济来源，因而在生活、精神、心理和情感上都承受了巨大压力，陷入了一种尴尬无奈、焦灼愤激的生存困境之中。

在与困境的搏斗中，颇有艺术气质的夏末很难融入"现代都市的花枝招展与理性秩序"②，小苏虽然轻而易举地找到了一份高收入的理想工作，却感觉自己就是"腆着大肚从车站卖肉包子"的阿娟，一种"少女有千万种，而女人历来就只有一个"③的辛酸涌上心头。

---

① 毕飞宇：《家里乱了》，《小说界》1996年第5期。
② 毕飞宇：《雨天的棉花糖》，江苏文艺出版社2013年版，第234页。
③ 毕飞宇：《雨天的棉花糖》，第241页。

　　然而,小苏没有勇气拒绝这个拥有好价钱的工作,而且其生存价值的坐标在名利面前渐渐偏离、转向。不久小苏就与汪老板产生了微妙的关系,又因与夏末的经济地位形成落差,感情日渐疏远了。

　　渴望城市生活,远离家乡放弃分配;无暇恢复流产的身体就跻身于寻找工作的人潮中;为了好价钱屈身于与所学专业无关的工作中……小苏一直在为拥有城市里温馨的家而努力,但她终未如愿。作品中的她试图在一幅名曰"城市"的画中添上一幢属于自己的房子,却因此而弄坏了整幅画。最终她不得不痛苦地承认:"这个城市居然如此的脆弱,仅仅是家的愿望就使一派繁华变成了一张灰。"①画房的失败实际上象征着小苏无家可归的心理现实。

　　接受过高等教育的知识女性小苏,为了追求所谓城市生活,不仅失去了爱情,最终也迷失了自我,这显然有悖于她的初衷。生存和对美好生活的追求本不该成为她们悲剧的根源。

　　无独有偶,城市身份的追逐让《唱西皮二黄的一朵》中的从乡下到城市的边缘人一朵走向了人性扭曲的罪恶之路。

　　十九岁的一朵是当今电视上迅速蹿红的戏苑名旦。与七年前一身土气、满嘴浓重口音的乡下孩子不同,此时的一朵"已经向大红大紫迈出她的第一步了","一朵的好日子不远了,扳着指头都数得过来"②,她已从底层跻身到这个都市的"文化圈",成为人人羡慕的城市白领。

　　可是,一个像极了自己的乡下中年女人的出现扰乱了她现有的生活,影响了她蒸蒸日上的地位,更让她在精神上陷入囹圄。这个原本善良的女孩,为了消除贫贱身份暴露的可能性,竟以美色为诱饵,诱使色令智昏的愣头青去伤害无辜甚至可能是自己亲人的人。

　　从农村走到城市的女孩一朵,尽管在艺术上是成功的,在生活上却是腐朽的。她和三个男人利用和被利用的关系,展现了一个在

　　①　毕飞宇:《雨天的棉花糖》,第254页。
　　②　毕飞宇:《地球上的王家庄》,新世界出版社2002年版,第2页。

物质文明掩盖下充满了肉欲的现代社会的罪恶,一朵在这样的社会生活中,表面是风光的,实质是单薄的、脆弱的。

（三）追逐性欲的放纵者

毕飞宇笔下有不少追逐性欲满足的女性,而且这些都市女性大都剥离了性所包含的道德情感的因子,放弃了性是爱情的升华的承诺,只是在肆无忌惮地追逐放纵性欲望。《飞翔像自由落体》中,还是学生的阿贞卖淫后对老 M 说:"爱情你到配种站去找,我的身子不分泌这种脏东西,你付钱!"①《唱西皮二黄的一朵》中,一朵为了保证当红青衣的地位与老板的苟且。《是谁在深夜说话》中诡异美丽的狐狸精小云不为"我"的真情所打动,"小云来到我的房间,她不做任何铺垫,爽直地脱,赤条条地往床上爬。她望着天花板,说:'你救了我,来吧!'"她用身体回报"我"的"英雄救美",我得意忘形地向她求婚:"嫁给我吧,小云,你知道的,嫁给我吧!"骚美人小云无精打采地给了我一个回击:"你救了我你就了不起啦?"②这个回击明白无误地告诉我们:在小云心中,情完全可用身体一次性还清。《与阿来生活 22 天》中,新新人类阿来最大的生活理想便是:"希望两三天摸一回麻将,两三天能享受一次稳定的、持久的、高质量的性爱……"③"此处阿来对于性的要求就是纯粹追求一种本能的快乐,丝毫没有关乎道德情感的社会内容"④,她只是赤裸裸地一味追求性欲的满足而无视情感的方式。

在商业法则渗透下的都市里,爱情的意义被彻底掏空。性所包容的最美好的爱被剔除得一干二净,成了计算效益的商业投资和生产过程,已经退化成一种消费娱乐行为,一种本能的满足。人与人之间没有心灵的温存,只有欲与欲的对立,人性被分解成最简单的生理满足和身体愉悦。

① 卫慧:《欲望手枪》,今日中国出版社 1998 年版,第 272 页。
② 毕飞宇:《是谁在深夜说话》,第 25～26 页。
③ 毕飞宇:《雨天的棉花糖》,第 141 页。
④ 余玲:《潮流外的写作——毕飞宇小说论》,《小说评论》2002 年第 2 期。

以上论述了一些城市女性面对生活的诱惑,在无助的挣扎中身不由己地跌入人生欲望的陷阱,最终导致了人性的扭曲与自我价值的失落。

第三节 自我毁灭的风尘女子群像

本节所论及的风尘女子主要指上个世纪兵荒马乱年代里被迫卖身求生的女人,不包括商品时代的今天中那些将自身价值或物欲爱欲的实现寄托于男子身上的女性。

女性为妓,作为病态社会的产物,早就出现在中国历史上,从古代的文学作品到现在的影视作品,从来都不乏"风尘女子"——这么一个让人既惋惜又怜悯的角色。古今文学中以风尘女子为主人公的作品有很多,几乎每个风尘女子都有她的悲哀、无奈、不得已,这些作品都通过主人公的悲剧来展示了不同时期的社会风貌。

《杜十娘怒沉百宝箱》中那个执着追求心目中的美好理想沦落风尘的绝色女子杜十娘,一旦发现自己错爱了一个负心寡义的无情郎,就怀揣百宝箱毅然投江,以皓皓之躯来证明自己人格的清白与尊严的傲骨,以最果决的行为对造成其悲剧的社会做了坚决的反抗。《日出》中那个半殖民地大都市中的媚惑妖娆、风情万种的交际花陈白露,一方面追求奢华的物质生活,另一方面她在精神上又厌恶这种出卖自己灵魂的生活,这个美丽聪明的年轻女性的自我毁灭之路,揭露了金钱物欲世界对人性的扭曲和异化,激起人们对金钱社会的憎恶。晚生代作家何顿的《蒙娜丽莎的笑》中的金小平本是一个离开小镇来到长沙寻找幸福而不是自甘堕落的姑娘,在没人逼她卖淫的情况下自愿走了这条路,当她完成"原始积累",怀揣着用青春换取的钞票回到了黄家镇时,那些不堪回首的过去的一切,那几年醉生梦死的肮脏生涯是她最想遗忘的。可是当她差不多快要忘记了,或者说已经忘记得差不多了的时候,生活又将她推进回忆的漩涡中,甚至比之前的生活更沉重地击痛了她。这个迷途而返的从良女子受到的待遇却是回头亦无岸。

伟大的文学家鲁迅曾说过：人生最大的苦痛莫过于梦醒了无路可以走。而风尘女子正是这样的一个特殊的弱势群体。

关注风尘女子的命运，也是毕飞宇们小说的一个重要内容。当笔者试图对这些女性进行整理研究的时候，一个个不幸的女性出现在脑海里，她们是《上海往事》中的小金宝、《叙事》中的婉怡、《楚水》中的桃子、满江红……这些可怜的女性，她们的命运无可逃避地被用作交易，"《叙事》中的奶奶婉怡是保全陆家性命的砝码，《楚水》中的桃子们是维持家庭生计的保证，《上海往事》中小金宝成为权力斗争的筹码"①。这些独具艺术光彩和多重色调的艺术形象，在毕飞宇小说中占有重要的位置，在中国文学史的同类形象中也十分引人瞩目。

一、全家性命的砝码

抗战时期民族的大灾难给书香门第出身的大家小姐婉怡的命运蒙上了浓浓的灰色。面对屈辱的命运，婉怡无从选择，她必须活下去，因为屈辱可以换回许多亲人的生命。

《叙事》中"我"的奶奶婉怡，不是传统意义上的风尘女子，她原本是饱读诗书的小姐，但是残酷的社会现实击碎了一个十七岁少女的人生梦想，也撕碎了她作为一个人的尊严和信心，使她最终沦落成动物般的人，成为只有本能的行尸走肉。

齐耳短发，身穿对襟白色短襦的婉怡，本是"五四"时期知书达理的新文化少女，也是极有名气的乡绅陆秋野的千金。她原本过着衣食无忧的富裕生活，也该有着灿烂的明天。然而覆巢之下无完卵？在民族灾难面前，人人难逃厄运。

婉怡的悲剧说来就来了——在她十七岁的那个暑假的末尾，日

---

① 付艳霞：《冰与火的缠绵——毕飞宇论》，《石家庄师范专科学校学报》2004年第4期。

本人来了。进攻楚水城的日本侵略军的最高指挥官坂本六郎,在攻城后到大雄宝殿拜见菩萨时,惊喜地发现了蕴藏着中国文化精髓的一副对联,并在第二天就登门拜访了书写者——婉怡的父亲陆秋野。

尽管初次登门的坂本六郎还没有对婉怡实施身体的占有,然而"她的眼睛顿然间交织着无限惊恐……""她自己一点也不记得什么时候站起身子的。婉怡坐下后大口喘气……"[1]毋庸置疑,婉怡此时已开始承受精神上的极度惊恐与莫大的紧张。

深得中国书法精髓的陆秋野,因为酒后写下了通体透出一股杀气的"打倒日本"的四个字,激怒了坂本六郎,也给全家带来灾难,而这灾难的直接承受者就是他的女儿婉怡。

在一个下雨的日子里,婉怡在自己的闺房里被坂本六郎强暴了,强暴使婉怡身体和精神都遭到重创:

> 婉怡的脑子里响起了一声沉重闷响,整个身子松塌了,掉了下去。婉怡在晕厥里一直感觉到一条多脚软体昆虫沿着她的身体四处爬动。婉怡最终被一阵剧烈的疼痛撕醒了。她的身体在重压中被一种节奏冲撞得支离破碎。婉怡睁开眼,另一双疯狂的眼睛却贴在她的眼边。婉怡张开嘴巴又一次晕厥过去。[2]

如果说陆家曾在精神上承受磨难的话,那么婉怡则是用自己的双手、双肩、身体来支撑着苦难,她仿佛从此就与苦难生长在了一起,责无旁贷,别无选择,而且更大更难以接受的屈辱在等着年轻的她,啃噬着她脆弱的心。

初次的疼痛与惊恐之后,婉怡迎来了真正意义上的屈辱。因为在坂本六郎的性侵略面前,婉怡竟然身不由自主地产生了无比羞耻却又不可遏止的性快感,性高潮使她痛不欲生:

---

① 毕飞宇:《雨天的棉花糖》,第16页。
② 毕飞宇:《雨天的棉花糖》,第35页。

婉怡用指甲抠挖自己的青春肌肤。她痛恨身体,对自己的肉体咬牙切齿。她老人家在性高潮的大屈辱里诅咒肉体对自己的无情反叛。如果肉体不是灵魂,那么灵魂又是什么?[①]

在日本入侵的特殊战乱年代,对于坂本六郎对女儿婉怡的性占领,陆秋野表现出异乎寻常的懦弱。而为了保全陆府全家人的性命,婉怡却经受了从精神的极度恐慌,到身体被撕裂的疼痛,再到身体精神双重折磨的苦楚,最终在生下耻辱见证的"我"的父亲之后被迫踏上远离亲人、远离家乡的不归之路。

二、维持生计的保证

《楚水》写的是在日本侵略者的铁蹄践踏到楚水后,一个在北平读过大学,对《诗经》《史记》等文学经典熟知到能信手拈来的无耻文化人冯节中,凭着所谓的"聪明",把家乡处于水灾和饥饿中的姐妹骗到城里,开了一家专供日本人玩乐的妓院青玉馆,无耻地逼良为娼。透过作品我们不仅看到了无耻文化人在国难当头下灵魂的肮脏和人性的卑鄙,也看到了青玉馆中妓女的悲哀苦难与痛苦挣扎,更看到了在尊严被强暴之后人性的苟安、忍让、顺从和荒诞,而这悲哀不仅仅属于她们这群无辜的风尘女子。

在那个天灾人祸的特殊年代,楚水人的生存遭到了极大的威胁,这些被大水困得精疲力竭、饿得两眼发绿的姑娘们、媳妇们在"一天三顿米饭,一个月两块大洋"的诱饵下随冯节中上船到城里做事。她们不知道她们去楚水城到底做什么?犹如《包身工》里的人物,家人也无暇顾及她们的死活,只要有钱回来,只要有口饭吃就万事大吉。

来到城里,冯节中首先对她们进行包装,用印有各式植物种类的纺织品装潢了乡亲姐妹,为她们更换了新式发型,她们极不习惯这样的款式,而她们更不解也不习惯的是——冯节中用带有传统特色的古词牌为她们重新命名:念奴娇、沁园春、摸鱼儿、满江红、醉花

---

① 毕飞宇:《雨天的棉花糖》,第43页。

阴、蝶恋花……这群女人在离开家乡不久便失去了话语权、装束权、姓名支配权,这意味着身心被侵略的开始。然而,她们是良家妇女,她们耻于为妓,她们进行了斗争:满江红以连续不断的呜咽抗争;临江仙和雨霖铃撕碎了冯节中为她们特制的旗袍,咆哮着说"让我回家"并拒绝接客。然而在生不如死的非人的折磨面前她们别无选择,在尊严被强暴之后,渐渐的"看开了",开始了苟安、忍让、顺从的"就那么回事"的日子,屈从了蒙污受辱的悲苦命运。

这些备受日本侵略者蹂躏的姑娘,也复活了楚水城孤寂的男人们。她们是不幸的受害者,是可悲的受虐者,但大不幸的却是在被武力征服了身体后,她们随之变得思想愚昧,灵魂麻木了,对于受虐变得无动于衷。其中的满江红和雨霖铃甚至还表现出了某种做"婊子"的天才,为了争得头牌妓女的地位,两个人极尽能事地钩心斗角。满江红因为男人们"用了都说好",成了一块宝,供侵略者也供中国的男人们享用。

只有桃子是个例外,她像出淤泥而不染的荷花。也许是冯节中当初看到桃子单纯可爱,心中那份善良还没完全泯灭,对她有一种特别的爱护:进馆之初唯独桃子没有被重新命名;在日本人面前冯节中也曾极力否认她的妓女身份。由此她以为冯节中爱她,然而,当冯节中向她求欢时,那句"不要那样,我恶心做那种事,我看到男人的那东西就要吐"的表白,说明她身体上是抗拒冯节中的。桃子最终因为忍受不了满江红与她抢冯少爷,为了爱情,为了坚持她的理念,愤而自杀。

透过《楚水》,我们看到在这种充满颓败气息的生活环境里,风尘女子的生存方式、生存心理以及深层人性的变化,看到了我们民族病态的软弱性、劣根性,我们的心像被剐了一下,有种悲痛愤懑的感觉,正如作者在《叙事》中所言:"上帝只赋予人类两样最重要的东西,一是创造力;二是忍耐力。上帝分别把他们赐给强大民族和弱小民族。"①

————
① 毕飞宇:《雨天的棉花糖》,第36页。

这其实就是当时中国与强势民族之间国民性的巨大差距。

三、权力斗争的筹码

在 20 世纪兵荒马乱的岁月里,都市中传统的人际关系被破坏,这使得都市人在赤裸裸的金钱、权力与欲望中无助地挣扎,甚至来自乡下的农民也因此被同化。例如《上海往事》中的小金宝。纸醉金迷的都市生活使人迷失自我,迷失人性,让人找不到归家的路途,永远处于一种在路上的感觉。

《上海往事》中的小金宝是一个在男人堆里穿梭的女人,凭借一副好嗓子和青春的身躯,她从一个村姑摇身一变成了黑帮老大的"姨太太",占据了上海滩虎头帮的掌门人唐老爷的女人中的最高地位。老爷为她专门准备了一幢别墅,给予她最好的礼遇。"她拥有当时女人们所向往的一切荣华富贵,单单冬季的服装就铺满了整个花园;她拥有当时女人们所有虚幻的梦想,手拿麦克风在'逍遥城'里吟唱;她拥有其他女人们所不及的对自己身体的自信与骄傲,以及对男人的鄙视。"①

在体验了乡村与都市天壤之别的生活后,一种对权力狂热的追求让小金宝渐渐忘乎所以,她不知道自己不过是旧上海滩里众多的娱乐品之一,不知道自己不过是那个老头及其兄弟的泄欲对象,也不知道在不知不觉间自己早已沦落为老爷赚钱和社交的工具,更不知道"唐老爷""宋约翰"才是她追逐都市生活的权力柱,唯有始终攀附其上,她才有可能拥有持久的风光……她只希望掌控更多,于是她很快就开始对老爷不"忠",开始和年轻的宋约翰偷情,甚至设想在驾驭老爷和宋约翰之间牢牢巩固自己的地位,她以为她可以在上海滩自由穿梭。

其实老爷早就知晓了她和宋约翰的事,当老爷的地位开始受到宋约翰严重挑衅的时候,她就成了政治斗争棋盘上的一颗棋子,一

---

① 许颖:《往事的色彩——读毕飞宇〈上海往事〉有感》,《师范教育》2003 年第 12 期。

个致宋约翰于死地的诱饵。在小金宝全然不知死亡已悄悄降临时，唐老爷毫不犹豫地利用了这对男女间的特殊关系，与宋约翰进行了殊死搏斗。

小金宝被唐老爷叫下人带到水乡的一个小岛上，"百无聊赖的小金宝领着我来到了小岛南端。芦苇茂密而又修长，像小金宝胸中的风景，杂乱无章地摇曳。一条乱石小路蜿蜒在芦苇间，连着一座小码头"①。河边的芦苇的杂乱说明小金宝心中的纷乱，她并不知晓将要发生什么事情，她也不知道死亡已悄悄来临。

然而，江南水乡是她梦里回归的故乡，有桂香在河边洗衣服的槌棒声，有寿星翁坐在街头闲话聊斋，还有翠花嫂和她的情人的耳边呢喃……它象征着安宁与温馨，以一种归宿的形式消除了小金宝"在路上"的不安和惶惑。在旅途中与"我"相依为命，也更增加了对亲情的渴望；对宋约翰的痴情和忠诚，表明她摆脱原有糜烂生活期望和对一种新的现代生活的向往。但是毕飞宇还是塑造了一个红颜薄命的故事，让小金宝年轻的身体从此留在了江南水乡。

小金宝，这个恃宠生娇的风尘女子，她鲜活的生命凄惨地结束在帮派政治斗争的夹缝中。她是个看似非常幸福，实则极为空虚寂寞的可怜女人；她只能在舞台上持续兴奋，在小洋楼里红杏出墙寻找刺激。"她是那个变态社会必然产下的畸形儿，时代的洪潮冲垮了她原本青春真实的脸孔，冲散了她那鲜活的心灵。于是，心死了，就甘愿做一世浮萍，随波逐流；甘愿随金钱与权力的召唤，腐化堕落。"②但是她身上也不乏烈女的刚毅：她可以为了一个无辜惨死的少年大骂仇人，不惧惹祸上身；她可以在死神面前极力挽救阿娇母女的性命，无视自己的生死；她可以在邪恶较量中以血明志，用生命燃起人性的余焰。

① 毕飞宇：《上海往事》，上海文艺出版社、上海锦绣文章出版社2009年版，第180页。
② 许颖：《往事的色彩——读毕飞宇〈上海往事〉有感》，《师范教育》2003年第12期。

第三篇

形象系列的审美评析

　　在文学典型的定义中说到,典型是文学语言系统中具有显著特征、富有魅力的性格。艺术魅力可以展示出灵魂的深度,典型人物的塑造要有个性和深刻的普遍意义。对人物形象的分析,不仅仅停留在对作品文字的分析,更要深入社会内部,挖掘作者塑造人物形象的根本原因及其产生的社会影响。本篇主要从人物形象塑造成功的原因、对作品中人物形象进行客观评析两个角度,剖析人物形象系列的成因与审美。

|第一章|
形象成因论

文学现象产生的原因是什么？不同时期的文学创作，都会出现与其社会背景下的独特文学现象，它们之间是一种息息相关的关系。在转型期，作者塑造的农民、知识分子、工人及女性群像，都有其深刻的社会根源。

第一节　农民群体对现实图景的诉求

和其他艺术形象一样，农民形象的产生也不是偶然和孤立的，有着主观和客观方面的原因，与转型时期特定的社会文化背景以及作者本身的创作动机是分不开的。

一、中国现代化过程对农民的影响

新世纪以来，农民形象变化和形成的原因首先是由中国现代化实践的深入引起的。随着中国社会改革开放的进展，农村大地也开始了一场变革，农民的命运意识也随之发生了历史转型。20 世纪八九十年代城市的现代化发展迅速，农业对工业的过度支援导致中国农业发展的停滞，新世纪针对"三农"问题的一系列政策措施，都是城市开始有意识地反哺乡村现代化的举措：2000年，开始试行的农业免税政策在2006年1月全国推行，并对农业实行补贴政策；2007年，一系列针对农村的优惠政策出台或调整：农村义务教育免费，农村低保制度的建立和实施，积极推进新型农村合作医疗制度建设；新世纪以来，关于"三农"的五个中央1号文件，其核心思想是城市支持农村、工业反哺农业，通过一系列"多予、少取、放活"的政策措施，使农民休养生息，重点强调了农民增收，给农民平等权利，给农村优先地位，给农业更多反哺；十七大报告专门强调统筹城乡发展，推进社会主义新农村建设。恩格斯说："人民首先必须吃、喝、住、穿，然后才能从事政治、科学、艺术、宗教等。"①这些政策措施不仅带给农村极大的活力，而且使农民的思想意识也发生了变化。这些社会现实的变化也促使作家的书写从批判农村现行政策主题转到探索新政策下农村的新面貌。

这一时期进城农民增多的主要原因在于目前我国正处在实现现代化的关键阶段，一个国家的现代化，就是从传统农业国演变为现代工业国的过程，就是从农业人口为主体到非农业人口为主体的过程。不经历这样一个过程，就无法达到现代化的辉煌彼岸。而且由于我国拥有世界上最为庞大的农民群体，农民的转移、转化将贯穿于我国现代化的漫长过程，农民的身份变更将成为现代化进程中最为壮观、最具历史性意义的事件。因此自20世纪80年代中期以来，大量农民开始涌向城市，并在90年代左右达到了高潮。与此同时，我国历史上形成的人口登记的户籍管理制度在这一时期也有所松动。众所周知，长期以来，我国人口被限制在城市和乡村两个极端，这在当时虽然有利于地域经济的发展，但在新时期却束缚了经济的进一步发展。长期的户口限定必然给人口流动带来相当大的压力，而一旦经济发展形势对人力的需求突破了人为的户口限制，必然造成人口流动的江河潮涌之势。

---

① 《马克思恩格斯选集》第3卷，人民出版社1995年版，第776页。

　　城乡经济发展的速度和水平差距日益加大,农村对增加收入和提高生活水平的要求也越来越强烈,这也是促使农民们冲破农村的局限,步入城市经济和社会生活中去的重要原因。如果说困守土地的老一代农民已成为历史的殉葬品,那么抛下乡土观念的新一代农民无疑成了历史的主人。这一代人自动放弃了牧歌情调的乡村梦想,乡村情感和恋土意识也在淡化,而把经济致富和进城栖居作为谋求幸福的现实起点,他们"向往城市! 渴慕城市! 热爱城市! 不要说北京是世界有数的大城市,就是我所在的云南富源这个小县城我也非常热爱。当我从报纸杂志上读到一些厌倦城市、厌倦城里的高楼大厦、厌倦水泥造就的建筑,想返璞归真,到农村去寻找牧歌似的生活的文章时,我在心里就恨得牙痒痒的,真想有机会吐他一脸的唾沫"①。这种严酷的裸露真相的笔调实则喊出了几千万农民走进城市的真实渴望。强大的现代性经济因素迫使农民直面自己依靠的自然经济模式的劣势,解脱贫困才是他们最大的生存渴望,对一切城市文明的渴求,成为农民阶层的理想,农民已经下定决心,不管是出于经济逼迫还是对金钱主动的无尽追逐,都要抛离故土。虽然农民事实上很难圆满地实现融入城市的梦想,虽然从现实来看来城市并不一定是他们最好的归宿,但农民进城已经成为了一股势不可当的潮流。作为反映生活的文学,也责无旁贷地开始了这种关于进城的书写。

二、多元文化对农民群体的影响

　　车尔尼雪夫斯基说过,就本质而言,文学"不能不是时代愿望的体现者,不能不是时代思想的表达者"②。农民形象的产生不仅和宏大的社会背景有着密切关系,它也必然受到当前转型社会中的文化背景的影响。所谓文化背景,是指对人的身心发展和个性形成产生

---

① 夏天敏:《接吻长安街》,第150页。
② 转引自李星:《前进中的收获　平实中的突破——近年长篇小说纵览》,《人民日报》2003年12月3日。

影响的物质文化和精神文化环境,促成这一形象产生的文化背景主要有:

(一)多元文化的冲击

"20世纪90年代是前现代、现代和后现代意识交织的奇幻时代。"①90年代文化转型使传统的文化心理正在解体,新的思维方式艰难地冲击着传统小农经济文化心理。同时,传统文化也在抵抗着外来观念的挑战,日益成为向现代社会发展的障碍,新旧两种不同的文化观念在各种舞台上进行殊死的搏斗,而这也成为新世纪文学描写的重心所在。在这样一个城乡文明相互冲突、缠绕和交融的特殊而复杂的文化背景下,对于形象的关注不能只存于都市中,倾向于对现代的阐释。只有把形象的塑造圈写在处于现代都市生活影响下的传统的农民,才能对现代社会图景进行呈现,才有可能展现多元的文化,对现实有一个更加全面的、理性的认识和宽广的视野。

(二)现代性的吊诡

现代性问题是我们这个时代的焦点问题,它和现代化不同,"如果说现代化侧重于现代进程的经济和政治制度层面,那么现代性则偏重于文化价值体系层面;前者突出科技、工业、商业和政体等的重要性,后者强调生活方式、生存价值、道德、心理和艺术等的重要性"②。现代性的实现其实也就是对于现代性的不断超越,这是一种现代性的吊诡,即现代性是在断裂和反思中前行的,既需要肯定现状来实现与过去的断裂,又需要反思现状来实现对现在的超越。因此,改革开放之后,随着现代化的进程加快,"文学迅速市场化、城市化、时尚化,出现了美女作家、身体写作、商业炒作"③,显示出了对"断裂"的狂热急切的追逐;同时另一些作家则在剧烈的社会变迁

① 丁帆:《中国乡土小说史》,北京大学出版社2007年版,第321页。
② 王明科:《现代性的悖论与中国文化语境的当下转型》,《理论学刊》2005年第1期。
③ 王莉、张延松:《当前底层文学的现代性反思》,《大连民族学院报》2005年第6期。

中,面对当前中国改革出现新的非常复杂和尖锐的社会问题在进行激烈的、充满激情的思考和反思,进城农民为现代性建造和服务,但他们在生活上却不具备现代性的条件,反而成为了现代性的牺牲品。而这一现象无疑会走进作家们的视野,也正是这种视野的加入才使当前文学所缺少的现代性批判立场得以呈现,弥补了现代性的不足。

(三)浮出水面的底层

"底层"到目前仍是一个模糊的概念,我们从其特征来看主要是指这样的一类群体,即"政治上基本无行政权力;经济上一般仅能维持生存,至多保持'温饱';文化上受教育机会少,文化水平低,缺乏表达自己的能力"①。底层的产生应该说与中国市场经济的高速发展和社会的结构转型是分不开的,其背后是农民无地可种,进城务工谋生;工人离开工厂,重新在城市中寻找位置的沉重现实,即这个过程是以牺牲农民和工人的现有利益为代价的,他们创造着实现现代化的财富,却承受着现代化进程的悲剧。因此,对底层的关注引起了各方学者的重视。社会学界对此早已展开了深入、系统而广泛的研究,如关于"三农"问题的报告和中国社会各阶层状况的调查等等。文学领域自然也不甘落后,2004 年底到 2006 年,《天涯》《北京文学》、新浪网以及新星出版社等文学期刊、新闻出版单位,先后发起组织了十多次关于底层文学的对话和争论,一大批作家、文学批评家积极参与了这场持久而热烈的活动。这不仅引起了一批年轻作家如罗伟章、荆永鸣、巴乔等投入到这一写作中,而且一些早已成名形成自己风格的作家如王安忆、残雪、迟子建、铁凝等也涉足于此类题材,将笔触深入现实生活中,关注那些匍匐在生存线下的人们。他们站在一种民间立场,以一种平视的眼光来审视底层民众的生存状态,书写他们在生存困境中的人性景观,再现他们在那种生存困境中的生命情怀、血泪、挣扎、痛苦,以及无可奈何,展现生命个体在

---

① 刘旭:《近现代底层形象的变迁》,《中文自学指导》2004 年第 1 期。

生存压迫面前的偏执与坚守,屈从与堕落。

三、作家对乡土特殊情感的表达

新世纪以来小说中出现了大量的农民形象,这不仅有着社会文化等方面的原因,而且与作家们对乡土的依恋和批判启蒙的意识分不开。

(一)疼痛与抚摸

涉足这一题材的创作者们大多都有乡村生活经验。如带着浓重的乡土气息踏上文学创作之路的陈应松,就以"城市的乡下人"自居,并宣称:"我爱乡村,只有它才会给我灵感。"①从辽南乡村走出来的作家孙惠芬在接受记者采访时也表示:"乡村生活进入了我的骨髓,我的灵魂。"来自土黄天青,只出石头和荒草的四川作家罗伟章在谈创作经验时说:"我过着那样的童年,看到的是那样的人生,不写那些该我写的,你叫我写啥呢? 现在,我的亲人和村里的绝大部分年轻男女,都到外地打工去了,他们的故事我经常听到,他们的感情我能够理解,不仅仅是理解,还感同身受,很自然地就会在一个恰当的时候将其表达出来。"②夏天敏也曾坦言,只要"一提起笔,我的眼前就呈现出贫瘠的土地,简陋的街巷,为生活的沉重折了腰、驼了背、满脸皱纹的父老乡亲"③。著名作家莫言、李洱在接受《绿海副刊》记者访问时,也提到这一点。莫言说:"我的家乡在山东高密,曾经那里遍地都是红高粱……我如今已经在北京生活了近三十年,但只要提笔还是要写 20 世纪 90 年代前的乡村生活。"④李洱指出:"关注乡村变化的作品还是很多的。前段时间,我看到了宁夏作家郭文斌的《农历》,我觉得是一部很优秀的小说,只是没有受到太多的关

---

① 秦绪芳:《我是城市的乡下人》,《半岛都市报》2006 年 5 月 26 日。
② 傅小平:《罗伟章:为心灵找到通向自由的路径》,《文学报》2007 年 3 月 2 日。
③ 徐怀谦:《我对脚下的土地爱得深沉》,《人民日报》2002 年 11 月 21 日。
④ 刘洋:《对话作家莫言与李洱指出:"乡村中国"是中国文化的根》,2012 年 4 月 27日,http://news.jcrb.com/jxsw/201204/t20120427_850448.html.

注,很可惜。贾平凹的《古炉》大家关注很多,作者是名人,又获了奖嘛。河南有个作家叫李佩甫,他一直在写城乡变化,最近出了一本书叫《生命册》。这次在伦敦,有个英国记者让我说出一个小说中的农民形象,我说的就是李佩甫《羊的门》中的呼天成。我提到的这几个作家都有乡村背景,但现在都生活在城市。离乡村生活远了,你对乡村的变化当然会有些隔膜。但这也有好处,就是容易拉开距离看问题,有时候看得可能更清楚一些。"[1]正因他们曾有过由乡村而城市的这种漂泊感的体验,虽然他们走出了故土,但农村是他们的根,农民的魂灵紧紧地追随着他们,他们思故乡、爱故乡,魂系乡土,忘不了父老乡亲,关注着他们的喜怒哀乐,与他们同呼吸,共命运。正如夏天敏所言:

> 我何尝不想写些风花雪月、柳堤春晓的故事;我何尝不想写缠绵悱恻、哀婉动人的爱情;我何尝不想写酒吧,写霓虹灯,写旋转的灯光、拥抱的舞伴,写机场送别、鲜花拥怀、海滨畅泳。可我能吗?徘徊在我脑海里的,是茫茫高原炽热的红土,是低矮的草屋和穷困的山民;是严峻的生存环境和艰难生存的广大农民。[2]

在城市化进程快速推进,大规模的农民面临无地可种而涌入城里时,他们的乡土情结没有让他们漠视苦难,而是俯下身来,体味着这些生命个体和生命群体所经受的苦难、彷徨和迷茫,无疑这种体味将会让作家的道德良知经受极大刺痛。而在这种刺痛中,他们怀着鲜明的批判现实主义立场,把这种感受内化为文学创作的意识与冲动,怀着对弱势群体深切的同情,奋力书写社会的痛点,民间视角使他们笔下的农民既不同于愚昧麻木的"鲁迅式",也不同于过于美化的"沈从文式",而是更接近农民的真实状态。沉甸甸的大地,厚重的农民文化,给他们的作品添加了几分力量,几许底蕴。

---

[1]　刘洋:《对话作家莫言与李洱:"乡村中国"是中国文化的根》,2012 年 4 月 27 日,http://news.jcrb.com/jxsw/201204/t20120427_850448.html.

[2]　夏天敏:《飞来的村庄·序》,中国文联出版社 2005 年版,第 4 页。

另外,还有一些作家如王安忆、迟子建、铁凝等虽没有上述作家有那么深刻的乡村经验,但自20世纪90年代中期以来,当许多作家远离乡村、远离农民时,当中国当代文学渐渐演化为单一的都市文学、个人化写作、身体写作时,他们或出于作家的良知,或是审美的需要,以道德去观照触摸这一特殊的群体,这不得不说是值得欣慰的。当然不可否认,这种抚摸因无上述体验之后的切身之痛,在表现时就会因作者的认识不同而有所差异。如王安忆曾表示:"我写农村,并不是出于怀旧,也不是为祭奠插队的日子,而是因为,农村生活的方式,在我眼里日渐呈现出审美的性质,上升为形式。"①因此她以"打工妹"为题材的《发廊情话》更像是作者高超技巧的展示,似乎缺少情感的投入和人文的关怀。而同样没有这种底层经验的迟子建,在《踏着月光的行板》中避开了她不熟悉的生活而选择了对精神世界的描述,这使得她笔下没有流于表面苦难的铺陈而深入到人物隐秘的内心世界,在琐碎而绵密的风情画卷中抒发人性的善意和淳朴,那物质困窘下的一脉温情与善意,真如同月光下的行板,一唱三叹,余音不绝。

总之,面对新农村建设以及亿万农民进城打工这一新的农村嬗变,面对这一嬗变中的这一群体在农村和城市中的种种不和谐的遭遇、不合理的结局以及由此带来的他们身心的变化,无论是作家由于魂之所系,还是出于道德的观照;亦无论作家或以自己的体验去参照,或站在他者的角度来言说,"疼痛与抚摸"已成为他们塑造这一类形象的原动力,作家以自己的方式和理解去建构和解读了这一特殊群体,从而使大量进城农民形象出现在当代小说之中。

(二)批判与救赎

"任何人都有义务去反思本民族的苦难与罪恶,并对其负责。一般来说,正视它们,审视它们,甚至以自省的方式去对待它们,从

---

① 陈洁:《访作家王安忆:写作只服从心灵的需要》,《光明日报》2001年6月10日。

而完成道德上的审判。"①新世纪以来,我国经济迅速发展,空前繁荣,然而繁荣的表象下却掩饰不住这个时代思想和情感的贫困。一些作家,以传统人文价值观为标准,衡量、观照世俗社会欲望的膨胀、精神的失落,并对此进行了严肃的批判;还有一些作家,虽然缺少明确的价值观作依据,但他们善于观察与思索,对纯粹的物欲追求产生质疑,他们直率地揭露现实生活里的弊端和人们的精神缺陷,以求重建精神家园。以"批判与救赎"为出发点,作家开始走进这些在底层挣扎、奋斗的人们,虽然他们没做到如鲁迅一样"揭出病苦"以"改良人生",也未如赵树理"砭其病痛,促其猛省",但他们以作家的良知,站在底层民众的立场上,去冷静地思考,平等地讲述,真实地叙写,针砭时弊,力图引起关注,为社会的人道化、民主化、法制化发挥潜移默化的作用。

因此,在《泥鳅》中我们看到了一幅幅底层人遭受侮辱与损害的图景:蔡毅江因没钱而贻误病情后的绝望、疯狂甚至堕落;寇兰在职业介绍所的惨遇以及在蔡毅江的逼迫下不得不走上风尘;国瑞莫名其妙地成了替死鬼,而且在作者带有明显同情倾向的叙述中,揭示出了当今社会的各种不平和弊端,感受到了这一群体进入城市后对抗、屈服、妥协和人性异化的过程。在《明惠的圣诞》中我们既见证了农村姑娘明惠成为有人疼、有人爱,过着衣食无忧幸福的城里人生活的过程,也见证了她自杀方式的觉醒。有论者指出:"我们在主人公走向死亡的最后时刻,看到的是肉体上已经成为城里人,而精神与灵魂还不能被城市文明所包容的悲剧下场!"②在《天河洗浴》中我们体味到了被老板看中并包养起来的吉美在回乡时的所谓"荣耀",也体味到了这个被称之为"摇钱树"的她在被迫返城时的屈从和无奈;《太平狗》在展示土狗太平和民工程大种在城市里九死一生的悲惨遭遇时,也力图呈现了尖锐的城乡对立的阶级图景;《我们的

① 陈思和:《2001年中国最佳文论》,春风文艺出版社2002年版,第112页。
② 丁帆:《"城市异乡者"的梦想与现实》,《文学评论》2005年第4期。

路》中好学生许朝晖成了一个年轻的"单身妈妈"的遭遇,让我们意识到了物质的贫穷固然可怕,精神上的贫乏更为可惧,它会摧残原本健康的人性,使其向着堕落的方向逆转;《红煤》在讲述一个农民工如何利用周围环境一步步爬至矿主的故事,同时揭露了不平等的社会现实和批判了不健全的人性;《阿瑶》中作者也没有给我们作出简单的是非判断,而让我们在阿瑶们的机械单调的生活中感受出了人性的麻木;就连残雪也通过《民工团》实现了对权力的另一种解读。

由此观之,对世俗社会唯利是图等现象表示不满,揭示其瘤疾以引起疗救的注意,"批判与救赎"成为作家们塑造这一形象更深层次的原因。当然,比较而言,和20世纪80年代的作家们多站在明确的传统价值观立场、义正词严、酣畅淋漓的批判相比,新世纪以后,在市场经济和多元文化的冲击下,作家的价值观是多元的、含混的,他们无法站在一个时代的更高处,批判略显得有些底气不足,但不可否认的是更多的时候,他们在经济大潮中批判的呼声仍在一定程度上阻碍了社会全盘世俗化的进程。

第二节 知识分子群体对精神困境的突围

从春秋战国时期,中国历史中就出现了"士"这一阶层,一直发展到今天的知识分子,这一群体一直都与社会的变迁密切相关,政治的变革、经济的兴衰、文化的渲染无时无刻不在文学中找到对他们烙下的印记。在新世纪以来的小说创作中,我们同样也可以看出社会文化对知识分子形象的影响,他们的身上已经被深深地打上了社会的标签。

一、社会地位和经济利益带来的影响

查尔斯·泰勒在他的研究中指出:一个群体或个人如果得不到他人的承认或只得到扭曲的承认,就会遭受伤害或歪曲,就会成为

一种压迫形式,它能够把人囚禁在虚假的、被扭曲和被贬损的存在方式之中。在新世纪以来的小说中,我们可以很明晰地看到知识分子这一群体受到的社会影响,成为分析这一时期小说创作缘由的重点。

(一)社会阶层的上升

社会阶层结构是一个国家、地区的基本国情、基本地情,我们通过对社会阶层结构的分析,可以大致判断社会发展的程度。当然,社会的发展水平会在一定程度上影响到社会阶层结构,这两者之间存在着一种相互影响、相互制约的关系。在我国,由于社会中经济结构的变化,特别是所有制的变化,由以前单一的公有制发展到以公有制为主体的多种所有制成分,特别是在 20 世纪 80 年代后期至 90 年代,社会上产生了一些新的阶层,一些社会阶层分化了,有些阶层的社会地位提高,有些社会阶层的社会地位下降。当今社会阶层结构中,已经不是原来的"两个阶级一个阶层"的结构,而是呈现出向多元化现代化发展的趋势。在这一发展趋势中,知识分子已经不再是以前被称为"臭老九"的社会最低层人员,而成为掌握着知识和科技的高级人才。

不仅仅是经济地位的改善,在我国《宪法》中,也充分肯定了知识分子这一阶层社会地位的上升。1982 年,在五届全国人大第五次会议上,我国通过了新的《宪法》,以法律的形式明确规定了知识分子在我国社会主义建设事业中的地位和作用。总纲第二十三条明确规定:"国家培养为社会主义服务的各种专业人才,扩大知识分子的队伍,创造条件,充分发挥他们在社会主义现代化建设中的作用。"在序言中也明确表示:"社会主义建设事业必须依靠工人、农民和知识分子,团结一切可以团结的力量。"新中国成立以来,这还是第一次在《宪法》中明确了知识分子的国家主人翁地位和现代化建设中的作用。这在一定程度上有力地提高了知识分子的社会地位,为他们在文学创作中的群体形象展现提供了社会基础。

在这种大的社会背景之下,小说实际上就成为缩小版的现实世界,作者通过小说这一手法,把对现实状态的种种情感,或者自身对社会的感受抒发得淋漓尽致,越来越多的作家开始把视角定格于现实社会,开始反映社会变革之下的知识分子群体,他们成长、适应、堕落、茫然或者守候,以多种形象出现在人们的视野中,这是小说创作中的一个转折。例如在新世纪初,格非发表的一些中短篇小说作品如《戒指花》《不过是垃圾》等,比起他90年代的作品,其创作更加现实,更加能够展现出主人公在社会大环境中的人格形象变迁和对社会以及人生的多重理解。

(二)经济利益的熏染

新世纪以来,随着社会的不断发展与进步,尤其是受到市场经济的深刻影响,中国的社会形态发生了深刻的变化。市场经济的冲击不仅为人们带来了丰厚的物质财富,还引发了人们在思想道德、生活方式和价值观念等方面的变更。作为高级知识分子的作家,他们把对自己和社会的种种认知,写入自己的作品中,知识分子作为社会中的一个重要群体,当然不可避免地被卷入时代的洪流中。

在这股洪流中,我们看到了作家的分流和创作的多样化,同样可以看到作家笔下的知识分子群体对待金钱、物质的不同态度。在经济利益的冲击下,有些人把持住了内心的精神高地,有些人却只顾经济利益的得失,不得不说这与新世纪以来经济主体利益有着密不可分的联系。

例如,格非在新世纪创作的短篇小说《不过是垃圾》,这部小说中一个名叫李家杰的人在80年代的大学时期就对一个名叫苏眉的姑娘穷追不舍,可是直到毕业也没能得到她的垂青。大学时代的苏眉是"纯洁"的代名词。苏眉的"纯洁维持着我们对这个肮脏的世界仅有的一点信心",可是就是这样一个纯洁的女性,在大学毕业十几年后也逃不过现实中金钱的侵蚀:这时的李家杰已经是一个成功商人,他用商人的手段得到了苏眉,同样也是用商人的手段亲手捣毁了当年苦苦追求的纯洁的偶像。李家杰最终表面上死于糖尿病,实则是死于心中最后一点理想净土的丧失。苏眉的沉沦使他发现,原来美好、高尚、纯洁等在污浊的现实中都"不过是垃圾"。从中我们看到,对经济利益的追逐和身陷其中的迷茫,也成为这一时期知识分子形象的又一成因。

(三)社会价值的再塑造

随着社会地位和经济利益的上升,知识分子阶层已不再是存在于社会的"真空地带",加之自 20 世纪 80 年代中期以来,知识分子长期自我建构的精英地位逐渐被社会否定。在新世纪,时代环境的相对宽松以及商业主义霸权的建立,调动或膨胀了人们潜隐的但又所指不明的躁动感,没有任何一个时代的人像我们今天这样既蠢蠢欲动又方位不明,每个人都有要做点什么的欲望,但又不知究竟做什么。而知识分子面对前所未遇的社会状况,纷纷从他们长期以来所固守的、纯洁的精神家园中走出,尝试着为自己寻找新的社会定位和价值定位,这一转变在新世纪以来的小说创作中体现得尤为明显。比如《桃李》等,都较好地体现出了这一转变。

再如张抗抗《作女》中的主人公卓尔,她是这个时代年轻女性的典型代表,她也是放大了的我们每一个人,这是社会世俗化运动带来的必然后果。在社会背景的变革之下,知识分子对自身形象和价值定位都进行了重新洗牌。

二、社会转型期独有的文化撞击

现代文化研究表明,每个人的自我以及生活方式的确定,不是来自个人愿望、由个人独立完成,而是通过和其他人"对话"实现的。在"对话"的过程中,那些给予我们健康语言和影响的人,被称为"有意义的他者",他们的爱和关切影响并深刻地造就了我们。在这一时期的知识分子小说创作中,我们可以窥见社会文化这根指挥棒发挥着重要作用。

(一)商业时代的文化产业化

进入新世纪以来,文化作为一种产业,逐渐影响到社会各角落。特别是在党的十六届四中全会上,国家提出了解放和发展文化生产力的战略任务,这一时期文化进入到蓬勃发展的时期。当然,这一变革给新世纪以来的小说创作带来了丰厚的礼物,作家不断地从社会文化中汲取丰富的营养。

于是,在新世纪以来的小说创作中,我们看到传统的知识分子形象被无情地放逐和摧毁了,呈现在我们面前的是一群有理想、有欲望、有矛盾、有追求的知识分子群体,这是小说塑造的转型时期一种新型的知识分子。他们经历着商品经济带来的社会世俗化,在这种文化多元化的背景中,人们不再单独迷恋某个人,而是拥有属于自己的生活方式和文化要求。在主流文化、精英文化和大众文化三足鼎立的局面中,文化产业化成为一种发展趋势,知识分子不得不面对这一重大转变。

在张者的《桃李》这篇小说中,作者就用幽默和反讽的手法呈现出了转型时期高校知识分子的当下处境,反映了 21 世纪交替期间青年知识分子的生存和生活状态。校园是折射社会的一面小窗口。校园这块昔日作为传播知识、讲授文明、灌输道德、言谈精神的净土,在转型期这个高度市场化、物质化的社会里,受到商品经济的洪流冲击,高校教授这一高级知识分子群体也成为小说刻画的转型期典型人物之一。阎真的《沧浪之水》也很明显地展现了知识分子与文化传统之间的微妙关系,描写出特权阶层对社会生活和精神生活以及心理结构的支配性影响,以及在商品社会中人的欲望与价值的关系,等等。

(二)多元文化下的公共性弱化

在中国传统社会结构中,"士"号称"四民之首",处于社会的中心位置。"中国传统的士大夫(或'士')今天叫做知识分子。但这不仅是名称的改变,而是实质的改变。这一改变其实便是知识分子从中心向边缘移动。"①但在新世纪以来,随着社会文化发展的多元化,知识分子已经不再担任文化启蒙的重要作用,他们的头上不再有这

---

① 余英时:《中国知识分子的边缘化》,《二十一世纪》1991 年第 6 期。

个明亮的光环,相反,人们更加注重社会物质财富带来的满足感与享受。多元文化的冲击和外来文化的洗礼,使得中国纯正的知识分子的公共性功能逐渐弱化。

在这一文化背景中,知识分子已经由曾经的"上层"慢慢地被边缘化,这种边缘化深深地影响到新时期以来的小说创作。这是因为小说创作家面对转型时期汹涌而来的世俗化浪潮,"个人的本能冲动不必受到压抑",知识分子也在"从道德精英向知识精英转化,从精神向技术位移,从倔强地与世俗精神抗争到全面投身于消费社会"①。即使是世俗的生活也同样得到尊重与描写,与此相应的是人们的知识分子观也在社会的变革中悄无声息地发生变化。在传统观念中,人们往往认为知识分子是圣洁的代表,他们禁物欲,禁贪欲,清清白白过一生。实际上,"知识分子也是人呀,是人就要干人事,就有七情六欲,就想寻欢作乐。这没有什么稀奇的"②。通过以上这些,我们可以看到作为社会的"精英群体",昔日的社会"启蒙人"不再是精英文化的传播者,这种变化的背后是知识分子这一群体公共性弱化的直接体现。

总之,新世纪以来的小说中知识分子形象与之前作品不用,这是因为这一群体的改变缘由不是来自政治的高压、权利的被剥夺、生活的穷困,而是来自社会转折期出现的文化震荡、价值混乱,来自知识分子对身份的重新确认。在社会文化发展的多元化背景中,知识分子摒弃甚至是不得不放弃原有的情操气节,谋求生存,获得发展,这一改变必然促使作家把目光投向这一类群体,并影响到小说创作中知识分子形象的改变。

---

① 谢有顺:《消费时代的暖色幽默——〈桃李〉与当代知识分子形象的转型》,《南方文坛》2002 年第 4 期。

② 王干、张者:《走进麦田,拿出手机——关于〈桃李〉的对话》,《大家》2002 年第 2 期。

三、作家对社会转型的认知与感悟

在新世纪以来的小说中,知识分子形象已经成为重要的一部分。这一现象的背后除了受到深刻的社会文化大背景的影响之外,还与知识分子这一社会群体的自身地位的变化与思想的转变密不可分,他们受到外在力量的冲刷,会在内心中形成独特的时代印记,从而影响到整体形象的树立和特征。

(一)自省与自醒

虽然作家不一定非要和学者身份联系到一起,然而"在大多数情况下,一个人的观察、体验的深度,表达的强度和创造力,是和他的'学养',他的'文化修养'的状况相关的"①。中国知识分子作为一个特殊的群体和阶层,他们在国家现代化的转型期经历了矛盾、痛苦而又复杂的心理位移,走过了从理想到现实的艰难的心路历程,这是现实使然,是知识分子的无奈和尴尬。在这一时代下,知识分子开始自省,从自身寻找原因和出路。

进入新时期以后,最重要的变化在于知识分子的地位重新得到肯定,他们开始了自我价值的觉醒。社会地位的提高,尤其是那些曾经被错打成右派的文艺工作者重新获得了新生,像张贤亮、王蒙、丛维熙等一批小说家,内心犹如喷发的火山在自己的作品中尽情宣泄心中重获新生的感受。尤其是因为"文革"而备受冷落乃至于凋敝、荒芜的知识分子题材小说重现出一片勃勃的生机,几千年来根植于知识分子身上那种特有的以天下为己任,"五四"以来启蒙大众的形象开始在知识分子题材小说中不断涌现,并再度在学术界和读者中都引起了一定的影响。从 2001 年发表的阎真的长篇小说《沧浪之水》到 2003 年轰动一时的《桃李》,再到 2004 年出版的史生荣的《所谓教授》,以及在 2008 年一起爆发的阎连科的《风雅颂》、邱华栋的《教授》、慕容雪村的《原谅我红尘颠倒》。这几部小说引起了社

---

① 洪子诚:《问题与方法》,三联书店 2002 年版,第 225 页。

会各方面对知识分子关注。我们也看到了不一样的知识分子,他们从"象牙塔"走出来,他们从书屋里走出来,他们成了金钱、权力的追求者,他们迷失、彷徨、呐喊……

再如,在长篇小说《人啊,人!》中,主人公何荆夫在经历了痛苦的人生命运和心灵创伤之后,恢复了他人民启蒙和代言人的角色,坚信人文精神是人民前进的光塔,是马克思主义先进性的体现,高度的社会责任感弥漫在新时期知识分子的精神世界中。

所以,这一时期的小说创作者经历着社会转型期的变革,这种变革就不得不影响着他们自身的价值观,同时也反映到小说作品中,几乎在每部小说中,我们都可以找到创作者的影子。例如,在刘索拉笔下的青年知识分子面临强大的传统势力,发出了类似于五四时期"从来就有是对的吗"的疑问。他们敢于挑战权威,蔑视即成的秩序,在怀疑中寻找自我,对自我独立性的追求,权威思想的质疑,普遍真理的渴望,都体现了他们的人格深层建构中强烈的自省意识。他们看似玩世不恭,实则反抗传统的落后体制。这种叛逆的深层基因中含有着现代人格的范式。

这种变化带有时代的烙印,社会政治、经济、文化等对知识分子这一群体进行了全方位的影响,他们在这一过程中进行了深深的自省,有的及时适应了这一变化,成为物质、精神的最大收获者;有的仍在原地呻吟,不愿改变现状,迷茫、孤独着。

(二)回顾与反思

回顾历史中"士"这一阶层,他们承担着社会文明启蒙和传播的重任,在社会中居于阶层结构的中上层。他们追求真理,"不为五斗米折腰",是清高、正义和责任的化身,受到人们的敬重。

但随着经济政治改革的推进,国家体制和文化商业化外部环境发生了较大变化,知识分子开始对自己的社会角色——启蒙者的形象进行深刻的反思,这种反思在小说中也得以体现。例如《沧浪之水》就是适时而准确地反映了这一变革中带来的矛盾。小说塑造的颇有才学的池大为胸怀理想,却被世俗的重重问题和权力等现实挤压,最终抛却理想人格和情怀,成为一个追求现实需要的"知识分子"。《沧浪之水》的题记"沧浪之水清兮,可以濯吾缨;沧浪之水浊兮,可以濯吾足"引自屈原《渔父》。新世纪以来的知识分子这一形象在"水清"和"水浊"混杂中、进与退的交汇碰撞的心路中进行了炼狱之旅。这也正是知识分子对自身定位反思后矛盾心理的真实写照。池大为也成为该作品刻画的,也可以说是整个转型期作品刻画的最为成功的知识分子形象之一。① 在社会转型矛盾利益重重的大背景下,知识分子普遍的生存策略只能是在适应中改变自己,池大为从理想到现实的心路历程,不仅反映了知识分子自身的心理变化,而且还反映出在当前社会环境压力下知识分子处境的尴尬和无奈。

对于反思后的知识分子来说,他们不再居于启蒙的地位,更重要的是承担一种学术的功能,进行更为专业化的学术研究。他们对之前存在的知识分子那种"以天下为己任"的态度是有反省的,认为知识分子应该务实求真,不要盲目虚妄和追求浮躁空虚。

在这种变化的背后,是知识分子在经历了思想上的斗争和一定程度的反思后所作出的自觉选择,其中,必然带有政治、功利心等社会因素的影响。他们开始放弃"启蒙者"的定位与身份,从政治系统里面分离出来,一部分知识分子开始了学术上的深化,主要集中于高校中;一部分开始关注民生,把笔端定格在大众生活中。他们不再把自己看作是公共的知识分子,而是现代知识体制里面的学者,甚至是某一知识领域的专家。在去掉头上的"文化使者"的光环后,他们开始反思在多元化价值观的社会中如何生存、发展。

同时,知识分子在知识体制的挤压下,走向越来越局部化、专业化和学院化,与社会的关系日趋淡薄,越来越分离。新世纪后的中国知识分子不再拥有之前知识分子宽阔的胸怀和饱满的激情,他们普遍不再怀有公共关怀。很多知识分子不再具有公共性,只是某个

---

① 参见王光华:《转型期知识分子形象从理想到现实的心路历程——以〈沧浪之水〉为例》,《海南师范大学学报》2011年第1期。

知识领域的专家,甚至是缺乏人文关怀的技术性专家。在这种背景下的创作,我们也就不难理解这一时期小说中出现的形形色色的知识分子形象。

第三节　工人群体对多元历史的触摸

进行工人形象的书写,应该说自新中国成立后,就成为主流,及至改革文学的发轫、新写实主义的困惑,新现实主义的群众生存忧患,它并未脱离读者的视线。新世纪以来,改革开放日益深入所带来的潜在挑战在不断累积后已逐渐显露,多元的诱惑和庞大的经济统治力,金钱、利益所带来的新鲜和永不满足的刺激,竞争激烈、众生喧哗的时代氛围……所有的一切都影响着当下的文学创作。在这样的背景下,部分作家并未选择生活中那些光鲜亮丽的绚烂一面,而是仍然坚持并重视工人形象的塑造,试图呈现出一些新的特质,这和社会文化背景的源流以及作家本身的创作心态是分不开。

一、对社会脉搏的真实感应

重视工人形象的塑造是工人的地位和分不开的。新中国成立以来,党全心全意依靠工人阶级,工人阶级充分发挥主力军作用,为社会主义制度的建立、巩固和发展,为建立完整的工业体系和国民经济体系做出了不可磨灭的贡献。新中国成立后,工人阶级在党的领导下,用三年左右的时间,巩固了新生政权,凋敝的国民经济得以迅速恢复,主要工业指标大幅提升,工人阶级队伍发展壮大,由800万人上升为1580万人。改革开放以来,在建立和完善社会主义市场经济体制的过程中,党重申全心全意依靠工人阶级的根本方针,工人阶级的先进性进一步提升,权益进一步实现,工人阶级发挥主力军作用的广度和深度呈现出新的特点,为综合国力的大幅提升,做出了新的历史贡献。新中国成立之初,工人阶级为恢复国民经济、实现社会主义工业化和建设社会主义做出了巨大贡献。工人是我国经济社会发展不断迈上新台阶的一支根本力量,这一点就连美国《时代》周刊都评价称:中国经济顺利实现"保八",在世界主要经济体中继续保持最快的发展速度,并带领世界走向经济复苏,这些功劳首先要归功于中国千千万万勤劳坚韧的普通工人,并于2009年的年度候选人物评选中,将四位深圳女工作为中国工人的代表登上了《时代》周刊的封面。我们党和国家领导人历来重视工人队伍。邓小平指出:"工人阶级最重要的特点之一就是同社会化的大生产相联系,因此它的觉悟最高,纪律性最强,能在现时代的经济进步和社会政治进步中起领导作用,"[①]并进一步指出:"工人阶级靠得住。"[②]江泽民指出:"我们要在本世纪末初步建立起社会主义市场经济新体制,实现党的'十四大'确定的宏伟目标和任务。完成这一宏伟任务,必须全心全意依靠工人阶级,充分发挥工人阶级的主力军作用。"[③]胡锦涛同志强调:"工人阶级是物质文明建设的主力军,也是精神文明建设的主力军。工人阶级的先进性不仅在于它同现代化大生产相联系,代表着先进的生产力和生产关系,而且在于它掌握着先进的思想和科学文化。"[④]习近平同志在中国工会第十五次全国代表大会上的祝词中强调,要"在夺取全面建设小康社会新胜利中充分发挥工人阶级主力军作用"[⑤]。这些论述表明,在改革开放和社会主义市场经济条件下,工人阶级的地位和主力军作用没有丝毫变化。与此同时,国家并颁布了《劳动法》《工会法》《就业促进法》《劳动合同法》和《劳动纠纷调解仲裁法》等,使劳动者真正得到依法应得的利益。工人重要的地位,以及我国现在三亿工人大军这个庞大的数量,使得这一题材必然是大有作为。

　　重塑工人形象也和社会转型这一大背景下工人际遇发生的变

① 《邓小平文选》第2卷,人民出版社1994年版,第136页。

② 《邓小平文选》第3卷,人民出版社1993年版,第310页。

③ 江泽民:《在接见中国工会第十二次全国代表大会主席团常务主席时的讲话》,1993年10月24日。

④ 胡锦涛:《在全国总工会十二届四次执委会上的讲话》,1996年12月8日。

⑤ 习近平:《在中国工会第十五次全国代表大会上的祝词》,2008年10月17日。

化是分不开的。在新中国建设初期,工人被称为"老大哥",他们收入虽然普遍不高,但住房、医疗等福利待遇相对完善,在工厂里也是作为"主人"在就业、参与企业民主管理等方面受到相当重视,社会上也是以当工人为荣。但是到了20世纪90年代初期,伴随着社会主义计划经济向社会主义市场经济体制的转变,中国社会不可避免地出现了利益格局的深刻调整,导致社会各阶级阶层的传统结构出现变化和重组。其中,工人阶层也出现了分化,"从不同所有制企业上看,工人阶级分为国有企业工人、集体企业工人、个体和私营企业工人、外资企业工人,以及中国海外劳工;从职业身份上看,包括体制内工人与体制外工人,具体区分为体制内职工、合同工、劳务派遣工人;从收入状况和社会地位上看,包括普通一线职工、城市下岗失业人员、新失业群体等等"①。在工人阶级不断泛化的同时,也产生了深刻的内部分化,并产生了需要关注的困难群体。"随着国有企业三项制度的改革,计划体制内的国有、集体企业的工人与企业的劳动关系逐步脱离计划经济的束缚,向市场化的劳动关系转型,劳动力过剩所带来的失业问题逐步显现,当时还不叫'下岗',有的地方叫'停薪留职',有的地方叫'厂内待业',有的叫'放长假'、'两不找'等等。90年代中后期,下岗职工问题作为一种社会经济现象开始凸显,并且引起社会各方面普遍的广泛关注。"②这一群体的数量是非常巨大的,与此同时,工人阶层内部分化以及转型的变化,对工人而言,无论是在政治、收入、权利和声望上来看,都是显而易见的。而和其他国家有所不同的是,我国城镇职工下岗待业、失业问题,大多是在经济持续快速增长背景下发生的,其主体也并非是由企业的弱者组成,这一时期下岗职工就呈现出许多新的特征。如行业性,受大规模产业结构调整,第二产业下岗职工的数量趋多,尤其是在一些老工业基地和传统行业中甚至出现了集体下岗失业的现象,如

---

①　刘海潮:《改革开放以来国家政策影响中国工人阶级分化的思考》,宁波大学硕士学位论文,2011年。

②　张伟:《中国工人阶级60年》,《瞭望》新闻周刊2009年9月8日。

轻工、纺织、煤炭、军工等等,所以这就使得一部分作家以上述行业为背景进行了工人题材创作,如《工人》《那儿》等等,并塑造了一批工人形象。另外,下岗职工中还普遍存在着低学历、低文化、低技能的现象。因此,在改革利益重新调整过程中,这些职工往往成为受损最严重的困难群体,他们自身的"三低"现象也使得他们再就业和增加收入的能力非常有限,基本生活保障缺乏必要的社会保障,难以过上所谓的"体面"的生活。由于生存压力高于其他社会群体,因此在心理上相对而言更是具有高敏感性。还有一部分职工在改制成功和垄断的企业中得到实惠,这和下岗工人又形成了鲜明的比照。工人们自身的一系列变化,以及由此带来的家庭和心理的种种变化,不能不引起作家们的关注。

另外,国家文学艺术政策的引导也促使这一时期工人形象创作的发展。党的十七大以来,在党和政府的领导下,中国的文化发展和文学艺术创作处于一个创新发展的重要时期,文学艺术创作坚持正确方向,创作环境宽松和谐,经费投入不断加大,文学艺术家们创作热情高涨,文学艺术事业得到持续、健康发展,各门类文学艺术呈现出普遍繁荣的良好局面。尤其是党的十七大报告提出要"提高国家文化软实力",十七届六中全会提出了建设"文化强国",这一些更离不开作家的积极贡献,也推动了作家的创作热情。广大文学艺术工作者坚持"二为"方向和"双百"方针,坚持"三贴近",与时代同进步,与人民共命运,关注和积极创作优秀工业题材电视剧,把它作为一种全社会对工人大众无私奉献所作出的一种真诚的精神回应,这应该是作为社会良知的自觉反应。同时,这些大量的思想内涵丰富、艺术品质上乘的精神食粮,为弘扬社会主义核心价值体系、满足人民群众精神文化需求发挥了重要作用。

忆往昔,"宁肯一人臭,换来万户香"的掏粪工人时传祥、"走在时间前面的人"王崇伦、"宁可少活二十年,拼命也要拿下大油田"的王进喜,这些闪耀的名字代表着工人的骨气,代表着他们大公无私、勇于拼搏的时代精神,一直为世人所称颂。看今朝,我们仍然记得工人们为国家的发展做出的贡献以及从中表现出来的令人动容的气概。文学是生活的反映,是作家心灵对社会脉搏的感应,面对着工人始终是国家经济发展和社会进步特别是现代化建设主力军的实际,以工人形象为主的文学作品不能因企业改制、职工身份置换而削弱,工人们的影响力和其自身所具有的伟大力量必然会促进作家们创作出一些有影响的有关工人题材的文学作品。

二、作家从业经历的再现

各种各样的创作,绚烂多彩的风格,追根溯源都和作家的生活环境和工作经历有着密不可分的关联。无独有偶,塑造工人形象的作家们大都有着相似的从业经历,或者与工厂、工人有着千丝万缕的联系。

《那儿》的作者曹征路,先前在部队里当通信兵。1973 年转业之后,曾在安徽铜陵的一家工厂里担任"工资定额员",后又到公司下属的机械总厂工作,为矿山服务,所以写起矿机厂工人们的种种工作、生活以及变化,可谓是得心应手。

《国血》的作者赵香琴生活在大庆油田,本身就是一个石油人,对油田的历史和石油人的生活十分熟悉,因此,她以饱蘸深情的笔墨,以石油人为中心,把人物命运、喜怒哀乐与油田发展变化相融合,栩栩如生地描绘了当代石油人的生活新貌。

作家李铁自己曾经是工人,在普通工人岗位上工作过二十年,当过检修工、车工、焊工、值班运行工,对他而言写,工人犹如写自己的兄弟姐妹,他的经历使他对师傅、工友们产生了特别的情怀,充满真情,使李铁对他笔下的工人们多了一份理解,多了一份热爱。在李铁的中短篇小说中,很多是直接以工厂为故事场景,其他的也与工厂有着或多或少的联系。李铁曾经说过:

> 如果说我多写了一些以工矿企业为背景的小说,也纯粹是身在其中,绕不开这个背景所致。我在工厂工作了那么多年,我身边的人大部分都在工厂工作,身边的人和事都会投影到我

的小说中来。这是件自然而然发生的事,写他们我会有一种亲近感,甚至能闻到一种身临其境的味道,这味道也便成了我小说的味道,或者两者相混,已分不清谁是谁了。①

诸如此类的作家还有很多。如,毕淑敏在其小说《女工》自序中解释了为何选择女工这一群体作为故事的主人公,她"曾经有十年的时间,身为一家重工业工厂的卫生所所长,感受着普通女工们的喜怒哀乐,注视着她们的人生起伏,我已把她们当成姐妹,她们孤独而寂寞,虽然前方还有不绝的辛劳和挑战。但她们内心的善良和勇气,还有在命运跌宕中的清醒和坚定,使我不得不拿起笔,因为她们和我血肉相依"②。作家李佩甫,曾为许昌第二机床厂的一名车工,是地地道道的工人的后代,又在工厂里生活了七八年,对底层工人的生活十分熟悉,也十分有感情;蒋子龙做过天津重型机械厂的车间主任;肖克凡从天津发电设备厂的技术人员,一路做到机械局、市经委的干部;谈歌在河北宣化钢铁公司服务公司做过工人、宣传干事、车间主任等职务;刘庆邦在煤矿待了九年……这样的成长脉络决定了这些作家们对工厂的环境有着完整而深入的把握,对工人们有着不一样的深厚情感。

还有一些作家虽然未必当过工人,但与工人有着割舍不断的联系。如《工人》的作者于泽俊,出生在一个工人家庭,父亲是工人,兄弟姐妹六人无一例外地全都当过工人。用作者本人的话来说:一提起"工人"二字,我就会想起埋葬在黄土高原上的父母亲,想起我那已经下岗十多年的姐姐、弟弟和妹夫,想起父辈的叔叔大爷们那一张张憨厚朴实的面孔,想起我的那些和我弟弟妹妹同样命运的中小学同学。他们为我们这个国家创造了巨大的物质财富,也在推进着社会的进步与文明,他们那种吃苦耐劳、团结协作的精神,那种大公无私、甘当建设者的大气,不仅是工人阶级的本质特征,也构成了新

① 李铁:《再谈辽宁工业题材创作为啥弱》,2009 年 2 月 18 日,http://www.liaoningwriter.org.cn/a/zhuanti/lnzytccz/qtnr/html/276.html.

② 毕淑敏:《女工》,第 1 页.

中国民族精神的主体格调。这是一笔巨大的精神财富,是新中国成立后我们反反复复宣传和提倡的价值观,丢掉了这些,我们还有什么？改革开放以后,他们又在另一种意义上为国家做出了巨大的贡献,他们以自己下岗承担了改革开放的沉重代价。没有他们,就没有今天改革所取得的这些成绩,没有他们,就没有共和国的今天,我们不能忘记他们！他们虽然只是一些普普通通的劳动者,但是也有自己的喜怒哀乐、悲欢离合,有着精彩辉煌的人生和传奇般的经历。他们的命运可悲可叹,可歌可泣。想起他们,我就会有一种发自内心的不安,总觉得欠了他们什么,所以我要写这部小说,为他们立传。于泽俊的这一段自白不仅道出了他塑造工人形象的初衷,也表明他对工人这一群体的深厚情感如血液一样已经融入他的体内。正如作家梁晓声在《工人》序言里所说:"我一向觉得——对于文学,情怀是有特殊分量的。好的文学作品,几乎无一例外地流淌着真挚的情怀,如血液流淌在人的身体里。一首诗,一篇散文是这样,一部小说尤其是这样。"①这种情感的融入也使得这一类形象更加有血有肉、可感可亲。

　　作家塑造工人形象也是社会责任感使然。自 1978 年以来至2008 年,改革开放已走过了三十年的历程,在这三十年里,世情、国情、党情都发生了重大变化。优秀的作家要担当起社会责任,忠实于这个时代,是需要拿起手中的"武器"作一次记录,为民族、为后代、为历史留下一个剪影,成为后人拼接我们这个时代被风吹散的记忆。由于工人在我们国家特殊的独一无二的地位,以及在国家现代化进程中他们所承担的重任,必然决定了这一类形象会成为作家们反映时代风貌的一个方式。在对这些形象的塑造中,产业结构的转移重心、个人分工的升级细分、国进民退的体制困惑、政企不分的管理难题、工业污染的生态严峻、分配不均的利益冲突等等都将引领作家冷静地期待,小心翼翼地审视,永不厌倦地反思。对新世纪

----

　　① 于泽俊:《工人·序》,文化艺术出版社 2011 年版,第 1 页。

工业化进程的迷茫与困惑交织一起,使作家一时陷入思想创作的困惑,而在反思与思考过后,必然带来新世纪工业题材小说创作的繁荣。正如池莉所说:"哪一个题材能够进入作家的视野,是社会发展和作家创作双向选择的结果……"①另外,前文已提及,近年来关于"底层"已成为颇受人们关注的话题,这一时期的工人题材,在社会发展的大背景下,其原有的英雄叙事已经式微,工人在这一时期更多地呈现出来的恰好是底层的特征。传统的计划经济下的产业工人逐渐退出了历史舞台,他们面对的不是书记厂长和"铁饭碗",而是千差万别的老板和流水线上的血汗拼搏与底层向上的挣扎,这是身份变更的蜕变之痛。作家们关注和书写"下岗失业"断臂之痛中的工人命运,恰恰能较好地体现作家们对社会公正、民主、自由、平等以及贫穷、苦难和人道主义等一系列历史美学难题的诉求,可以丰富地反映社会问题,更深地切入人性的内容挖掘中。毕竟,只有把社会责任感和心灵自由和谐地统一起来,才能凝聚成作品的现实感染力。

第四节　女性群体对多舛命途的表达

毕飞宇等作家笔下的女性,无论是农村女性还是城市女性,抑或是风尘女子,尽管在作品中她们所处的时代背景、各自的身份及社会关系都不尽相同,尽管她们奔波突围、挣扎反抗,但大多数女性的命运最终却出奇地一致:千红一哭,万艳同悲,而且这种悲剧都是命中注定,难以逃脱。

一、无可逃避的悲苦宿命

综观毕飞宇等作家的作品,总是弥漫着一种"自在飞花轻似梦,无边丝雨细如愁"(秦观《浣溪沙》)的气息,一种潜在的悲剧性的东

---

① 　浩瀚:《工人形象不会长期缺席》,《中国艺术报》2004 年 4 月 9 日。

西在暗流涌动,直指女性,令人心悸。无事悲剧下的惠嫂、男权阴影下的施桂芳、心灵悲剧下的玉米、生命成长悲剧中的玉秧、愚昧年代中尚未怒放却已凋谢的小青、绚烂无比却马上沉寂的三丫;现代围城里的困兽林红,事业的痴狂追求者筱燕秋,欲望诱惑下的堕落者乐果、一朵、小云等;沦落风尘的婉怡、桃子、小金宝等,无不演绎着红颜薄命的古训,无论她们平庸还是精明,也无论她们善良还是阴鸷,更无论她们是顺从还是反抗……她们最终都是无助悲苦,命运早已注定,难以逃离。

　　古老的乡村陋习与世俗的男权力量结合在一起,构成了农村女性普遍的生存环境,而没有被这个生存环境赋予多少合法权利的女性要生存,首先依靠的就是男性的"爱和同情"。于是玉米下嫁郭家兴、玉秀谋求高伟和郭左的爱情、玉秧情愿被魏向东亵渎,柳粉香"知道自己,懒。懒的人必须有靠山,没靠山只能是等死了"[1]。就这样她们一步步走向了男权,走向了忍辱负重,走向了隐忍和屈从的悲剧命运。

　　其实筱燕秋追逐梦想的过程比玉米们还要令人心痛,因为我们根本看不到她的出路在何方。尽管她以自己的生命完成了"青衣"这一角色的塑造,但对她而言,也许为了出演青衣而苦苦煎熬的整个历程才是最具悲剧性的一场演出。现代文明在带给林红、一朵等城市女性富足优越生活的同时,也带来了匆忙与困惑,成功与堕落,她们在不知不觉间成了现代围城里的困兽,无法逃脱,只能发出绝望的哀嚎。

二、悲剧命运的原因探析

(一)恶劣的生存环境

　　贫瘠的时代、古老的乡村陋习、男权文化和历史传统等恶劣的生存环境,是导致农村女性悲剧命运的重要原因之一。因为"外界

---

[1]　毕飞宇:《玉米》,第37页。

的生存环境以命运的形式左右着人物,造成了人的困境"①。《楚水》中的桃子们,《平原》中的三丫、红粉,《三玉》系列中的王家三姐妹、施桂芳以及被王连方蹂躏的老中青三代女性等,无不生存于这样恶劣的困境中,她们正如鲁迅曾言的"笼子中的鸟",始终生存在困境中,难以冲出樊篱。因为在男权社会中,广大女性没有被社会赋予任何合法权利,在家庭中也被置于边缘地位,她们承受着男权伦理和男权专制的残害,但是她们决不会像子君们那样勇敢地喊出"我是我自己的"的心声毅然走向新世界的。因为在她们看来,要活下去、要活得好一些,依靠自身的力量是不可能的,只有依靠男性才有可能走向幸福。所以通过婚嫁来谋求生存状况的改善是她们——广大的农村女性的必然选择。即使如柳粉香等已婚的女人和受了较多教育的未婚的玉秧等也仍然要以性、色为手段谋求生存权。对于女性这种意识深处对男性的依附性及可悲的命运,鲁迅有过这样的描述:

> 拿一匹小鸟关在笼中,或给站在竿子上,地位好像改变了,其实还只是一样的在给别人做玩意儿,一饮一啄,都听命于别人。俗语说"受人一饭,听人使唤",就是这。②

尽管这些"笼中鸟"的欲望简单合理,无非是要活着,要做一个女人、一个妻子、一个母亲,尽管她们也很努力,然而客观现实并没有为她们抵达理想彼岸提供必要的保障和应有的条件。相反男性长期的奴化灌输造成她们人格的缺失,人性的异化,最终走向悲剧的命运。"玉米为母亲伸冤的办法是羞辱被她父亲睡过的女人,而无法指责真正造孽的父亲,尽管玉米她们生命最大的阴影和悲剧都来自她们父亲和父亲的所作所为。"事实上"王连方敢于霸占王家庄'老中青'三代女人,郭家兴能够命令玉米一个大姑娘上床'休息'",只是因为"男权发展到了极端——政治上的绝对统治造成了对女性

① 汤玲:《批判中的脉脉温情——毕飞宇小说论》,《当代文坛》2005第3期。
② 《鲁迅全集》第4卷,人民文学出版社2005年版,第615页。

的绝对支配和占有"。① 这就是农村女性生存的真实状况和必然的
悲剧命运。

（二）自身的缺失与认识的局限

与农村女性的无可逃避的"笼中鸟"境遇不同，城市女性们则自
设鸟笼，自筑围墙，屈从于金钱、权力、地位来满足自己的欲望，放弃
了真正意义上的活着，真正意义上的幸福。

与《玉米》的男权环境不同，筱燕秋这个现代女人的悲剧应该是
更为沉痛的。优裕的生活环境和丈夫近乎奴婢的巴结，并不能从本
质上让她满足于快乐。筱燕秋身上有一种让人惊讶的执着和勇气，
不甘心在毫无生气的生活里随波逐流，当心中的事业被世俗逼到尽
头时，她选择用自己的生命来祭祀；她身上有一种浓重的自哀情调，
也有一种出尘脱俗的灵气，她追求唯美主义的"青衣"，比之世人，她
的事业追求带有更宝贵的纯洁性。然而人生如戏，只是她入戏太深
了，在自设的图圈里走到了生命的尽头。

《唱西皮二黄的一朵》中的一朵，本来是一个善良的女孩，但是
城市生活使得她虚荣心极度膨胀。为了消除贫贱身份暴露的可能
性，她竟以美色为饵，诱使色令智昏的愣头青去伤害无辜甚至可能
是自己亲人的人。

> 世上万般事，全是一眨眼。灯红酒绿，掉过头去就是黄土
> 青骨。大上海也好，小乡村也好，你给我过好了，是真本事，真
> 功夫。小金宝就是太浑，没明白这个理，自己把自己套住了，结
> 成了死扣。②

尽管一方面小金宝是政治斗争的牺牲品，但另一方面不能很好地把
握自己对权力金钱的欲望也是她遭遇不幸的重要原因之一。

从玉米、玉秀姐妹到筱燕秋、一朵和小金宝，她们都在执着的奋
斗和艰难的挣扎中试图改变自己的生存环境与既定的悲苦命运。

---

① 李生滨：《叙述带给我们的亲切精致和心灵伤痛——细读〈玉米〉》，《名作欣赏》
2004 年第 7 期。
② 毕飞宇：《上海往事》，第 77 页。

但是,她们都在追求的过程中失落了自我,而把满足欲望的希冀寄托在某种外部的力量上,比如男人、权力、名利和事业,认识的局限和自身的不足,导致了盲目的行为,欲望对人性施行了残酷的伤害和扭曲,最终只能上演一幕幕女性压抑痛楚、丢失自我的人生悲剧。

在人类所有的失落中,失落了个性,失去了自我,是最沉痛的失落。自觉地找回女性自己,也不枉身为一个男性作家的毕飞宇对女性生存现状和价值取向惯有的特殊的关注和理解。而且女性也只有找到真正的"自我",并且修正了这个"自我",使其内在结构更具活力,更少缺陷,更具自主性,更少依附性,方可避免被物化、边缘化和异化的危险,才能更自如地体验内在的幸福感。

无论是隐忍的农村女性,还是痴狂的城市女性,抑或是无奈的风尘女子,几乎每个女性面对的都是惨淡的人生际遇,她们有的悲惨地离开了人世,如小青、三丫、吴蔓玲、筱燕秋和桃子,有的还在"痛苦"地活着,如玉米、玉秀、玉秧、婉怡和林红。尽管女人是弱者,但她们依然用柔弱的肩膀承受着一切变故,用女性特有的毅力和耐力消融不同的伤痛。千百年来,中华民族的女性受尽了各种磨难,也因此提升了她们对灾难的承受能力。面对不济的命运,她们或者莞尔一笑,或者淡然处之。而毕飞宇等作家也正是通过叙述这些女性的悲剧而获得了对于女性内心的体认和理解,但是,在那些绝望呼号之外,我们似乎看不到一丝亮点,他似乎告诉女性,除了哭泣和无奈,面对多舛的命运,她们不能逃脱,而且永远别无他法。

总之,在作家们的笔下,物质条件的差异使城乡女性拥有不同的人生追求:农村女性在物欲世界里苦苦挣扎,为自己争取良好的生存空间,在现实需求与心灵需求之间痛苦徘徊;而在现代文明世界里,城市女性则在承受着"精神家园失落"的困扰,迷茫地徘徊在自己的人生旅途上。但是执着与坚强扎根在她们柔弱的身躯里,她们并不畏惧生活中的阻力,依然在努力追求自己的理想人生。"然而对理想的追逐并没有把她们送到幸福的彼岸,反而掉进人生悖论与宿命的怪圈。也许,毕飞宇无意给他的主人公们指出一条救赎的道路,他只是在言说着用他的心所体味与观察到的生活。"①但这绝不是女性命运的本质和生活的全部,即便在她们乌黑瞳孔里流露着茫然之时,在她们自己无法把握烦恼人生之时,等待黑暗终结和黎明来临的希望依然深藏她们的心灵深处,这也许才是活着的意义。

作家塑造的一系列女性形象,写出了各类女性悲剧命运的形态、生命的欲望和生命的流程,这为女性从生命的角度认识自己提供了很好的文本——身处人性的深潭,却无法自知,越是追求,越是奋争,人性越是滑向深处,这种人性的异化和困境也向我们提出了一个更为深远的问题:"如何才能保持人之为人的本真而永不褪色,让生命之树健康且常绿不衰? 人的真正的生存价值和合理的生存方式到底是什么?"②女性如何才能更自觉地直面生存,审视生存,关注人性,关注自我,找回本真,找回自我。

这样的研究,无论是在对人性的终极关怀上,还是在对女性生存命运的关注上,都在深沉地呼唤女性的生命理想和健康平等的生命观。这无论是对女性还是社会都将有十分重要的意义。

---

①　汤玲:《批判中的脉脉温情——毕飞宇小说论》,《当代文坛》2005 年第 3 期。
②　徐安辉:《生存挣扎中的人性异化》,《名作欣赏》2005 年第 3 期。

|第二章|
审美意识论

　　文学是用美妙而含蓄的语言来表现人生的,是在普遍兴味和个人风格中反映特定历史阶段人们的生存状态的,是一个民族的心灵史。人们对文学本质的认识受社会、历史、文学自身发展状况的制约,文学的本质定义明显具有时代性。文学的现代生产时期,在保持自身的属性的同时,又要实现自己的责任。不同的人物形象塑造具有不同的社会根源,同时还与作者的性格、经历等相关。我们从相对客观的角度,中立地看待这一时期中国小说刻画的"小人物"群体,以期为人物形象的表达提供新的视角。

第一节　农民形象:平民化视角的深入挖掘

　　虽然转型期小说中出现了大量进城农民的形象,但由于创作者的视角局限以及文学环境等原因,许多作品仅停留在尝试与探索阶段,对这一形象的塑造也没有达到一种质的飞跃,对其积极客观的审视评说,具有十分重要的意义。

一、在探索中发展的农民形象

　　作为一个拥有众多农民的国度,农民无可替代地在中国历史中拥有重要而特殊的地位,作为上层建筑之一的文学也不可避免地把农民作为主要的反映对象。农民在进入新世纪以后,发生了根本的变化,他们有的仍然依恋土地,有的不再拘泥于乡土社会,走出了与土地结下的血缘关系,走出了传统的人际伦理关系,开始向乡村之外的世界流动以求取生存性的需求。因此,作者笔下出现了大量的留守和进城的农民形象,而对这一形象的塑造,既保留了传统农民形象的特点,同时也在积极探索中发展。在 20 世纪中国文学史上,鲁迅、赵树理、高晓声是塑造典型农民形象较多,也是取得较大成就的作家,我们以他们笔下的人物为例,探讨一下新世纪以来农民形象的塑造对以往传统农民形象的继承和创新,即新世纪以来小说中塑造的农民形象保留了对农民生存命运和生活出路一如既往的关怀和思考,与以往不同的是,这种关怀和思考是从阶层的角度去阐释的。

(一)生存命运的关怀

农民自古以来处在社会的最底层,苦难深重。因此,无论是哪一个时代的作家在塑造农民形象时,总会把他们的生存状态和命运放在首位,以现实主义的客观态度描述中国农民的现实生存处境,书写中国农民作为社会弱势群体的基本生存状态,特别是以忧心的笔墨展示了中国农民依然存在的贫困交加的生存现状。

鲁迅是第一个自觉地描写普通农民的作家,在他笔下尽管对农民的劣根性不无痛怒,但也不乏哀怜之情:阿 Q "上无片瓦,下无插针之地",在封建阶级的统治和压迫下,他不仅失去了土地、房屋,甚至连姓名也失去了;而闰土呢,"多子,饥荒,苛税,兵,匪,官,绅,都苦得他像一个木偶人了"[1],"先前的紫色的圆脸,已经变作灰黄,而且加上了很深的皱纹……他头上是一顶破毡帽,身上只一件极薄的棉衣,浑身瑟缩着"。而那手"却又粗笨而且开裂,像是松树皮了"。[2]

---

① 鲁迅:《呐喊》,第 63 页。
② 鲁迅:《呐喊》,第 61～62 页。

像阿 Q 一样,闰土也是连起码的衣食要求也被剥夺,其他诸如七斤(《风波》)、爱姑(《离婚》)、祥林嫂(《祝福》)等也都是这样衣食无着、困顿窘迫的悲苦人物。在鲁迅笔下真实地展示了农民凄楚的生存现状。

赵树理是继鲁迅之后最了解农民的作家,他出身于农民,与广大农民有着天然的血缘关系,他深切地懂得旧中国农民的痛苦,因此在他的笔下虽然有小二黑、小芹(《小二黑结婚》)等乐观向上的农村新人,但除此之外,我们在他的作品中也看到了中国农民在封建势力下家破人亡、在军阀混战中颠沛流离的图景,如《李家庄的变迁》以长卷式的写法,描述了铁锁、春喜等处于底层的农民如何在痛苦的煎熬中走上了革命道路;《有个人》则反映了 20 世纪 30 年代农村经济走向崩溃后,在各级政府的苛捐杂税多如牛毛和村里地主富农敲诈的情况下,勤劳善良的农民如何苦苦挣扎,走投无路;《小二黑结婚》《李有才板话》《邪不压正》中的农村,虽然已经是革命政权统治下的农村了,但新政权能不能代表贫苦农民的利益依然是一个问题,乡村中的封建势力、包办婚姻、迷信活动等阻碍着农民的进一步解放,在他的笔下,匍匐在土地上的农民仍然在痛苦地挣扎、艰难地觉醒、顽强地崛起。

高晓声是继赵树理之后,写农民题材的又一位有影响的作家,被中国作协副主席陆文夫评价为是"继鲁迅、赵树理之后,我国又一位画国民灵魂的高手"。这样一位对农民命运满怀忧思的作家,在《李顺大造屋》中讲述了李顺大"三起三落"的造屋史,这本身就构成了人与时代的最大悖论:一个获得了土地成为主人的新一代农民在新中国成立三十年后还无屋可居。我们且不论李顺大每次攒足房钱的光荣与梦想一次次在政治运动中化为泡影,单就"造屋"这一最为朴素的生命关怀就可以使农民"解放"的意义彻底消散。

新世纪以来小说中出现的农民形象,可以说和上述作家是一脉相承的,都不约而同地把视角对准在农民艰难的生存命运上,无论是在困境中忍辱负重的"泥鳅",沉重飞翔于城乡上空的"候鸟",还是依附于男性的"凌霄花",抑或是一些成功者,实则都向我们显示了这些农民的守土之难和离土不易。当生活向他们无可抵抗地挤压过来,为了生存,他们只有通过"坚守"与"漂泊",才能顽强地生存下去。

由此可见,无论是以往的小说,还是目前对农民的塑造,都把关注中国农民生存命运贯穿始终,运用或借助形象的塑造,表达出中国农民的基本生存愿望,写出了中国农民的日常生活追求与期盼和他们所追求的最基本的生存权利。

(二)生活出路的思考

关注中国农民的生存命运,更加关心农民的生活出路,这是新世纪以来小说中在塑造农民形象时对以往的又一继承。其实书写中国农民的历史苦难,总结历史教训,思考农民发展的种种障碍,都是为了探索中国农民的现实生活出路,把握时代走向,因此当我们涉猎农民题材小说时不难发现,作家们都表现出了对农民生活出路的思考。

鲁迅是一个以平民为本位的思想家,他思想的核心正是对平民出路的探索和思考,在他的小说中不仅给我们塑造了那么多受苦受难的农民,而且还着重剖析了中国封建社会制度和封建传统思想对于农民精神的毒害,以及由此形成的农民性格上的弱点,如麻木、冷漠、保守、固执、目光短浅、因循守旧、盲目自大、欺弱怕强的奴性等等,以唤起人们对中国农民的现实要有清醒的认识。鲁迅曾在《灯下漫笔》一文中指出:"实际上,中国人向来就没有争到过'人'的权利,至多不过是奴隶,到现在还如此,然而下于奴隶的时候,却是数见不鲜的。"因此,他将中国人的生存状况直接归纳为两个时代:"一,想做奴隶而不得的时代,一,暂时做稳了奴隶的时代。"①他笔下的许多人物都属于这两个时代。然而也有不甘于这两个时代的人,如《阿Q正传》中的阿Q、《离婚》中的爱姑等,他们都曾经反抗过,

————

① 《鲁迅全集》第1卷,人民文学出版社2005年版,第224～225页。

且都以失败而告终,但不难发现鲁迅是把"创造这中国历史未曾有过的第三样时代"作为包括自己在内的"现在的青年的使命"。

赵树理是我国当代第一位明确坚持乡土社会立场、坚持真实言说的文学作家,他笔下出现了形形色色、血肉丰满的翻身农民形象,揭示了他们走向新生活、新社会的曲折过程,同时也体现了几千年封建统治和小农经济给部分农民造成的逆来顺受、麻木不仁的精神状态和自私、保守、迷信等民族劣根性,更重要的是在形象的塑造中体现了赵树理对中华民族长期以来形成的特有的伦理关系和道德规范及其在新时代的发展变异即传统崩塌之后乡村生活秩序重构问题的思考。

高晓声对农民的深刻理解是建立在他对农村生活的切身体验以及对农民坚韧苦难精神的由衷赞叹上,但也不乏理性的审视。在他对李顺大、陈奂生等一系列典型形象的塑造中,深入探讨了风云变幻的政治、经济变革对普通农民命运的深刻影响。而且他极其敏锐地发现十一届三中全会之后,农民的物质生活虽然有了很大改善,像"漏斗户"陈奂生也"囤里有米,橱里有衣","肚里吃得饱,身上穿得新","身上有了肉,脸上有了笑","无忧无虑","满意透了",但社会的发展也对他们提出了新的要求,毕竟长期的小农经济方式和封建残余的影响造成了李顺大和陈奂生们一定的性格缺陷,集中地表现为他们的"奴性"意识和"阿Q式的"精神胜利法。因此,在他们应该做主人的时代,他们一方面没有做成主人,另一方面没有当家做主的意识和才能,而这不能不再次引发我们对他们出路的思考。正如高晓声本人所言:"李顺大在十年浩劫中受尽了磨难。但是,当我探究中国历史上为什么会发生这种浩劫时,我不禁想起像李顺大这样的人是否也该对这段历史负一点责任。"①高晓声深沉地感叹:"他们的弱点不改变,中国还会出现皇帝的。"②可谓一语中的。

———————

① 高晓声:《〈李顺大造屋〉始末》,《雨花》1980年第1期。
② 高晓声:《谈谈文学创作》,《长江文艺》1980年第9期。

自新世纪以来,作家在小说中塑造农民形象时,也没有仅仅从他们的生存际遇出发,也包含了他们对转型、变化的思考。虽然从20世纪70年代末农民开始逐渐解决了温饱问题,然而解决了温饱问题的乡村不一定是农民的乐土。对此,许多作家一直保持着高度的警惕,警惕自己将文学变成单纯的赞颂。也许一两篇小说是显示不出多重意蕴的,然而当它们以一个系列的姿态排列在一起时,我们便会看见一个活生生的乡村世界:如林秀珊和王锐的家乡土地沙化严重,农作物来年减产,只能纷纷外出;郭芝麻因生二胎罚了钱,只能出去打工挣钱把罚款还清;"大嫂"要给儿子挣学费等等。由此可见,乡村民主法制、乡村婚姻、乡村教育、乡村文化建设、占用耕地以及农民发家致富的新途径等等都成为当代作家关注的中心,这使得他们眼中的农民的种种出路选择成为了必然,也折射出了他们对农民生活出路的思考。

(三)底层视角的发掘

和以往不同的是,新世纪以来在对农民的塑造上,作家不是居高的俯视,也不是站在"边缘"的观赏与把玩,而是以一种平民化的视角,以一种悲悯诚笃的情怀,以一种亲切朴质的笔触,去描写底层生活的苦涩与欢愉、哀怨与企望、自尊与卑微,去揭示底层人的物人性中的亮点与盲点,让我们感悟到在浩浩荡荡的时代大潮中他们的生存格局和心路履痕,同时又以平民意识和人道精神对于灰暗、复杂的生存境况发出质疑的批判,揭示底层人悲喜人生与人性之光。因此在小说中,我们所看到的不仅仅是农民的窘困和无奈,还展示出这一阶层的生存状态、生活方式、价值信念和道德理想。许多小说中的人物形象不是以个体,而是以群体来出现的。如尤凤伟的长篇小说《泥鳅》中书写了背离乡土进城打工的形形色色、不同命运的底层人物形象;吴炫的中篇小说《发廊》里的理发女,可以说是眼下作品中常常出现的进城打工妹的形象的代表,而且作者没有单独观照这一个形象,而是观照整个发廊一条街上各式各样理发女的沉浮命运;因此在铁凝《谁能让我害羞》中对主人公没有采用传统的有名有姓的称呼方式,而是用"女人"、"送水少年"等等这一身份式的称谓方式代表这一类群体;李锐在农具系列小说《残摭》中对留守在土地上的老农民称为"老者"。也就是说,作家"即使写一两个人物,却从阶层的目光去透视个体的特征,从个性化心态折射社会阶层和时代性的色彩"①。这也使得新世纪以来小说中农民形象呈现出异样的光彩。

二、农民形象的深度价值

作为一个新时期的农民形象有着独特的文学价值,同样因为是一个崭新的形象,在塑造时也难免会有一定的缺失。

(一)"边际人"的最佳代言者

新世纪以来,小说中的农民形象尤其是进城农民形象是对我国文学中农民形象的一次重要补充。对于农民形象的描写,20 世纪中国文学史上不乏典型的范例。如鲁迅等文化启蒙者们的乡村批判,沈从文、废名等对乡村和农民的诗意美化,山药蛋派对农民精神弱点的揭示和善意嘲讽,还有荷花淀派的诗意描绘,这都给我们提供了塑造农民形象的范本。而进入新世纪以来,作家通过体察世态、感受人情、体味人生、思索社会问题,写出了他们对社会、对生活、对人生的见闻和感受。在他们笔下有出卖苦力的劳动者,有在城里经历了大起大落"神奇经历"的青年人,也有凭借个人奋斗的老年人,有拉皮条的妓女,有讹诈钱财的无赖,有靠出卖色相生存的"二奶",还有任意克扣民工工资的包工头等等,为读者描绘了一幅幅色彩驳杂的众生百相,这使得当代文学中的农民形象大大地被丰富起来。

这一时期的农民形象折射出了整个民族在社会转型期的心理特征。作家们塑造农民形象时,通过让这些与传统有着千丝万缕联系的农民走进充满现代感的城市,去亲自创造与感受现代文明,让

---

① 张韧:《从新写实走进底层文学》,《文艺争鸣》2004 年第 3 期。

我们充分体会到了这一群体在社会转型期的心理特征,这一点在前文已有所分析,即边际人格已成为他们的核心人格。而这一心理特征恰恰折射出我们这个时代所有社会成员的性格特点。目前我国正处于社会的整体转型过程中,具体表现为由农业文明向工业文明,由封闭一元性社会向开放多元性社会,由乡村社会向城镇社会转化。这种社会转型过程中的多种文化模式、价值体系、经济结构的多元并存和相互冲突,造成了这一时代的人们一方面思想空前活跃,进取意识普遍增强,日益喜欢追求生活空间扩大、生活色彩增多、生活节奏加快的现代生活方式,但另一方面社会流动的增加、社会角色的丰富、社会交往的扩大及生活节奏的加快,也增加了人们生活的紧张感、压力感、恐惧感,使他们或多或少地孕育着边际人的萌芽。对于这样一种现象,作为以反映生活和社会现实为己任的文学作品,肯定要得到某种回应,而农民形象身上那种既有希望又常怀失望,既急需选择又别无选择,既要为适应新环境进行冒险,又要为承受旧传统付出忍耐的特征,无疑使他们成为边际人的最佳代言者。

这一时期的农民形象开辟了乡土小说的新视野。20世纪中国乡土小说最为显著的特征就是对于具有空间自足性的乡村世界的书写,作家在叙事中所展开的生活空间往往限定于乡村。这主要因为城市化的进程尚未大规模启动,城市无法大量吸纳乡村的剩余劳动力,所以农民进城并未成为社会经济生活中的普遍现象,从而无法支撑文学创作在这一维度的广泛展开——阿Q进城后除了行窃无以谋生,最终也只能返回未庄;陈奂生进城也只是卖卖油绳,城市在这里只是充当背景和参照物。新中国成立后,由于城乡二元社会体制的建构,使得农村人口向城市的自发流动近乎中止,乡土世界的空间自足性更趋强化。"由于个人意识与现实乡村的错位,20世纪90年代乡土小说无法展现中国社会转型期乡村的文化物质。①

---

① 参见丁帆:《中国乡土小说史》,北京大学出版社2007年版,第335页。

与此相比,新世纪以来小说中塑造的农民形象,尤其是进城农民形象的出现打破了乡村世界的空间自足性,既保持了对于乡土生活的呈现,又在这种呈现中展示了当代乡村令人震惊的贫穷,而且伴随着鞠广大、大宝哥、香香、阿瑶们等的进城,特定的城市生活空间由此展开。建筑工地、工棚、小餐馆、发廊、合资企业的生产车间等,是农民进城后的存身之所。毫无疑问,带着乡土记忆的农民们的城市体验必然不同于城市人的生存感知,从而生成城市空间无法同化的异质性空间。无法真正立足于城市也无法真正脱离乡土的农民们不得不往来于城乡两域,成为转型期身份特殊的社会文化群体。它所带来的两种文明的冲突,已经改变着中国传统的意识视域,可以说是已经渗透在我们的各种艺术描写视域,对于这一群体的追踪,必然使"新乡土小说"描写的笔触广涉城乡,从而拓展了传统乡土小说的叙事边界,同时也蕴含着重新整合"乡土经验",使其走向新的辉煌的契机。

(二)创作中的缺憾

自我言说的缺失。虽然新世纪以后农民和以往相比,多了一些具有一定文化程度的青年。但不容忽视的是,即使他们拥有一定的知识,但终究改变不了被他者言说的命运。"在城中,写乡土。这大概是一百年来中国文学的一种创作传统。"①综观大多数和农民有关的小说,我们会发现这些农民形象是建立在作家自己的角度去观察、叙写和塑造的,这就陷入了一种悖论:农民大众听不懂知识分子对于他们生存经验的表述,而他们自己又无法完成这样一种表达。因此在这种题材的小说中,即使有人物独白或心理活动,我们读起来仍然感觉那么苍白无力,更像是为了喊口号而喊口号,为了表达而表达,这就客观上造成了这一形象的主观化、片面化,成为"他者的言说"。正如有的学者所言:"不是要我们去为农民工的不公遭遇流廉价的泪水,文学所能做的不是满足知识分子或市民的怜悯之

---

① 施战军:《论中国式的城市文学的生成》,《文艺研究》2006年第1期。

心。而是要我们看到他们生活和心灵中那些坚硬的真理,是要和他们在一起,和他们一样体验和想象。"①"他者"视域想象中的农民形象能否展现这一群体真实的存在便成了一个有待探讨的问题。

道德审视的缺失。在审视农民形象时我们不难发现,许多作家在对农民进行塑造时更注重"哀其不幸",而忽视"怒其不争"。如《红煤》中对宋长玉,虽然作者在小说中以精微细腻的描绘,详尽地展示了主人公宋长玉攀附、奋斗、复仇、堕落的过程,但我们却发现作者对这一人物仍然呵护和关爱着,尤其是在宋长玉犯下了不可饶恕的罪行时,仍然放了他一条生路,可见在宋长玉身上,作者寄寓了大悲悯、大同情。在《泥鳅》中也是如此,作者塑造了形形色色的人物以及他们的各种遭遇,却没有给我们警醒他们人性本身的缺陷。总之,农民小说不约而同地隐含了"乡村美,城市恶"的原始母题,一种近乎简单的二元对立模式被建立起来:尽管乡村贫穷,但是人情淳朴,是情与真的故乡,是圣洁灵魂的寄寓处;城市虽然富有,但充满欺诈与邪恶,是物和欲的象征,是"人性丑陋"的供养地。

总之,当新农村建设如火如荼地进行时,当繁华的城市赤裸裸地展现在农民面前时,他们像是一条被抛入大海的小鱼,孤单、渺小、落寞和迷惘,他们的"坚守"和"漂泊"使得他们呈现出别样的特质。对于这类形象,有的作家从乡村政策的变动切入,有的从城市对农民日常生活的影响切入,有的从现代化对乡村的冲击引发的变化切入,等等,作家们都力图在更广泛的基础上把握中国农民在新世纪以来的探索和出路问题。作家们以不同的文化视野、文化理想创作了具有不同文化内涵的乡村小说,丰富了这一时期的农民形象,展示了当代文学包含的多元文化价值观,促进了文学的多样性。尤其是进城农民形象更是丰富了农民形象的内涵,成为中国转型社会中所特有的一类形象,"他们身体漂在城市里,心神仍在乡愁中","'乡心'是难以挪动的内在取向,在物质和生存催逼面前,它来到城

---

① 编者:《留言》,《人民文学》2005年第11期。

市里也无外乎饱经折磨和困苦",他们是名副其实的"城市异乡者"①。而且有专家指出:"民工潮是中国社会现代化过程中人口由农业向非农产业,由农村到城镇转移而出现的一场社会结构性大流动,这一流动将是一个长期的过程,直到中国社会完成自身的社会转型……民工潮不会趋于缓和,也不会成为一个爆炸性的问题。"②可见,他们这种"异乡者"身份的改变将是一个漫长的过程,但最终会由于社会完成自身的社会转型而有所改变,那么这意味着描写这种身份认同困境的文学带有一定的过渡性,使得这类文学形象成为在中国社会转型期所特有的文学形象。

由于创作视角或情感因素等局限,至今作家们笔下还未创造出极具艺术魅力、影响深远的典型农民形象。比如这些形象在基本价值观念上是有明显的"乡村道德优越感"的,在写法上,"作品不同程度地出现了或者浪漫有余或者情绪失控或者语言粗糙或者手法笨拙等问题"③。这种缺憾也为今后塑造农民形象留下了可供超越的创作空间。相信农民形象也将不断地走向成熟和完善!

第二节 知识分子形象:社会启蒙中的人性缺失

新世纪以来,我国知识分子形象和地位已有了较大改善,他们在社会主义现代化建设中被称作先进思想的传播者、科学技术的开拓者、"四有"公民的培育者、优秀精神产品的生产者,这一定位的确立对社会的发展与进步起到很大作用。新世纪以来的小说展现出来的知识分子形象有对之前这一形象描述的继承,但大多数作品没有从立体角度来全面审视这一群体,所以我们需要把小说塑造的知

---

① 施战军:《论中国式的城市文学的生成》,《文艺研究》2006 年第 1 期。

② 刘应水:《中国城乡关系与中国农民工》,中国社会科学出版社 2000 年版,第159 页。

③ 施战军:《"进城":文学视角的挪移和城市主体的强化》,《扬子江评论》2007 年第6 期。

识分子形象放在历史长河中,去深入思考和评析。

一、在社会变迁中走向多元化知识分子形象

中国知识分子作为社会中重要的阶层之一,他们肩上担负着社会赋予的特殊使命,这就必然决定了他们的社会地位,但作为一个群体,他们也具有"独特"的弱点。知识分子自从诞生起,就在社会属望的目光中生存,经受着社会与个人的共同支配。与之前的"思想启蒙者"这一角色不同,新世纪以后的小说中知识分子在社会的变迁中角色走向多元化,他们开始反思社会责任、自身个体的内心世界,并以世俗化的眼光来看待生活。

(一)社会启蒙的反思

从历史和社会的角度来看,中国的"士"和西方的知识分子不同,他们很少有独立性,缺少独立的思想、独立的人格,由此被披上了"忠君"的外衣。他们从一开始就不是社会的支配者,只是为社会支配者出主意的人。他们只是"师爷",不能脱离政治家而独立于社会。他们的思想只有被政治家采纳以后才能变成现实。文化是知识分子的个人才能,他们靠这种才能来提高自己的社会地位。而才能是否能换取地位,关键在于是否得到掌权者的赏识。"知遇之恩"是对他们最重要的恩惠。所以,迎合掌权者是以切身的利益作为驱动力的。中国知识分子的这种劣根性至今还保留着,甚至在某些人身上得到了发扬和创新。

进入新世纪以后,社会发展,政治地位提高,与历史中的专制条件相比,知识分子有了较大的生存空间。但多元化的环境让他们对自身的价值不断进行反思,他们或者屈从权力的意志,从而失去了知识分子的固有特征,或者沉默,不能发挥其批判作用。新世纪知识分子题材小说正是以同情的目光审视知识分子在困境中的迷茫状态,对在迷茫中仍坚守的知识分子抱以理解和宽容。在作品中,知识分子所面临的不仅仅是物质生活方面的压力,他们要面临知识与市场、知识与权力、知识与历史、知识与政治等多方面问题的缠

绕。黎阳的《何处是归程》充分揭示了年轻的理想主义知识分子如何在"权力崇拜"的压榨下痛苦地蜕变;史生荣的《所谓教授》则体现了在新的学术体系下志业者们处境的艰难;王心丽的《凯斯酒吧》则揭示了逃离了体制的知识分子的灵魂漂泊。

新世纪以来的小说中,还出现了知识分子对"社会责任"的多种解读。应当说,"社会良心"是知识分子这个群体的社会责任,是知识分子这个群体的高尚追求。然而就每一个体而言,不是人人都"志于道"、都能承担起"社会良心"的责任。在知识分子这个队伍中,明哲保身者有之,趋炎附势者有之,出卖灵魂者历代也大有其人。所以,"社会良心"是知识分子的最高境界,而不是划分知识分子的基本条件。如果严格用"志于道"、"社会良心"作为标准,一定会有一大部分有知识分子身份的人被排斥在知识分子这个群体之外。

(二)个体内心的关怀

新世纪初期面世的这一批知识分子题材的长篇小说,其主人公与以往知识分子形象的最大不同之处就体现在他们在价值理念的深刻逆转上。他们不再关心历史宏大话语,义无反顾地卸下了对于社会和公众所天然承载的道义责任,完成了从集体主义向个人主义的回归。

知识分子在这一时期生活于一种世俗化、商业化的环境中,处境极为尴尬,他们在形而下的生活中根本无法进行形而上的思索,面对"出世"与"入世"的矛盾,内心在作痛苦的挣扎。在种种残酷现实的威逼面前,他们的心灵有的抵制不了压迫和诱惑而发生蜕变,而这种蜕变对于知识分子来说,并不是解脱,反而是一种内心极大的痛苦。所以,新世纪以来的诸多小说创作者开始把目光放在知识分子的内心世界上,用笔来表现他们的精神煎熬,对其内心进行人文关怀。

新世纪出现了两部以非亲历性方式创作,以探究表现右派知识分子的生活、痛苦的心理发展历程为主题的优秀长篇小说——方方的《乌泥湖年谱》和尤凤伟的《中国一九五七》。作家通过作品所体现出来的是历史纵深感——对人世沧桑变幻的深度透视，对有限生活、眼前功利的超越以及在这种超越中看到的现实人生和世界的另一面。知识分子也有软弱的权利，在强大的压力和残酷的社会面前，他们中的一些人只能选择痛苦的活着。还有青年作家张者的《桃李》也是揭示了当下知识分子的内心问题。

在张者《桃李》中的主人公邵景文的人生轨迹转型过程中，他经历了刻骨铭心的痛苦，这种痛苦来源于金钱及权力的缺失所造成的个人尊严的丧失，这给了他一种内在的强大推力，可以说，其动机和目标都是纯个人化的。当社会处于改革的阵痛中时，作为一个人文知识分子，他并没有为社会道德滑坡、信仰崩塌而焦虑，其人生信念和前代知识分子已大相径庭，"从道德精英向知识精英转化，从精神向技术位移，从倔强地与世俗精神相抗争全面投身于消费社会，这正是后现代社会中知识分子最重要的角色转型"①。

（三）生活价值的世俗化

从 20 世纪末期至今，中国社会经济经过几十年的高速发展后，老百姓的物质生活水平得到了快速地提高。80 年代共同开拓启蒙事业的作家、学者在经历这种历史巨变之后，在商品经济大潮的冲击下，纷纷下海，纯文学杂志纷纷低下高昂的头迎合读者需要，文学进入了追逐媚俗与自娱的圈子之中，而且这种危机波及现实生活的各个层面，社会对精神理想失去了兴趣，正在进行的是物欲的狂欢。

知识分子和现实生活中任何人一样，都会面临许许多多的困境和难题，既然无法摆脱，那便只有勇敢地承担困境，选择坚守知识分子应有的那份道德操守。而现实的残酷并不能让他们那么容易坚守知识分子的道德情怀和批判精神。于是，他们不再追求清高的价值取向，而是充分利用自己的聪明才智来维护个人既得利益。他们

①　谢有顺：《消费时代的暖色幽默——〈桃李〉与当代知识分子形象的转型》，《南方文坛》2002 年第 4 期。

不再期待站在高高的殿堂上启蒙大众,即使心中仍然有一种难以割舍的知识分子情结,而是走向世俗化的生活方式。要么是把自己的知识和智慧作为挤进权力或金钱的中心的跳板,要么用欲望的满足来麻醉自己空虚的灵魂。

在这一时期出现了相当一部分描写大学校园的教授等学院知识分子的小说,比如说长篇小说《所谓教授》《所谓作家》《花腔》《感受四季》……在这些作品中,大学教师不再是连理发都要被奚落的"书呆子"了,而是被一群举止文雅的人所代替,他们不再从纷繁的现实世界隐退,而是过多的投身于这个世界,在世俗化的生活中追逐自身利益。知识分子身份的转变使他们不再掌握强势话语权利,因为这时金钱成为衡量一个人社会地位的重要标准。同时,在权力欲望的诱惑下,他们不甘心当体制中的受辱者,想办法获得权力,进入权力的中心。这些做法正是社会中世俗化在高校小说中的真实表现。

再有另外一位作家——董立勃,自《白豆》出版以来名声大噪的他身不由己地成了当下最抢手或最走红的作家之一。不久前,董立勃出版了他的新作《米香》。这部小说无论题材还是背景,无论人物还是故事,与《白豆》都有不难察觉的血缘关系——它们都孕育于遥远的下野地,它们都与人性、欲望、权力、暴力和那个特殊的历史时代密切相关。这个故事可能并不新鲜,但在新世纪作家仍以这个原型结构故事,则从一个方面表达了他对这个群体的怀疑或不信任。许明的历史不止是知识分子的前史,他们的故事在今天还在上演。

人是不甘心在无意义的物质世界沉沦的,人必然在"自我拒绝"中体现存在的价值。永远与现存社会保持一段距离,保持一种自我生成的批判向度,这恐怕正是知识分子存在的全部价值和意义所在。"一个清醒的知识分子必须随时保持一种'自救'意识,知识分子小说需要的绝非为欲望追逐疯狂呐喊和对知识分子身份意识无情消解的所谓后现代主义。"①所以,如何针对中国目前的具体现实,重新承担起知识分子的批判性使命和道义上的责任,是知识分子小说所应体现的基本价值取向。

二、知识分子形象的意义和缺失

知识分子在中国是一个具有历史概念的阶层,自社会中"士"的出现至今,已有几千年的历史,他们也已经成为文学创作中重要的选材。从新世纪以来的小说中,我们看到了形形色色的知识分子形象,深入研究和分析这一形象的刻画与表现方法具有重要的文学价值和历史意义。

(一)承载社会变革的群体

新世纪以来的知识分子形象叙述为我国知识分子小说树立了新形象。曼海姆曾经这样评价知识分子,说他们是"人类漫漫长夜的守更人"。在传统文学中知识分子一直是以精英形象出场的。他们的形象往往被定义为忍辱负重、能够承受住苦中作乐、经历了炼狱般的磨难之后,又悲壮地生还,最终化作文学中令人仰止的文化英雄。在转型期的知识分子形象中,出现了许多之前小说中都没有详细叙述的群体,他们为知识分子树立了另外一种新的独特形象,比如新世纪以来典型的"导师之死"在传统知识分子小说中存在得较少,并且是无法想象、不可想象的,但是在转型期的知识分子小说中,如《导师死了》《午后的诗学》《桃李》《无常》《孔成的生活》《欲望的旗帜》《葬礼》等中,知识分子这一群体的形象被作者刻画得不同以往,已经发生了较大变化,他们不再对某一事物痴迷不已,也不对自身的精神传统深信不疑,他们只是在世俗化冲击的强大浪潮之下实现自身与社会的同步转型,在这一转型中出现的小说也体现出飞速变革的社会带给知识分子的深深的烙印,这也是新世纪以来小说中所承载的巨大社会意义。

---

① 孟繁华:《21世纪初长篇小说中的知识分子形象》,《文学研究》2005年第2期。

新世纪以来的知识分子形象真实地反映出这一群体的生存现状。从 20 世纪 80 年代初开始,我国即开始实行了改革开放。国家经济迅速发展,综合国力增强,人们的物质生活水平得到了较大提高。在这种社会状态下,人们的思想文化观念也随之发生了较大改变。人们开始以经济效益作为对周围事物的价值评判标准。在新世纪以后,这种转变更加明显。知识分子素有的"修身、齐家、治国、平天下"的人生价值追求以及"达则兼济天下,穷则独善其身"的人格信念也显得不合时宜,噤若寒蝉。社会、经济、文化的发展状况对知识分子的精神信仰、心理承受和基本生存的状态都产生了强烈的冲击,他们在社会经济与文化结构中的地位也遭遇到前所未有的挑战和动摇。这一时期知识分子小说全面、客观地描述了在社会转型期知识分子面临社会改变后的种种表现,真实地叙述了他们的生存现状。例如,在邱华栋的《教授》中,作者并没有单纯地把主人公赵亮描述成一个沉迷于声色犬马、执迷不悟的形象,在他伴随高官落马之后的自我救赎,让我们看到了精神之重生。而其同学好友,同为教授的段刚,虽愚笨执拗,但洁身自好,他对赵亮为政客、房地产商人帮闲的行为不齿,而另一方面又深深敬佩他的睿智博学、左右逢源,在原则和友谊间为维护正义备受煎熬,面对肉欲与爱情的极端诱惑奋力挣扎,顽强地保持了知识分子应有的独立人格、批判精神、人文关怀。这样让我们看到了希望的曙光。

(二)对社会价值反思的缺失

意义固然存在,但新世纪以来知识分子形象的树立过程中仍存在一定的缺失。

独立形象的缺失。在我国,民族文化传统使得读者习惯于把小说当作生活教科书的参照模板,尤其是知识分子作为社会责任的传承,被赋予重要的意义。现实中的知识分子在人格构建、心理塑造上存在缺失,小说对此进行艺术反映,不仅允许而且必要,它将引人警醒,有助于推动民族灵魂的重铸。但新世纪以来小说中的知识分子形象创造过多地受到外界的影响和支配,从来没有真正地独立过。作家在创作中,夸张放大知识分子的消极病态性格,对他们在社会生活中所起的推动作用和所做出的努力并没有太过描写,对他们中的高尚人格视而不见,这必然需要引起我们对整个知识分子群体形象塑造的担忧。所以在小说创作中,我们不能面面俱到,全面反映生活的真实细节,但对消极方面的描写应当适度,不可随意夸大,以偏概全。作品不仅要全面反映这一群体形象,而且需要深入、客观、真实,不能只是停留在现象的表面层次,应该注重艺术开掘与精神提升。

内心深刻反思的缺失。在这一时期的小说中我们看到众多对知识分子内心世界的描述,但作家仅仅是对表达手法作了简单修饰,并没有完全超越 20 世纪以来激进主义的思想潮流。作品中只是停留在对人物表层的认知,缺少人物性格等深入的理解,没有真正做到对人物内心进行表现与反思。在许多小说中,我们都可以发现这种知识分子形象,他们往往会采取背叛、出走乃至死亡的方式,去寻求一种内心的理想。例如在王家达长篇小说《所谓作家》中的作家胡然,就是作家创作时的一个例子。新世纪以来小说的这一叙事结构,在表层展现出知识分子内心的焦灼与自省、压抑与反抗,但它却没有真正表达出这个阶层依然存在的根深蒂固的"身份"、归宿或精神漂流的等问题。时代的发展使人文知识分子失去了曾经有过的优越,他们的不适和内心的不强大,使他们或是与社会、时代格格不入而被放逐和抛弃,或是最后走向死亡。如果是这样的话,那么这个阶层解决如何融入社会和自身角色的问题,其道路仍然还是漫长的。

生命价值的缺失。这一时期的知识分子小说多是侧重社会对知识分子群体的多重影响,缺少对这一群体在整个社会系统中价值存在的意义拷问。作为一个文学家,应该表达对知识分子生命价值的虔敬与对生命尊严的坚守,否则,随着这种缺失的泛滥,不仅知识分子小说作为表意实践的审美之维将呈现匮乏状态,其知识分子精神的救赎功能必然会完全减弱甚或消失。而且作家也丧失了自我反思、自我批判的勇气,更遑论能塑造出民族脊梁式的知识分子形象。这是未来小说创作中的重要任务,同样也是小说家们应该深入思考的问题所在。唯有如此,我们才能用笔描绘出真实、深刻的知识分子群体形象。正如我们看到的:任何忽视小说中知识分子形象的侏儒型、灵魂的卑琐化倾向,一味奢谈文学的现代性,同样不是一种科学的态度。因为,文学的现代性不仅仅取决于技术层面上的现代修辞技巧和表达手段,还取决于文学形象是否具有或在何种程度上表现出来的现代思想意识。①

从新世纪以来,知识分子作为社会群体中一支重要的力量,他们置身历史转型期,表现出种种姿态:一方面在社会大潮中,由于受到市场经济的影响,个体意识得到突然觉醒,然而面对自身的困境,他们感到难以忍受;另一方面在社会的整体巨变中,他面对日益分化和变革的社会,他们又不得不接受这一现实,逐步调整、适应一切。正如,河流中生活的鱼儿一样,他们向往大海的宽广,却又不得不屈从于现实,现实也在无形中加以影响,从心理到思想,从思想到行为。总之,尽管这一时期知识分子的形象有堕落,有屈服,但从整体上来说,他们积极向上,保持着知识分子特有的品质。这是我们感到欣慰之处。

第三节　工人形象:典型角色塑造的缺乏

新世纪以来小说中出现了具有新特质的工人形象,但由于创作者的视角局限以及其他原因,许多作品仅停留在探索阶段,对这一形象的塑造也存有一定的缺憾,对其积极客观的审视评说,具有十分重要的意义。

---

① 参见孔焕周:《关于中国现代文学中知识分子形象的精神追问》,《河南大学学报》(社会科学版)2004年第5期。

一、工人形象现实化、人性化的表现

当代作家在工业题材创作以及工人形象塑造上的不懈追求和艺术表现是令人钦佩的,这也是有着渊源的,工人形象的塑造自新中国成立以来就在当代文学史占有一席之地,如前文所举,20 世纪五六十年代,草明的《原动力》和《乘风破浪》、周立波的《铁水奔流》、艾芜的《百炼成钢》等长篇小说就反映了解放初期的工人;20 世纪80 年代,受改革文学浪潮的影响,出现了蒋子龙的《乔厂长上任记》、柯云路的《三千万》、张洁的《沉重的翅膀》等优秀作品;20 世纪90 年代,受"现实主义冲击波"的推动,出现了谈歌的《大厂》、张宏森的《车间主任》、刘醒龙的《寂寞歌唱》等作品。这些作品中,经历不同的年代,作家创作的主题、表现工人的重心有所不同,应该说,每个时代的工人形象塑造或者呈现主题都明显受主流意识的规约,带有典型的时代特征。如"十七年"文学中,所塑造的工人形象往往是两个极端,要么是"颂歌式"高大全式的人物,要不是需要改进提高的落后分子式的人物,不仅人物概念化,而且也存有艺术风格的雷同化、情节的公式化的特点;新时期改革小说中对工人形象的描述是带有诗意化、浪漫化的描绘特质的……和前期小说相比,新世纪以来小说中塑造的工人形象在继承了先期作品的"现实性"的基础上更加人性化。

(一)人性的关怀

新世纪以来的小说作品所涉及的工人题材或者说是工人形象,视野更为开阔,有的叙述工厂史,有的展示社会转型中工人的境遇,有的关注人的终极意义,有的呈现出工人的英雄主义风格。但值得欣喜的是,在这一阶段,虽然面对的是现代化的工业进程,是机械化、数字化,冷冷冰冰的大工业生产,但作家在把握这类题材和形象的时候,没有把它单纯当成附庸于机械的工具,而更多的是从人性的角度去关怀。

如女作家毕淑敏,在《女工》中对女主人公浦小提的塑造不是把视角仅置于对其不幸的遭遇上,而是从女性的生存实际出发表达了自己的人道关怀,尤其是对女主人公倾注了大量的理解与同情,并且流露出敬仰与尊重。文中有这样一段,描述的是浦小提在寻找工作一路失败后的所思所想:

> 躺在床上,她思前想后,为自己的命运哀伤。眼泪把荞麦皮的枕头浸透了,她就把枕头翻一个个儿,畅畅快快地继续流泪,直到另一面枕头也湿透。她的自尊心在暗夜中被击得粉碎,黎明时分又被眼泪黏合起来。她对自己说,浦小提,怨天尤人没有用,你擅长的翻动金属板操纵生产线,现在不需要了。剩下的本事就是洗衣做饭收拾房子买菜打扫卫生。世上专做这些活的那个岗位,长期的叫作保姆,短期的叫作小时工。只有这一条路了。靠双手吃饭,你不丢人。①

浦小提痛哭后的大彻大悟,实际上是她作为一位下岗女工的"宣言",虽然这份"宣言"没有表决心式的口号,也没有华丽的幻想,可是正是这份"宣言"让我们意识到了下岗女工那份生存艰难中的无助,以及在这种无助下找准定位、维护尊严的不易,让读者为浦小提这位普通的下岗女工所倾服,她不悲不戚,无怨无悔,善良而执着,她在本本分分中有尊严地活着。作者在这里对主人公表现的是深深的关怀,既非高高在上的导师,也非一味地哀其不幸,这种平视尊重的视角使得浦小提这位普通的下岗女工散发出独特的人格魅力。

作家李铁极为擅长处理工业题材小说。他"在理清了国营企业领导与职工,转型后的职工与老板,男女命运等关系之后,把重点放在了人物刻画上,而在人物命运之后,则衬托的是时代和社会的大背景。在这种种关系的逼迫下,人物命运多姿多态,凸显了生活的丰富性和人物性格的复杂性"②。如《杜一民的复辟阴谋》中的杜一民:他能用"鬼点子"摆平许多困扰职工问题,他看到工友困难,热泪

---

① 毕淑敏:《女工》,第181页。
② 魏来:《工业改革背景下的人性透视——评李铁工业题材小说》,《才智》2011年第6期。

漆漆;同时,他会用"善意的"谎言嫁祸于人,会和自己女同事一夜销魂……看罢后,我们很难按照通行的标准用善或恶来评判他是好人或坏人,但却觉得他是最真实的人,真实的让我们觉得他就在我们身边。我们通过杜一民以及他的"复辟阴谋"了解了工厂改制后工人的生存困难,了解了在这种困境下大家为了保住自己的饭碗而存在的那种人心浮动、人人自危的心理状态,让读者对这一诚惶诚恐心理状态下大家种种"不道德"行为的发生,有了更为宽容、客观的态度和理解,从而为广大工人在转型中的境遇同感同忧。另外,作家笔下的女性职工形象也不容忽视,对于女性来说,历来"贞操"都是第一位的,古语就有"饿死事小,失节事大"的说法,作家们在对女性工人形象进行描述,对她们的"堕落"更多的是从时代的悲哀、无奈的选择去看待。如《那儿》中的杜月梅——小舅的初恋,这个本是车间团支书的姑娘,本性是活泼快乐的,但是生活毫不犹豫地毁灭了她,结婚后不久丈夫死于车祸,女儿得了骨髓炎,在生活的压迫下,她沦为私娼,丧失了尊严。她的身体被贬低成为物品,被贬低成为廉价的商品。但是杜月梅的堕落并没有让人觉得要唾弃她,相反,由于作者对其前因、背景都做了极为充分的铺垫和说明,反而是她的血泪唤醒了巨大的同情力量,同时,"逼良为娼的历史自然激起人们的义愤和思考:我们的生活到底出了什么问题?"[1]还有《乔师傅的手艺》中的女主人工乔师傅,她是一位有着独立思想的女性,她在刚刚工作时就特别重技术,为了学习直大轴的绝技,主动选择了好女色的师傅,只因师傅的技术好,为此不惜牺牲了自己的贞洁。她深刻地意识到,为了赢得尊严必须首先放弃尊严。乔师傅付出了惨痛的代价换来的手艺最终却没有用武之地。乔师傅也好,杜月梅也罢,实际上我们已无法对她们作道德的评论。这是一个人的悲哀,这也是一个时代的悲哀,正如作家蒋子龙所言:"即便是工业题材,

————

① 吴正毅、旷新年:《〈那儿〉:工人阶级的伤痕文学》,《文艺理论与批评》2005 年第2 期。

最迷人的地方也不是工业本身,而是人的故事——生命之谜构成了小说的魅力。"①从人性关怀的角度切入去把握工人形象,使得这一时期表现工人形象的作品更加具有了生命力。

(二)英雄叙事的式微

以往的作品里,尤其是 20 世纪 90 年代以前,一提到工人形象,大部分人想到的就是大公无私或英勇无畏的英雄式人物。"十七年"时期,工人阶级翻身做主,成为国家的领导阶级,政治地位发生了巨大变化,他们尽其所能为党和国家积极做出贡献。"十七年"时期的工人形象肩负着文学与政治的双重使命,因此在这一时期的小说中,这些工人形象不仅个个高大威武,做事干净利落,还大公无私,胸怀坦荡,不怕困难,总是把党和国家利益放在第一位。如《原动力》中的老工人孙怀德,《百炼成钢》中的青年炉长秦德贵,《乘风破浪》中的李少祥等等,他们为了工作可以不吃饭,不顾危险,卖命工作,最终都成为了生产英雄,是当之无愧的时代英雄。甚至连女性工人形象的塑造,也一改我们传统所提倡的女性温柔、贤惠、含蓄、顺从、羞涩的内在品质,反之豪爽、泼辣、大胆、强悍等男性审美品质成为"十七年"时期新型工业女性的审美诉求,如《为了幸福的明天》中的邵玉梅、《一点红在高空中》的女电焊工、《钢铁世家》中的小翠等等都以"铁姑娘"的形象出现在读者面前,她们喜欢齐耳的短发、统一的工装、健康的肤色;她们推崇体力超强,追求的是一种中性化的审美观。这成为"十七年"小说呈现的独特审美景观。

新时期开始,随着改革开放引起的社会巨大转型,虽然政治对工人阶级的荫蔽依然有效,但国家在经济和文化的开放性政策,社会结构关系的松动和阶级壁垒的消解,这一切表明工人已经不再是独一无二的英雄式存在。在改革文学中最先呈现出来的改革英雄是乔光朴,这位工人里的"头儿"即厂长成为了新一代的人物形象,

---

① 转引自李雪:《工业题材小说佳作:精读与发现》,2011 年 2 月 21 日,http://www.chinawriter.com.cn/bk/2011-02-21/51168.html.

他勇往直前、坚毅不屈的性格,不苟言笑甚至近于冷酷的外表,六亲不认、特立独行。而在这一改革英雄的光环照耀下,对工人形象的英雄化塑造已产生了巨大的挑战,因为改革时期的主角是这些领导者,工人所做的一切都成为推动或促进改革的助力,而非主导者。工人跟随乔光朴,改革成功了,他们就成了非中心地带的"英雄",工人已退居到改革英雄身后成为了"绿叶"和追随者,英雄叙事的式微已初露端倪。

　　及至20世纪90年代,随着新写实主义冲击波的影响,工人更多地被进行了平民化消解,如池莉的《烦恼人生》,故事聚焦于钢板厂操作工印家厚一天的生活,记录了他从凌晨到晚上一天的生活经历,他如何将日子过得辛苦与无奈,看似零碎的情节,流水账般地写了主人公一天中如何带孩子、挤公车、忙上班、争奖金……可作家笔下富有同情心与幽默感的叙述语言,却写出了生活的本色与真相,以及小人物的坚忍和生活温情的一面。类似的还有作家刘恒的《贫嘴张大民的幸福生活》,小说中的主人公家境贫寒,年幼丧父,下有四个弟弟妹妹的普通工人张大民,他家里最拥挤的时候是全家八口人住在总共十六平方米的小屋,下岗后他要照顾多年守寡、患有痴呆症的老母亲以及孩子,对这样的困难,"贫嘴"成为他发泄的一种方式,他的"贫嘴"没有惊天泣地的大悲大喜,也没有深沉的历史信息,它是日常生活的柴米油盐,每个人都曾遇到过的。其悲喜最体贴,最能唤起共鸣。在这种平凡人过的平凡的日子中,我们再也看不到那种不考虑任何自我、只为工厂考虑的工人英雄,更不用说去体味伴随改革英雄起伏奋斗过程中的英雄气概,工人们更多地成为了伴随着平民化消解的"普通人"。

　　而在随后,市场经济的物质诱惑和后现代主义的广泛传播则从根本上拆除了英雄赖以存在的基础。新世纪小说中的工人形象中,告别了崇高和理想,以个体的生存为目的,与现实达成了和解。工人叙事走了一条由强化到弱化、由英雄到凡人的道路,这既是思想启蒙的结果,也是多元价值并存社会的一种必然要求。劳模也罢、先进也好,与凡人不再处于一种尖锐对立的状态。《我们夫妇之间》中的贾大春夫妇,一个是技术标兵,一个是先进个人,本应是英雄式的人物,但在现实生活的重压下,他们最后无处可逃,一个为了生活沦为妓女,一个成了杀人犯。在这部小说中,贾大春道出了这种变化。他对他的老婆感慨道:

> 李淑英呵李淑英,当初我们趁着轮班的间隙,在锅炉厂的成品仓库里第一次睡觉时,我怎么就没看出你还会有这种胆识呢?那时候,优秀的装配工人贾大春的大手像一把钳子那样,连扯带拉往你身上爬。你双手死死揪住我的胳膊,不晓得是紧张,还是害羞,那张俊秀的鹅蛋脸涨得通红,比平时显得更漂亮,嘴巴里呼出的气息让我心醉神迷。①

他不明白他富有反抗精神的妻子怎么就沦为了暗娼。而对于他的师傅——屠叔,当他用摩托送倒在地上的屠叔回家时,心里格外不是滋味,脑子里浮现出自己刚进厂那会儿的情景:

> 屠叔在装配车间里手把手地教我们几个学徒工熟悉安装流程的情形。那时候,屠叔穿着一套整齐的工装,身材高大,古铜色脸庞熠熠发光,双目炯炯有神,说话时嗓门洪亮,震得车间四壁嗡嗡直响,让人联想到电影里见过的铁人王进喜站在井架上那副自信豪迈的气势,不禁感慨万端。看看现在像一堆垃圾趴在我身后的这个老头儿,谁敢相信他们是同一个人呢?②

在这里,工人形象已经成为了在现实重压下的被损害者,甚至是被侮辱者。

而在这一时期的女性工人形象,再也没有五六十年代的"铁姑娘"了。

总之,这一时期的工人形象,从新中国成立初期的英雄叙事到改革初期国家的大背景到"分享艰难"的工厂舞台,再到脱离主流话

---

① 刘继明:《我们夫妇之间》,《青年文学》2006 年第 1 期。
② 刘继明:《我们夫妇之间》,《青年文学》2006 年第 1 期。

语关注边缘生存的"底层文学",中国当代的工人形象已经慢慢脱去"主人翁"这件华美的新衣,重新正视自己必然要走过的时代低谷,怎样重新起飞,这不仅是工人自身的价值追寻,更是文学甚至社会要关注和深切反思的重大问题。

二、工人形象塑造的全面分析

作为这一时期的工人形象由于存有许多新的特质,因此有着独特的文学价值,同样因为是一个崭新的形象,在塑造时也难免会有一定的缺失,具体表现在典型人物塑造方面还略显余力不足。

(一)工人形象展现新的社会意义

新世纪以来,小说中的工人形象是对我国文学中工人形象的一次重要补充。工人形象在我国现当代文学中一直并不鲜见。但在现代文学中,受人注目的更多是劳工文学,如挥铁樵的《工人小史》、叶圣陶《穷愁》等,此外还有企翁《欧战声中苦力界》、毅汉《罢工人》等,这些作品主要揭示了中国工人的悲惨生活与奴隶地位。

新中国成立后,工人当家做主,以英雄式的人物出现在文学作品中,这些形象的塑造虽然高大英猛,但过于"神化"。进入90年代以后,工人在社会上的地位急转而下。外资的引入和市场经济的优胜劣汰使工厂面临困境,柴米油盐成为凌驾于"建设社会主义"之上的首要现实问题;私营企业的发展、下海经商人员的暴富也刺激对"铁饭碗"价值的重新评估;国家工作重心向经济上的战略转移使政治的强制性监管在很多社会领域逐渐撤退,让位于经济协调,国家权力机关对工人的直接庇护成为历史,工人在政治上感受到了"失宠"的滋味。在文化方面,多元文化的异彩纷呈使得工人单纯的精神信仰被打破,工人对国家植入的对未来的想象还未及实现就过早地变成了历史,使他们在精神上陷入了挣扎和迷茫状态。更残酷的是,由于国营工厂的自身难保,作为工厂"主人翁"的国有企业工人纷纷"被下岗",并逐渐剥离与企业的一切关系,转为市场经济中的普通雇佣劳动者,遭受着最原始的、无法调和的"劳资矛盾"的纠缠。

在这一背景中继续发展的五六十年代的工人形象可谓举步维艰。

由于英雄性的消解和平民化趋势的不可避免,推动他们前进的强大精神信仰已逐渐被剥离,取而代之的是经济社会中的小市民风范和利益性的功利心。他们仿佛是从空中楼阁一下跌入了城市的夹缝,作为工人的自豪感和自信心受到了前所未有的冲击,对社会地位的一落千丈和生活困顿的不知所措取代了改革初期新生的热情和大刀阔斧,谨慎而四处碰壁的生活使精神常常处于焦虑和愤世嫉俗中,对自我的地位和身份认同面临着更加艰难的处境。工人,成为不被关注的,默默为了自身生存而奋斗的,甚至是事实上的被侮辱和被损害者。他们真正的时代刚刚开始,但在他们的思想中,他们的时代已经远去很久了。他们接受了经济起决定作用的现实地位,面对生存的困境默默改变自己,热情远去,疲惫和难以承受之重的竞争增加了精神上的冷漠化,他们不再追寻自己的未来,挺过当下成为当务之急。

这一时期小说中的工人形象正是以人性关怀和底层视角去把握,可以说是开拓了工人形象塑造的新视野,使其形象类型更加丰富可感,人格心理特征也更加符合时代变迁的特质,从而具有了新的时代意义。

(二)文学创作中的弱势地位

虽然近年来塑造工人形象的作品一直未脱离人们的视野,但从整体上来看,工业题材小说相对于乡土题材、历史题材、都市题材乃至军旅题材而言,在当前文学创作中仍居于一种弱势地位。据统计,近年来,我国长篇小说的年均创作量已突破1000部,散文和诗歌的创作量更大,但其中写工人、涉及工业题材的作品不到1%。工业题材小说创作的实际水准与其在经济社会发展的地位是极不相称的。不仅在数量上,在质量上也有很大的提升空间,目前还难以看到令人印象深刻的典型形象。综观近年来的国内文学大奖,如茅盾文学奖和鲁迅文学奖,除王十月小说《国家订单》外,鲜有其他作品获奖,而上述各种题材都有获奖。造成这一现象的原因主要有三点:

1. 作家难以把握现代工业生活

社会生活和文学艺术有着不可分割的关系,文学艺术精品与经典的创作与创造,离不开真实的社会生活,社会生活是文学创作的源泉。正如毛泽东同志《在延安文艺座谈会上的讲话》中指出的:"人民生活中本来存在着文学艺术原料的矿藏,这是自然形态的东西,是粗糙的东西,但也是最生动、最丰富、最基本的东西;在这点上说,它们使一切文学艺术相形见绌,它们是一切文学艺术的取之不尽、用之不竭的唯一的源泉。"①现代竞争激烈的社会,以市场经济为主导,因涉及企业或是商业秘密,作家很难深入到封闭的现代大企业中去了解第一手材料,至于说像 20 世纪五六十年代那样到厂矿去蹲点体验生活更是难以实现。众所周知,在我国现代文学史上,第一部反映工业建设题材的小说,就是草明创作的《原动力》。牡丹江电业局陈达在《〈原动力〉的电力魂》中,记述了草明 1947 年 5 月由延安等解放区来到牡丹江,深入镜泊湖发电厂体验生活,收集创作素材的真实故事。在一年多的时间里,她深入到工人和家属中间,访贫问苦,请教发电原理,给工人和护厂战士上文化课。为了解决厂里职工和家属吃菜吃肉的困难,她让司机到牡丹江买菜种、猪仔分给各家各户,并向大家传授延安大生产的种菜、养猪的经验……就这样,她掌握了大量素材,写出了中篇小说《原动力》。另外,她创作的《火车头》《乘风破浪》《神州儿女》等长篇小说,也是和她几十年如一日深入基层体验生活分不开的。新时期伊始,"改革文学"从天津肇端,天津作家一度成为当代文学潮流的引领者,这与作家的生活经验及其文学认识有着密切联系。为此,中国作协主席委员王巨才说:"今天直接关注工业的文学作品总感觉少了些、小了些,其中一个主要原因就是作家对处在现代化工业前沿的工人生活太陌生。"②未有作家深入生活、全面了解社会生活,发掘人民生活中存

---

① 《毛泽东选集》第 3 卷,人民出版社 1991 年版,第 860 页。

② 转引自邓凯:《工业题材创作为何找不到经典作品》,《光明日报》2012 年 7 月 31 日。

在的丰富的文学艺术矿藏的经历,目前就还未能创作出优秀的作品。许多作家还有不少"车间文学"的旧影。他们片面认为工矿工人生活枯燥无味,找不到灵感下不得笔。确实,工矿里机器纵横,电脑闪烁,各种作业流程,如瀑如潮,是很难弄清的,如果没有一定兴趣和科学知识的话,必然会使作家们望而却步。而关于这一问题如何解决,辽宁大学中文系教授王向峰在辽宁工业题材文学创作座谈会上就曾提及过。他指出:"如何将工业题材搞起来,我们要有一些具体措施。比如说,要把这个作为一个工程去搞,进行调查研究。现在的工厂究竟是什么情况,需要我们组织人去专门搞调查。就工业题材来说,无论是生活背景、内容主题、矛盾纠葛,就生活存在方面来说,没有任何一个领域能像工业题材这样体现文化深度。就如马克思在《1844年经济学哲学手稿》中提到的,'工业社会是一本展开的心理学'。社会发展到什么程度,社会人发展到什么程度,全在工业中有所体现。所以说,工业题材不是没有可写的东西。"①因此,更深入地体验工厂和工人的生活,把工业题材拉到社会中去写,这在一定程度上可以弥补这一缺憾。

　　2.新的工人形象难以把握

　　既有的工业题材小说由于没有较好的历史经验可供借鉴,也没有较自觉的理论引导,容易陷入自我重复之中,出现明显的类型化倾向。"工业题材写作要面对的还有一个心理转换的问题,'中国工业题材文学作品脱胎于古老农业文化土壤,中国第一代工人主要来源于失去土地的破产农民。从绝对化意义讲,无论近代还是当代的中国作家,都是农民的儿子'。作家肖克凡说,而工业题材文学作品自出现之时就不可避免地带上了'胎记':'中国是一个具有五千年文明历史的农业大国。在以城市为标志进入工业化社会的同时,中国地理版图绝大部分地区仍然处于农业经济状态,这就使得中国社

――――――――

　　① 王向峰:《蒋子龙等在辽宁工业题材文学创作座谈会上的发言摘要》,2009年6月1日,http://www.liaoningwriter.org.cn/a/zhuanti/lnzytccz/xgbd/html/279.html.

会出现严重的不平衡状态。即使是在一些大型的工业化城市,人们的文化心理仍普遍根植于生生不息的农业文明王国。'于是,在不少工业题材作品中,我们可以看到其中的主人公仍是'准农民'的形象。于是,如何让中国工业题材文学作品进入国人的内心世界,也已成为中国工业题材作家普遍的社会课题。"①就工业题材的文学作品创作而言,它现在遇到的不是文学的问题,而是工业在转型时期的问题,和过去是完全不一样的,就是过去写工业非常有经验的作品,把那些经验拿到现在来写也是非常困难的,原来那些写法肯定是不行了,比如写"工业矛盾在哪里"就不好把握。因此在这种背景下,如何发现工人形象新的特质,塑造更具有时代特征的新的工人形象是值得探索和关注的问题。

3."写工业实在费力不讨好"②

相对于有更多公众经验和想象空间的乡土、都市题材而言,以工人形象为主的工业类题材的小说作品更是难以把握。

首先,它对于写作者本身是有要求的。作者塑造这类形象的前提是要熟悉这类题材,这种熟悉或是自己本身就有着工厂生活背景;或者通过其他方式能深入这种生活。但对现在的大多数作家而言,破产重组、资产置换、股份制、老工业基地改造等等,这些当前与工业化进程密切相关的关键词,由于种种限制,可能更多的是仅仅停留在报纸和文件上的印象。对更年轻作者来说,他们更是直接从书斋进入写作生涯,完全缺乏对工厂生活的了解。这制约了写作主体本身对这一类题材的创作。

其次,这类作品相对于乡村的田野风光,其中的描写对象似乎并不太符合文学的品相:工业题材文学作品里的人物形象,以机器精神和钢铁意志屡屡战胜"自然时间";工业化进程打乱了传袭千年的农业社会"时间表",甚至冒犯了"四季生态"规律……这些带着冰

---

① 金莹:《工业题材写作陷入瓶颈》,《文学报》2009年6月4日。
② 金莹:《工业题材写作陷入瓶颈》,《文学报》2009年6月4日。

冷气质的对象,总不如自然与乡土般与文学天然相亲。于是,一旦与工业挂钩,人们就忍不住会对作品的艺术性产生怀疑,这也对作家的写作技巧提出考验。

再次,创作这类作品还有一个难点是,需要准确把握理性与感性的矛盾。写工业题材要与宏大的历史进程联系在一起,它属于"重大题材",作品总要担负重大的政治使命,配合阶段性宣传任务,而这些使命和任务又总免不了急功近利的特质,所谓"紧跟形势",比如"大跃进"、技术革新、阶级斗争、实现四化等等。因此,有的作家主观认为"工业题材"作品可以红极一时,却难以行之久远。

目前中国工业化进入中期向后期的过渡阶段。也就是说,现阶段中国整体上已经从一个农业经济大国转变为工业经济大国,但还不是工业强国。"十三五"时期将是我国工业化推进的关键时期,工业化浪潮气象万千。我们期待着越来越多的作家投入到工业题材文学创作,塑造出更多更丰富多彩的工人形象,把这些受工业生活影响的人性景象以最美的文学样式呈现出来,让这个为国家民族富强做出了巨大贡献的群体受到应有的关注。

第四节 女性形象:万艳同悲命运的审视

20世纪八九十年代,一些作家结合地理环境、社会背景在小说中塑造了一系列具有时代特征和历史烙印的女性群像。这些人物自身都带有特定时代的烙印,蕴含着作者对于人性和生命的理解。

一、从"天使"到"女人"的形象嬗变

受传统文学的影响,很多作家在自己的作品中沿用了"公子落难,小姐搭救"的固定模式,因此,女性在他们笔下是那样的美好、富有牺牲精神,并且为了自己所认为的爱情,敢于冲破社会樊篱的禁锢,使自己的生命在黑暗里熠熠发光,可以说,她们是"天使"最纯美最具体的外化。

　　例如,贾平凹其早期的创作中所描写的那些少女个个天真活泼,充满了大自然孕育的灵性,像《满月儿》中的满月儿。再如张贤亮《灵与肉》中沉静美丽、温和恬静、富有同情心及自我牺牲精神的李秀芝;《河的子孙》中用最博大的最无私的母爱来抚慰魏天贵的韩玉梅;《绿化树》中以善良热情的鼓励和无私的爱,使章永璘恢复了男人尊严的马缨花;路遥笔下的刘巧珍、田润叶等。她们都是这样的女性,既显露出圣洁的母性,同时又表现出妻子的温柔,寄托着作家的理想。

　　张贤亮的小说《绿化树》中的马缨花美丽善良,身边不乏喜欢她的人。可大胆泼辣的她却把一片柔情献给了"右派"分子章永璘:在那个贫瘠的年代里,她想尽一切办法,给吃不饱的章永璘开"小灶",给他以物质的给养;在已经真正强壮起来的章永璘卖力劳动时,她劝他:"你慢着。看你,你这个傻一瓜一瓜!"[1]让章永璘感到了很久未有的亲切;"就是钢刀把我头砍断,血身子还陪着你哩!"[2]的爱情誓言又给了他情感的震惊与滋润……她的这一切不仅仅是对章永璘的同情和怜悯,还有爱,一个西北平原女子发自内心的纯真、质朴、大胆、热烈而又盲目的对读书人的爱。很显然,马缨花是个典型的受传统文化影响的"天使"形象。她的身上有着天使的显著特点,那就是给男人以慈爱、奉献和柔情。

　　路遥的人生是短暂的,但他的作品《人生》《平凡的世界》中一系列光彩动人的女性形象却具有永恒的魅力。刘巧珍、田润叶、贺秀莲等都是传统女性,在她们的爱情世界里,具有博大的胸怀、仁慈的品格和圣洁的光辉;从她们身上,我们一次次感受到女性的美好、善良和伟大。她们无疑也是天使的典型,身上永远闪耀着崇高、圣洁的人性光芒,充溢着传统母性的爱与美。

　　《人生》中的刘巧珍可以说是中国传统贤妻良母型女性的化身,

---

[1]　张贤亮:《绿化树》,贵州人民出版社2013年版,第29页。
[2]　张贤亮:《绿化树》,第136页。

她土而不俗,不知书却达理,自卑而不自贱。她深深地爱着高加林,毫无世俗的门第观念,"她想,她如果跟了加林这样的男人,就是跟上他跳了崖也值得!"①卖馒头、刷牙风波、卫生革命等等一系列事件,都显露出刘巧珍的爱是那么执着,那么无私。高加林的背叛,对于巧珍来说是一种致命的打击,但人生的灾难并没有打倒她,她就像山野中的一株腊梅,在风雪的袭击中傲然挺立着。刘巧珍的身上充分地表现出中国传统劳动妇女能够忍辱负重、承受苦难的博大胸怀与坚韧顽强的内在生命力。当高加林落魄归来,她跪在姐姐巧英面前,不让姐姐去羞辱高加林,更让人感受到一个纯朴、善良的农村女孩爱情的伟大,一切恩怨也都在善良面前化为了乌有。

《平凡的世界》中的田润叶不同于刘巧珍,她虽然出身农村,却接受了现代文化的教育与城市生活的熏陶。她虽在城里当上了国家干部,却依然爱着在家乡劳动和她一起长大的孙少安。为了这份爱,她心甘情愿地要从繁华的城市回到穷困的山沟去下嫁一个毫无文化的庄稼汉。孙少安和贺秀莲的结合粉碎了她的爱情梦,但她在心里依然深爱着孙少安,为此她近乎不近人情地拒绝和丈夫的肌肤之亲。田润叶和刘巧珍虽然所受的文化教育程度不同,对爱的执着如一以及对爱人背叛后的毫无怨言却是她们共同的性格表现。还有从山西农村来的姑娘贺秀莲,她深深地爱着自己的丈夫孙少安,她为了支持丈夫的事业,长期从事着超负荷的劳动,甚至因劳累过度患了绝症,最终把自己的青春与生命全部奉献给自己所爱的人。

她们的身上洋溢着不惜牺牲与压抑自我的奉献精神,所流露的实际上乃是中国传统女性千百年来所延续的伟大的母爱。可以说,在她们的身上无不笼罩着母爱神圣的光环。作为女性,她们经常用一种温柔、体贴的方式耐心地培育着爱情的果实,表现出家庭伦理生活中犹如母亲对儿女、姐姐对弟弟般的骨肉情长。

毕飞宇笔下的玉米、玉秀、柳粉香显然是与上述作家笔下的女

---

① 路遥:《人生》,北京十月文艺出版社2012年版,第40页。

性有所不同。毕飞宇笔下的女性不是天上的仙女,也有别于张贤亮、路遥笔下的天使形象,她们精明又阴鸷、柔情又功利,她们隐忍又猥琐、美丽又风流,她们能爱更能恨,她们是袅袅炊烟里走来的活生生的人。

毕飞宇没有给他笔下的女性以"贤妻良母、自我牺牲、无私奉献"等等美好的光环,却把"庸俗、卑鄙、堕落、疯狂"等人性恶的因子加于其身。因而,毕飞宇笔下的玉米尽管也有过和马缨花、巧珍一样动人的爱情,但是,除了爱情之外玉米还要名、还要利、还要权,因而玉米会在彭国梁求欢时拼命地克制,而不是无所顾忌地一味奉献;玉米也能够忍辱负重,但她的忍辱负重只会让她苟全于屈辱的生活,而不会如巧珍一样散发出人性灿烂的光芒;毕飞宇笔下的玉秀失身后不仅自卑而且自贱,因而她不可能像巧珍一样拥有一个相对美好的人生归宿,而只能在命运的泥潭中越陷越深;毕飞宇笔下的柳粉香也死心塌地地爱着王连方,但绝不是马缨花般的无私奉献,她更需要爱带给她的实惠。

然而,尽管玉米的精明带有功利的成分,柔情带有阴鸷的因子;尽管玉秀的风流难脱下贱的影子;尽管娇媚的柳粉香以性、色为手段谋求"特权"和福利,但她们就是真实的农村姐妹,是从袅袅炊烟中走来的鲜活生命,是现实生活里活生生的女人形象。

二、从"魔女"到"女人"的形象嬗变

美国女学者吉尔伯特曾指出,在男性为中心的社会里,妇女的命运不是发疯就是成为玩物。20 世纪家族中的女性在传统家族的桎梏下,呈现出的亦是这两种悲剧命运。无数个冤屈变态的魔女形象,好似一个个阴魂控诉着男权主义下的传统伦理的罪恶。她们作为对"天使"形象的反叛,即是对传统伦理规范下的女性偶像的颠覆性重写,因而也具有深刻的文化反思意义和独异的审美价值。

魔女形象在中国男作家的作品中并不少见。在刻画为了实现自己的理想或者某种目标而不择手段苦苦"奋斗"的女性时,刘恒、

贾平凹、陈忠实、王蒙等笔下的女性多为自甘沉沦于欲望深渊里的
"魔女"形象。

刘恒的小说《伏羲伏羲》中的菊豆就是一个这样的"魔女形象"。
五十岁的杨金山用二十亩地买回二十岁的王菊豆做妻子,只是为了
让她给自己生儿育女,延续香火。为了那个永远都不会到来的儿
子,他给了她许多凶暴的夜晚。但她只是一味忍受,在他的淫威下,
她已经丧失了做人的基本权利。杨金山的暴行促使菊豆不顾乱伦
的罪名背叛了自己的丈夫,投向侄子的怀抱。和侄子的乱伦似乎让
菊豆重获自由,或者说让她从压抑走向了反抗。然而当杨金山病倒
后,传统伦理道德这座永远不可翻越的高山使他们陷入了更大的痛
苦之中,性的压抑和苦闷使他们原本健壮的生命迅速枯萎。菊豆在
日渐长大的儿子面前,正由一开始反抗的快感自愿又无奈地把自己
推向悲哀的深渊。面对凶暴的丈夫,菊豆能放弃极力恪守的妇道,
追寻生命自由,显示了女性少有的果敢,也使她的生命大放异彩。
而当站在伦理道德面前时,菊豆却主动缴械投降。在此,妻子作为
伺候丈夫的家庭主妇虽然可以通过伦理纲常所不容的行为获得
"性"的满足,却摆脱不掉"小女子"的身份与地位。

无独有偶,陈忠实在《白鹿原》中塑造田小娥时,也忽视了她对
自由生命的不懈追求,与黑娃之间爱情的坚守,而放大了她自私、狡
诈等品性,把她写成是一个放荡、阴险、狠毒的女人,最后遭受惨烈
的惩罚。作家把女性妖魔化的这种冲动很大程度上来源于对想象
中女性的失望,从而产生一种类似于"文化弑母"的情绪。

而贾平凹的《废都》中的女人们——无论是来自县城的唐婉儿,
还是来自陕北农乡的柳月,尽管她们名字不同,长相不一,也生活在
不同的环境里,但实际上是没有区别的。因为她们一旦拥向庄之
蝶,一旦为作家名人的男权所诱引,久抑失衡的欲望便倾泻而出,伦
理、礼仪、规范、人格全抛诸脑后,她们只为性爱而活着,寻找性爱、
得到性爱、享受性爱就是她们的全部生活,感性欲望成了她们生活
的全部意义。在她们身上,我们不难看到一味依赖男权、完全丧失

自我、自甘沉沦的浮靡无度的"魔女"的可悲之处。

唐婉儿不愿在粗野的丈夫身上浪费自己的年轻美貌，为了寻找自己新的天空，毅然背井离乡，而且从来没为自己抛夫弃子的行为感到丝毫的内疚。为了俘获庄之蝶的心，为了在西安城找到更坚实的依靠，她大胆地宣扬着女性应该给予男性创作的灵感和动力，并勇往直前地在"堕落"中追求"幸福"。因而她与庄之蝶对话没三个回合便直奔主题了，在此后的情节中只要二人相遇，那么就是例行公事。除此以外，唐婉儿似乎没有别的生活、别的兴趣，更可笑的是唐婉儿看见公园的一棵树呈"Y"形，就联想到了性爱，她可以独自蹭着老树满足自己的性欲。唐婉儿真正追求的是什么？恐怕连她自己也说不清楚。而且失去了道德约束的人，就像断了线的风筝一样在空中飘荡，不知道要去哪里，也不知道什么时候会掉下来，只能心有余悸地享受着那份暂时的自由。

柳月也是如此，她们都过分沉浸在物欲之中不能自已，不自觉地在生活中选择堕落之路，在这些女性的举止活动中，看不到作为一个活生生的女人的思维活动，有的只是性本能，她们是淫欲无度的魔女形象。

男作家们似乎想穿过茫茫人性之恶的帷幕，透视恶之渊源及其归宿，观测女性之现实。王蒙笔下的静珍也是其中的典型代表。作家让她充当了中国传统文化的牺牲品，把她的性格刻画得令人惊悚，这也无意间流露了作家对女性的苛刻和理解的隔膜。长期以来封建家庭内部的倾轧和孤独寂寞的守节生活埋葬了静珍的青春，扭曲了她的心灵。她仇视一切与她有碍或无碍的人，即便是一只猫她也不放过。为了立下扬名千古的贞节牌和维护自身的利益，她把一生都消耗在以恶抗恶的斗争中。作家毫不留情地揭露了女性被食和食人的歇斯底里的品性。作家好像有一种把这些不符合自己审美理想的女性妖魔化的冲动，让女性承担了凸显人性恶的重任。

然而毕飞宇笔下的女性却是鲜活的洋溢着生命活力的女性形象。尽管毕飞宇《青衣》中的筱燕秋，为了极端的理想主义，也有背

转型期小说作品中的"小人物"形象研究

信弃义、出尔反尔的行为,《玉米》中的玉米、玉秧为了依附权力也有以肉体为代价扼杀爱情的卑鄙行为,但是"欲望在毕飞宇笔下被融入了更多的思想含量"①,筱燕秋也好,玉米、玉秧也罢,她们在冲越道德底线时都曾有过犹豫、不甘甚至耻辱的念头,只是为了生存、为了理想不得不作出屈辱的选择,她们没有沉溺于这种出卖自身的快乐中。筱燕秋和老板睡过后"给她留下的只是刻骨铭心的难受"②,她在付出贞操与尊严的同时,心中留下了一种被侮辱、被损害的伤痛,犯罪感与耻辱感成了她心理情感中的一片阴影;玉米则是"觉得自己扒开的不是衣裳,而是自己的皮"③,向男权无奈的妥协和投降带给玉米的是透彻肺腑的悲伤。

三、自私偏执的性格,人性本恶的使者

毕飞宇描述笔下女性的挣扎与奋斗时,突出了她们对财富与地位的恣意追逐和那种为达目的而不顾一切的自私与偏执,展露了她们身上更多人性恶的因子。

筱燕秋为追求心中理想的事业,不惜运用屈辱、卑劣的方式叩响欲望的大门;为了抓住机遇,她千方百计地巴结讨好烟老板,直至与老板上床奉献出自己的贞操;为了霸占舞台不仅不顾生命的危险去医院流产,甚至作为 B 角,竟然不给 A 角上台的机会;舞台上的嫦娥,不仅是她生命中的全部欲望,也成了她整个生命的化身。

一朵为了实现自己近乎疯狂的目的,不惜利用一个纯情男子的力量,去杀害和自己长的相像的女人;三丫为了追求心中的爱情,采取了反抗、绝食、发花痴的手段,最后还上演了喝农药殉情的自杀秀;为了心中的政治理想,吴蔓玲漠视自己的女性特征和城市特征,从吃、穿、行都与当地农民看齐,甚至在月经期间还要挑着粪桶在田埂上健步如飞,刻意压抑自己的青春活力,最终成了丧失了人性的

---

① 孙建茵:《技术主义的祛魅与思想品格的复归》,《文艺报》2006 年 3 月 22 日。
② 毕飞宇:《毕飞宇小说》,第 40 页。
③ 毕飞宇:《玉米》,第 81 页。

政治动物。

筱燕秋、一朵、三丫、吴蔓玲等女性在面对事业、理想、地位、名利等等的诱惑时，无不表现出自私偏执的性格。冷漠、嫉妒、贪婪和虚荣等人性中普遍存在的弱点，在她们身上不可避免的膨胀，她们在无助的挣扎中身不由己地跌入人生欲望的陷阱，最终导致人性的扭曲与自我价值的失落。

四、性的工具性与物质性

尽管性是中国人长期回避的，在"文革"时期性描写也曾一度失落于文学之中，但是人类对性爱的渴求和情欲的冲动，却是无法回避的生命现象。进入新时期以来，张贤亮的《男人的一半是女人》首开性文学描写的禁忌之后，性描写开始堂而皇之地走入文学的殿堂，但是不同作家笔下性描写的作用不同，立意各异。

张贤亮作品中的性描写承载着对极"左"政治压抑人性的悲怆控诉的历史重任，是表现社会人生问题的手段。如《男人的一半是女人》写的是主人公章永璘处于劳改集中营，由于没有正常的性宣泄渠道而滋生了强烈的性饥渴和性压抑，因而灵与肉的冲突常常在他身上演绎，但是肉的饥渴表现的是灵的苦闷，这是对不正常的时代环境和文化环境对人性的摧残和扼杀的控诉，因而这样的性描写也因此拥有着美好圣洁不可亵渎的光环。

王安忆的《小城之恋》写一对少男少女处于蒙昧中的虐恋。他们的生理成熟了，文化环境却使他们的心理远未成熟。他们无力驾驭那本能的力量，只能自己在黑暗中摸索、爬滚，在灵与肉冲突的煎熬中走向毁灭。还有刘震云的《罪人》、刘恒的《伏羲伏羲》等作品都描写了全然剥离了与道德理性关联的性爱，显然作为精神空虚的填补替代之物的肉欲发泄与圣洁毫无关系，那不过是生命本能激情的演绎。

毕飞宇笔下的性描写没有张贤亮笔下性描写神圣美好的光环，也不只是王安忆等作家笔下的那种生物本能的宣泄，精神空虚的替代。毕飞宇有关性的思考始终与交易相联系,很多时候性成了一种获得一定目的的手段或工具,表现出很明显的工具性和物质性的特点。如在《飞翔像自由落体》《唱西皮二黄的一朵》《家里乱了》等作品中,对女大学生、一朵和教师乐果而言性成了和金钱一样的交换工具。而《叙事》中奶奶婉怡为了保全陆家性命被迫屈身于日本军人,《楚水》中的桃子们为维持家庭生计无辜地沦落风尘,《玉米》中的玉米下嫁郭家兴是为弥补父亲这个浪子带来的耻辱,挽回全家人的尊严和面子……在这些作品中,性是女性保全自己甚或是全家人性命和名誉的交易手段。由此可见,性爱代替情爱、利欲主导情欲的欲望化展示是毕飞宇笔下的性爱审美选择,因而在作品中毕飞宇总是力求描写性的物质层面而不是精神层面。

参考文献

赵俊贤:《中国当代小说史稿——人物形象系列论》,人民文学出版社 1989 年版。

李新宇:《爱神的重塑——新时期文学中的情爱文化》,中国广播电视出版社 1991 年版。

叶南客:《边际人:大过渡时代的转型人格》,上海人民出版社 1996 年版。

陈继会:《中国乡土小说史》,安徽教育出版社 1996 年版。

孙先科:《颂祷与自诉——新时期小说的叙述特征及文化意识》,上海文艺出版社 1997 年版。

孔范今:《二十世纪中国文学史》,山东文艺出版社 1997 年版。

沙莲香:《社会学家的沉思:中国社会文化心理》,中国社会出版社 1998 年版。

张学军:《中国当代小说流派史》,山东大学出版社 2000 年版。

吴义勤:《文学现场》,山东文艺出版社 2001 年版。

吴义勤:《目击与守望》,山东文艺出版社 2001 年版。

陆学艺:《当代中国社会阶层研究报告》,社会科学文献出版社 2002 年版。

毕飞宇:《沿途的秘密》,昆仑出版社 2002 年版。

陆贵山:《中国当代文艺思潮》,中国人民大学出版社 2002 年版。

狄其骢:《文艺学新论》,山东教育出版社 2003 年版。

吴秀明:《转型时期的中国当代文学思潮》,浙江大学出版社 2004 年版。

费孝通:《乡土中国》,北京出版社 2005 年版。

孔范今:《中国新时期文学研究资料汇编》,山东文艺出版社 2006 年版。

丁帆:《中国乡土小说史》,北京大学出版社 2007 年版。

[德]黑格尔:《美学》第 1 卷,朱光潜译,商务印书馆 1972 年版。

[美]利昂·塞米得安:《现代小说美学》,宋协立译,陕西人民出版社 1987 年版。

[美]R.A.巴伦、D.伯恩:《社会心理学》(第 10 版),黄敏儿、王飞雪等译,华东师范大学出版社 2004 年版。

孟繁华:《重新发现的乡村历史——本世纪初长篇小说中乡村文化的多重性》,《文艺研究》2004 年第 4 期。

施战军:《新活力:今日青年文学的高地》,《名作欣赏》2004 年第 9 期。

张韧:《从新写实走进底层文学》,《文艺争鸣》2004 年第 3 期。

徐德明:《"乡下人进城"的文学叙述》,《文学评论》2005 年第 1 期。

施学云:《论当代文学中流动农民形象书写的嬗变轨迹》,《理论与创作》2005 年第 5 期。

黄河:《乡村女性的生存悲歌——论毕飞宇小说〈玉米〉的人物塑造》,《名作欣赏》2005 年第 2 期。

苏奎:《永远的异乡人——论"农民工"主题小说》,《当代文坛》2005 年第 3 期。

石世明:《乡村与城市的对话:距离·交叉·移入》,《当代文坛》2006 年第 4 期。

南帆:《曲折的突围——关于底层经验的表述》,《文学评论》2006 年第 4 期。

丁智才:《当前文学底层书写的误区刍议》,《当代文坛》2006 年第 1 期。

王雪莲:《城市失业工人心理压力探析》,《社会心理科学》2006 年第 5 期。

雷达:《新世纪以来长篇小说概观》,《小说评论》2007 年第 1 期

徐德明:《乡下人的记忆与城市的冲突》,《文艺争鸣》2007 年第 4 期。

周景雷:《题材的终结与生活的难度——论近十年工业生活长篇小说的写作》,《当代作家评论》2010 年第 6 期。

孟繁华:《新世纪十年:中篇小说发生了什么——论作为高端艺术成就的中篇小说》,《东岳论丛》2011 年第 2 期。

于文夫:《工业题材小说的审美困境与主体性重构》,《社会科学战线》2012 年第 7 期。

于福成:《下岗职工心理状况调查及引导其健康发展的对策》,《群文天地》2012 年第 22 期。

施战军:《克制着的激情叙事——毕飞宇论》,《钟山》2001 年第 3 期。

周文慧:《苏童、毕飞宇创作比较论》,武汉大学硕士学位论文,2005 年。

施战军:《中国小说的现代嬗变与类型生成研究》,山东大学博士学位论文,2007 年。

王玉梅:《下岗工人形象塑造与作家心态》,山东大学硕士学位论文,2012 年。

曹月洁:《新时期小说中的工人形象研究》,南京师范大学硕士学位论文,2011 年。

|后　记|

在农业社会向工业社会过渡、传统文明向现代文明转变的中国,每个人都在经历转型。小说家在他们的作品里塑造了面对现代转型的林林总总的"小人物"形象,有在乡土世界挣扎生存的乡土人物,也有觉醒、突围、叛逆、彷徨式的年轻知识分子,还有在社会大变革中不知所措的工人群体,更有迷失在这一转型期的女性群体。作家在塑造这些"小人物"形象时,运用多种方式表现了这些人物在社会转型期时表达出来的困惑、迷茫、觉醒和寻觅的心态。

纵向观之,中国当前的现代化和城市化就像是一把双刃剑,把他们推向了充满背反的现实图景中。在他们身上,我们既看到了中国传统的忍辱负重、坚韧顽强的品格,也看到了繁华之后的落寞和迷惘、放逐与异化。对于他们,作家们或许是出于同情,或许是出于良知,抑或是责任,试图走近他们、关心他们和了解他们,小说中出现了大量形形色色、纷繁复杂的人物形象。但由于创作视角或情感因素等局限,至今作家们笔下还未创造出极具艺术魄力、影响深远的转型时期的典型文学形象,这种缺憾也为今后留下了可供超越的创作空间。

本书作者相对来说都较为年轻,对于我们来说,无意在此评论作家们，这些作家都是我们十分敬仰和敬重的，我们是本着学习的态度和科学严谨的方法来进行研究的，不当之处还请各位作家、专家学者批评指正。

　　衷心感谢学校领导、各部门给予本书的大力支持。本书能够得以顺利出版，和山东大学出版社的支持也是分不开的，在此一并致谢。

作　者

2016 年 3 月 29 日于济南